劉效鵬・著

亞里斯多德 詩學論述・一

Poetics

序　言

　　在我譯註亞氏《詩學》時，就預定將其中的疑難問題，另寫一本專書，希望能與一些專家學者對話，至少是精讀過《詩學》的人討論。當然，我明知道沒有市場，可能也不會有那個書商願意出版它。因此，沒有立即動筆，真不知道要等到那個牛年馬月才會面世。

　　不料，在我寫完〈悲劇的淨化〉之後，有如渴驥奔泉，一發不可收拾地論述下去。這或許也是《詩學》譯者的宿命，因為在翻譯過程中總是碰上不少疑難和困惑，而且有很多議題都不是簡短的註疏所能道盡。所以，最常見的處理方式就是增添個附錄，但是，附錄總不能喧賓奪主，再加上反覆推敲時，多少有些心得，於是像我這樣再寫一本，就變得很自然了。

　　更何況，已達退休之年，大有時不我予之感，於是想把艱澀的議題，提前撰寫完成。兩年來，除了教課，幾乎耗去了我所有精力和時間，既然已經竭盡所能，毀譽對錯，就留給他人評說罷！

劉效鵬 書於東湖歲末

目　次

凡例說明

一、為了閱讀流暢不致分神起見，本書採用章後註的體例，而非今日常用之頁下註。

二、本書引證亞里斯多德著作之處甚多，尤其是其《詩學》，為求簡明統一，中文翻譯的部份，除了需要比較不同的譯文外，均以拙譯註本為依據，且僅標明頁數。至於亞氏其他著作的引述，則參照苗力田先生主編之《亞里斯多德全集》，以及勃尼斯（Jonathan Barnes）主編的英譯本，並按標準本標示，如：*Politics* 1320 b 1-5。

三、關於柏拉圖著作之中文翻譯的引用，《理想國》、《伊安篇》、《斐德羅篇》三篇以朱光潛之《柏拉圖文藝對話集》為準，且僅標明頁數；其他的篇章以王曉朝之《柏拉圖全集》中譯本為主，並參照古柏（John M. Cooper）主編之英譯本，且按標準本標示，如 *Phaedo* 114 b 4。

第一章　《詩學》的名稱方法和體系

第一節　名稱與性質

　　首先，亞里斯多德的《詩學》（Poetics）究竟是一本甚麼樣的書？長久以來最傳統的說法就是亞里斯多德所作的系列演講的筆記，或者是由其弟子紀錄下來的講稿。從其寫作的文體形式和證據上分析，大致可稱之為「聽的著作」。例如常常出現作者自己在場的人稱代名詞「我」，以及為了拉近與聽講者的距離，常用「我們」來爭取認同感。再者，在章節的開頭和結尾，留下不少說話者和聽話者互動的語氣。例一：「我提出關於詩自身及其各種類別的講解，觀察每一種基本性質。」（44）例二：「正如我們先前說過的，喜劇是對一個較低的類型人物的一種模擬。」（70）例三：「讓我們現在討論悲劇，如先前說過的結果，接下來為其正式的定義。」（74）例四：「其他附屬裝飾的傳統說法，就當作已經描述過了，因為再要討其細節，無疑地，將是一樁很大的負擔。」（64）例五：「一般論及悲劇與敘事詩的問題說得夠多了；批評家的質疑和對其解答就講到此為止。」（218）其他的例證甚多，就恕我不再一一例舉了。

　　莫瑞（G. Murray）為了證明此說的真實性，特別以一篇講授大綱的形式實驗性的翻譯了詩學的第一章。其結果相當程度地釐清了為何文本中常有令人困惑的漏洞，以及從一個議題到另外一個議題時的中斷。它不是一本正式的論說文，常留下講稿筆記中有待補充說明，解釋，轉折的材料。

　　此外，莫瑞為了讓他的翻譯能夠完全符合講稿的形式，刻意用簡約的英文來翻譯希臘的原文，也適當地凸顯了《詩學》文體的特色。[1]

　　第二種學說是把亞氏流傳的著作分成兩類：一類是對外公開刊行，希望廣為流傳給一般人閱讀者（exoteric works），可能有二十餘種，採用當代流行的對話體，在結構與文辭方面比較講究而且優美，受到西塞羅（M. T. Cicero）等人的推崇。惟除了 1890 年所發現的以紙草寫成的《雅典政制》外，無一倖存。

　　另外一類是對內未發行的秘笈（esoteric works），顯然保有亞氏講稿形態，僅供萊西姆（Lyceum）學園學生研讀者，《詩學》就屬於這一類。其結構散漫，偶而重複，文字質樸無華。至於有時說得詳盡近乎拉雜瑣碎，但有些地方又說得語焉不詳，晦澀難明，極可能是因為亞氏的學生對其知識體系、專門術語、基本的觀念都已熟悉，能夠充分掌握理解，自然是無庸多贅。然而對於非亞氏門生的外人來說，則是困難重重，甚至無從臆測。

　　不過，正如哈迪生（O. B. Hardison）所言：「雖然沒有學者接受《詩學》是一部已完成的論著的學說，但是不幸地，幾乎所有的翻譯都蘊含著這種學說。他們都努力把希臘文翻成優美的英文，譯者附加連接詞，暗自擴張艱澀難解的段落，用轉換片語，標點符號和分段來暗示一些不存在的邏輯關聯。顯而易見的就是希臘文的翻譯是一種不可能的理想；以致譯者傾向於另一個極端，似乎盡可能把《詩學》做成標準的英語散文本。然而這種過分積極地譯法，招致鹵莽的解釋甚或是誤解。因為這個問題沒有可能這麼容易解決，讀者必須經常比對不同的翻譯」（1968，P.59）

　　誠然，問題遠比這個來得複雜，流傳至今的《詩學》不但有不同的祖本，而且這些手抄本早已殘缺不全。[2] 甚至像蒙托莫林

（Montmollin）和伊爾思（Else）等人認為是亞氏自己修訂或後人增補和竄改過的。雖然他們的說法有時相當合理，擲地有聲，但仔細審視過後，就會發現其所依憑的證據往往是間接的，畢竟沒有原作或原稿可供比對。[3]

即令比較傳統和保守的看法，也認為詩學應有第二部或續篇；其中部份章節是疑作；至少有八處有缺漏或漫漶不清。[4] 推斷有第二部的證據，至少有下列幾點：

1. 從第一章所提出要講解內容與第二十六章結束語來看，顯然現存《詩學》只講完了悲劇和敘事詩而已。

2. 按第六章第一行中說：「關於六音步體詩之模擬，和喜劇留到以後再說。」（74）

3. 亞氏在《修辭學》中表示：「關於可笑的主題，已放進《詩學》中詳加討論。」（*Rhetoric* 1. 11. 1371b 36）又說：「可笑究竟有多少種，已於《詩學》中陳述過了。」（*Rhetoric* 3. 18 1419b 6）

4. 亞氏在其在《政治學》中有：「現在我們說的淨化是其一般的意涵，但在詩學中我們會把它講得更清楚。」（*Politics* 8. 7. 1341b 38-40）

亞氏這些承諾，於現存的《詩學》中全都沒有兌現，單從文義和語氣來看，顯然《詩學》應該寫於《政治學》之後，《修辭學》之前，如果《詩學》是完整的留傳下來，沒理由均付之闕如。

一、二兩點都算得上直接內證，最為有力；而三、四點亦可說是直接相關的證據。

又按三世紀的拉爾修（Diogenes Laertios）所收列的書目中有一部 Pragmateia Tekhnes Poietikes 共有 a、b 兩卷，一般認為就是 *Peri Poietikes*《詩學》。此外，有些學者專家認為無名氏的《喜劇論綱》

（*Coislinian Tractate*）這部 1839 年才發現的十世紀殘缺的手稿，它又極可能抄自紀元前一世紀的作品，即令不能斷定其與亞氏的確切關係，但也可以發現它的基本觀念和形式脫胎於亞里斯多德《詩學》，甚至有刻意模仿之嫌。因此，間接反映出《詩學》有第二部，其內容會討論喜劇、酒神頌等其他種屬的作詩技巧，以及淨化等相關問題。

　　其次，布契爾（S. H. Butcher）認為《詩學》中的第十二章和第二十章可能是後人羼入的疑作。首先看第十二章是討論悲劇情節「量的劃分」：分別為序場、插話、退場詞與合唱歌等。就文章的論述來說，第十一章的結尾，與第十三章的首句能夠銜接，插入第十二章似被打斷。同時，從第七章到第十一章都在討論情節的本質問題，而第十三章又延續說明悲劇情節的條件和應該避免什麼。所以突然在這一章開始探討元素在整體的配置與名稱，使得邏輯思維因此中斷，變得模糊不清。假如是後人所補或添加，並不恰當，非高明之舉。

　　按第二十章是分析一般語言的成分，包括字母、音節、連接詞、名詞、動詞、語尾、句子的意義等。事實上，自《詩學》的第十九章後半部開始至第二十二章為止，亞氏由簡單到複雜，展開系列的措辭討論。有不少學者專家對本章應否列入，頗有微詞與質疑，認為這些文法的基本概念，過於粗淺，不及作詩技巧的層次；但我以為它既是語言的一般性問題同時也是詩篇構成的基礎，在論理上是一貫的，並無扞格矛盾之處。

　　再其次，關於八處，甚至更多一些的殘缺或漫漶不清的問題，因係偶然意外因素造成，實無討論的基礎，且本書沒有校勘題旨，故不多贅。

　　"Poetics" 的中譯至少有「詩學」、「論詩」、「創作學」等三種，[5]而我仍譯為「詩學」一則是多年來已經相沿成習；二則能與其他的

科學相對立，成為不同的知識類別；固然不是很精確地指稱其內容，但大致吻合。正如先前所述它可能只是對內未發行的講稿或筆記，本無正式的書名，流傳至今的是斷簡殘篇，究竟是原來內容的多少，誰也無法判定。最可靠的線索是第一章亞氏預定要講的內容：「我提出關於詩自身及其各種類別的講解，觀察每一種基本性質；探究要成為一篇好詩的情節結構的必要條件；組織一首詩的成分和數量；且對此領域其他部份也做相同方式的探討」（44）而今存者只講授了悲劇與敘事詩，其他類別的詩都還沒有論說。顯然，它不是對個別作品的評論，而是全面性探詩的基本性質，元素與技巧。如果要概括其題旨與內容的話，應該是「論作詩的技巧」會比較確切，它與《修辭學》之「論演說的技巧」，一個論述詩文，另一個討論語體，既相對立又互補。

第二節　方法與體系

一、方法與分類

如按一般對亞里斯多德的知識領域和著作的分類，《詩學》和《修辭學》同屬製作或生產（productive）事物的科學類；與理論科學（theoretical science）那種為知識而知識，其本身即是價值，如數學、形上學、物理學、天象學等係屬不同的類別；又和實踐科學（practical science），指導意志行為的原則或規範的類別，如《倫理學》和《政治學》有所區隔。[6]

然而，不論是那一種知識或科學都要經過證明來獲得，只有把握了它，才能據此知道事物。[7] 如何證明？就必須應用亞里斯多德

所創的三段論式（*syllogism*），《詩學》當然也不例外。是故，雖然亞氏有幸經歷了希臘文學或詩的黃金時代，讀過荷馬的敘事詩，看了三大悲劇家和亞里斯多芬的精采戲劇，甚至遠比今天多很多的典範性作品，但是他在論寫詩的藝術或技巧時，並不是從這許許多多的作品中去歸納出原理原則。因為他說：「歸納法不能證明主體是什麼，而只是證明它是否具有某種屬性。」（*Posterior Analytic*s 2.7, 92b2）所以，他在《詩學》中引用希臘名著，只是為了支持其演繹推論中的證據或作為說明其性質而已。

其次，亞氏指出：「一個人的研究如果是以整個類為對象，那麼他首先應當把類劃分為最基本的種（例如，把數劃分為 2 跟 3），然後努力通過前面說過的方法去把握他們的定義（例如，直線、圓、直角），再有，通過確定種所屬的範疇是什麼（它是質的或是量的），借助最初的共同的屬性去考察它的特殊性質。由最基本的種所合成的主體的屬性將在種的定義中得到充分的表明，因為它們的出發點就是定義、單純的主體、依據自身只屬於單純主體也間接屬於其他主體的屬性。按照種差進行的方法對這種研究是有用的。」（*An.Post*.2.13. 96b15-26）再者「劃分好比是一種弱的三段論，因為它預定了所要證明的東西，並且總是推出比所要討論的屬性更廣泛的東西。首先，許多人都忽略了這一點，在證明中，如果需要推論一個肯定的命題，那麼三段論，據以產生的中詞總是從屬於大詞，而不是包括著他的全稱。但劃分則要求相反的程序，它把全稱作為中詞。」（*An. Pr*.1.31 46a32-40 46a1-3）換言之，劃分或區別必定涉及更大的範圍，才能區分出什麼事物屬於此一類別，什麼不屬於此類，而且凡此種屬者必定具有相同的屬性。

　　據此對照亞氏於《詩學》中所使用的方法，首先，在該書的開宗明義中，就說明了他是以詩本身及其各種屬的基本性質為研究的對象。[8] 而這樣如出一轍的說法亦見於《後分析》：「一門科學涉及一個屬或一類對象，包含由其最基本的元素所構成的全部事物，以及這些屬種的各部份或基本性質。」（*An. Post.* 1.28, 87a38-39）

　　他以模擬作為劃分的基準，先把藝術區分成模擬與非模擬兩大類別；並依據模擬的媒介、對象、樣式來區別。在模擬媒介中，通過色彩與形狀呈現者為繪畫；只用節奏的是舞蹈；節奏加和聲者有豎琴、豎笛、牧笛等樂器演奏者；單獨使用語言模擬者（相當於今日之文學範疇）有散文與韻文之分：仿劇以散文為之；輓歌體、三音步短長格等格律文自不同於前者；此外混合了散文與韻文者如《馬人劇》；綜合節奏、歌曲與格律者：有混合使用三種的是悲劇與喜劇；分別更迭運用的則是酒神頌與日神頌。

　　「既然模擬的對象為動作中的人，這些人必定是較高或較低的類型，再現的人物必定比現實人生來得好或壞或與其相若。」（52）因此，在繪畫、舞蹈、音樂、乃至詩中都有此區隔。依據模擬對象的不同而有敘事詩與諷刺詩、悲劇和喜劇之分。

　　假如模擬的媒介和對象相同，但是採取模擬的樣式不同，就像敘事詩以敘述的方式為之，而悲劇則經由人來表演，得以區分其屬種。

　　此外，還有一點特別值得注意，當亞氏以模擬來劃分詩的屬種時，也把其他採用詩體但又不合模擬的模式所寫的書籍或文章，排除在外。這跟古希臘傳統以文體（韻文或散文）、格律（音步數或長短格）的劃分方式，全然不同。

　　亞里斯多德在第一章中依據模擬的媒介，第二章以模擬的對象，第三章按模擬的樣式，始終都以模擬的種差作連續的劃分，全無遺漏地區分到不能再分的屬種為止，讓我們充分地認識了詩的藝術範圍與屬種。事實上，他做了前所未有的完整、清晰、一致的分類，即令後世有不同的文藝區分方式，但它始終不失為一種分類方式。

二、詩的起源

　　第四章探討有關詩的起源或詩產生的原因，「一般說來，詩出自兩個原因，每一個都深植於我們的天性。」甚或是像高氏所譯「出自兩個自然的原因。」[9] 所謂「自然」按物理學的解釋「自然又被說成是生成，因為生成是導向自然之路。而生長事物之作為生長是從一種事物長成另一種事物。那麼，它長成什麼事物呢？不是長成它所由長出的那種事物，而是長成它所趨於長成的那種事物。因此，形式就是自然。」（*Physics* 2.1 193b 12-19）是故，假如詩出於人之天性本能就應該可以從經驗事實中得到證明。

　　亞氏先舉出詩產生的第一個原因是模擬，它不但與生俱來，而且人類之所以不同於其他動物就因為是世上最善模擬者，最初的教誨就是通過模擬學到的，同時可以觀察和體驗到模擬中的快感，甚至是一個普遍現象（*Poetics* 1448b3-6）。猶有進者，模擬所帶來的快感是雙面的，不只是讓模擬者滿足其本能的需求，也令其他觀察者得到快感。而這個事實有時通過標示（sign）得以證明，如其模擬的對象本身令人不愉快（最噁心的動物或屍體之類），但模擬精確生動，其技巧令人喝采，就能帶來快感。這裡需要補充說明的是

「可能與標示並不相同，可能是一般可接受的前提，因為人們通常是以一種特殊的方式知道要發生或不發生，存在或不存在的事物，就是一種可能。而標示則意味著是必然地或一般地被接受證明的前提。如果一個事物與其他的事件共存，或者在它發生之前或之後，其他事情發生了，那麼這事物就是那個事物已經生成或存在的標示。省略三段論就是從可能或標示中得出的三段論。」（*An. Pr.* 2.27, 70a3-11）換言之，模擬的對象令人產生快感的原因有兩種，一種為模擬的對象物本身就是賞心悅目的，無論在現實人生或表現在畫作中的客體都一樣，例如嬌艷的鮮花或初昇的太陽之類；另一種則如上述，該對象在現實中係屬令人噁心不快之事物，但因其表現的技巧帶來讚嘆的結果。前者是直接的很容易理解，後者則為間接的，跳過一個場域，或者所謂由標示來證明。

其次，能讓所有的人在模擬中獲得快感的前提，其根本的原因是學習或求知的行為，可以賦予最生動的快感。哲學家與常人只有程度上的差別，而無本質上的不同，他們共同享受此種的樂趣。然而「當人們在看呈現的對象會發現快感是因為它已變成學習和推論每樣事動，比如此一特殊的對象是那一類的事物；如果由於一個人碰上以前沒見過的事物，那麼他就不是從模擬中得到快感，而寧可是從模擬的技巧或色彩或其他類似的原因。」（*Poetics* 1448b15-20）亞氏於此所指出的原因有兩種不同的情況，正如他在《後分析》中所指出的「在同一門科學中，對事物的知識和對事物原因的知識在下列不同的條件下是不同的：(1)結論不是從前提直接推論而來。(2)雖然結論是從前提推論出來，但它卻不是原因而是從兩個可轉換的詞項中得到，不是原因的那一個可能知道得更清楚，所以證明從此而進展。(3)如果中詞不能轉換，不是原因的東西比原因更容易了

解，那麼事實被證明而根據卻不能被證明。(4)中詞與大詞和小詞不相交的三段論亦是同樣的情況。在這些三段論中，證明說明了事實卻沒有說明根據。因為原因沒有得到陳述。」(*An. Post.* 1.13, 78a23-30; 78b11-15)

再其次，亞氏認為詩產生的原因，除了模擬之外，第二個原因是建立在人類的旋律與節奏的本能或天性中，而詩之格律顯然為節奏的部份（*Poetics* 1448b21-22）。由於這兩個原因都根源於人類的天性，也就是自然。「所謂自然，就是一種由於自身而不是由於偶然地存在於事物之中的運動和靜止的最初本原和原因」（*Physics*, 2.1, 192b 22-24）既然它是自身存在的運動和靜止的最初因，就無需再去證明其存在了，如果還有這種企圖反而是幼稚的。是故，詩的產生是自然的，詩人所扮演的角色，作詩無寧為順應其天性自然。或許詩人的這種才能是漸次發展的，成熟時變得無法抗拒即興而作詩。

基於詩人的特質分成兩個方向發展，心性嚴肅者模擬高貴的、好人的動作，歌頌神讚美英雄，由敘事詩到悲劇；比較瑣屑的一類則模擬卑微者的動作，最初完成了諷刺詩，再發展出喜劇。

因此，亞里斯多德主張不只是詩人依循其天性（自然）發展其才能，完成其作品和類型取向，而且這些種屬同樣由自然本身的原因運動，延續活動，演變到達其目的，建立了自然的形式，然後才靜止打住。[10]

亞氏可能為了加強其論證的真實性和可信性，於是在第四章和第五章分別列舉悲劇和喜劇的歷史，因為歷史所描述的是已發生之事，既然「已經發生則是明顯地可能，否則它就沒有發生。」[11]換言之，它代表事實證明了亞氏的自然發展的歷史觀。首先他指出「悲

劇——喜劇亦然——最初僅是即興創作，一個根源於酒神頌的作者，另一個來自陽物歌，至今還在我們好多個城市中使用。」（64）認為戲劇起源於儀式的說法，由十九世紀末二十世紀初的人類學家，特別是劍橋學派的研究成果，使其成為論述戲劇起源中的顯學。[12] 亞氏指出：「艾斯奇勒斯是第一個引進第二個演員的作家，他降低了合唱團的重要性，且使得對話成為主導的部份，索福克里斯提升了演員的人數為三人，增添了景繪。」（64）當希臘悲劇的演員只有一人時，不論其換過多少次面具和服裝，總是沒有面對面的互動與衝突，同時也只有演員和合唱團的交替表演、交流、少許對話而已。或許可以說它離酒神頌不遠，戲劇性很薄弱，為悲劇初期形態。在其變為兩個乃至三個時，角色人物倍增時不但戲劇的張力加大，對話自然變多，功能愈益複雜，相對地壓縮了合唱團的唱詞的量並降低了它的作用，兩者呈現出此消波長的現象。景繪雖不必然是劇作家的職責[13]，但是索福克里斯的發明或引進，標示了對戲劇演出的重視。

此外，「因為要涵蓋較大的範圍，放棄了簡短的情節，為了悲劇的莊嚴的樣式，不用早期羊人劇形式的，怪誕語法。然後是短長格取代了長短格四音步，它根源於悲劇詩還用羊人劇的體例時，且與舞蹈的關係比較密切。一旦對話進來後，自然本身會發現適當的體例。由於短長格在所有的體例中最接近口語：事實上，談話的語辭進入短長格遠比其他任何韻文體來得多；很少變成六音步，唯有脫離日常生活語調才用。」（64）這裡企圖說明的不只是悲劇演變的軌跡，而且更注重的是引發它變動的原因。悲劇在走出酒神頌之後，可能有一段時間採用較其為早的劇種——羊人劇的形式，然而又發現其規模、樣式不符合的悲劇的目的需要，必然要找到恰當的

形式。同樣的羊人劇的長短格四音步，其節奏和旋律與其舞蹈的步伐一致，能達到羊人劇的怪誕樣式。[14]尤其是在悲劇發展到以對話為主導，合唱的曲詞僅為輔助時，自然要尋求適合的體例。由於短長格最接近生活的語言，能夠模擬人物之間的互動說話，不像六音步體詩適合敘述，模擬英雄。亦即是說按照亞氏的觀念悲劇不適合採用酒神頌、羊人劇、或敘事詩的體例，同時因其自身的目的，自然要發展最適當的形式，才會停止。

　　或許因為喜劇出自陽物歌本就生育力的象徵，必然涉及與性有關的內涵，很容易被視為淫褻，觸犯的道德上的禁忌。因此，從喜劇的字源上解釋，認為「它們不見容於　當代的都市，被迫從一村流浪到下一村演出。」(57)如按官方的紀錄，首次在城市的戴奧尼索斯（City Dionysia）祭典中參與競賽的時間是公元前的四八六年，比起悲劇於公元前五三四年，所舉行的第一次競賽，幾乎晚了半個世紀。亦可見其不受重視的程度，從而對其早期發展的情形，近似空白一片，所以亞氏才有「喜劇沒有歷史，因為最初沒有嚴肅地對待它。」(70)僅指出「情節最初來自西西里；雅典的作者克萊斯特是第一個放棄長短格或嘲諷形式，並推廣其主題與情節的人」(同前)當喜劇詩人成為知名人士的時期，喜劇就已經取得了明確的形態，然而關於誰提供面具或序場或增加了演員人數等細節依舊成謎。

　　最後，亞氏沒有討論有關敘事詩的發展史，僅指出與悲劇的不同有兩點：第一敘事詩只用一種詩體來敘述；第二敘事詩的動作沒有時間限制，而悲劇起初也一樣沒有限制，到後來其長度演變成「盡可能限定於一個太陽日裡完成，容或稍為超過這個限制。」(71)這第一點一直要到二十世紀的布萊希特才有正式的挑戰與回應；第二點則形成新古典理想的規範之一，所謂「三一律」中的地點的統

一，甚至因為它還引起軒然大波，「熙德的裁判」亦成為戲劇史上的著名的公案。[15] 凡此種種，恐非亞氏所能逆料，拜沃特（Bywater）就曾點出：「亞里斯多德實際上說得不是一句箴言，只是偶然發現其時代劇場在實踐中的一樁事實。」[16]

不過，我以為亞氏無意敘述希臘各類詩的發展史，如果這樣做也會超出詩學的範圍之外。如前所述，他只是用歷史的軌跡來印證每一種詩都會找到它自己的自然形式。由於敘事詩與悲劇的模擬樣式的差異才會演變出不同之處或特殊之點。同時，才恰好可以銜接第六章的開頭「關於六音步體詩之模擬，和喜劇留到後面再說。讓我們現在討論悲劇，如先前說得的結果，為其下正式的定義。」（74）他在一至三章中分別自模擬的媒介、對象、和樣式，連續對詩的種屬做出明確的劃分，讓我見識到確實存在這些類別。

然而劃分的方法不能產生結論，因為結論必須不是一個問題，也不是給定的，它必須從其前提中推論出來，並且沒有任何階段使我們發現，如果給定某些條件，研究的對象就必定具有所要求的定義。[17] 因此，即令亞氏已解釋了詩產生的兩個原因，且從自然或天性中分析其發展的趨向，尤其是列舉了希臘悲劇演變的軌跡來證明其推論的真實性和可信性，但仍然有必要對於悲劇究竟是什麼做出解釋或給予定義。更何況從城市的戴奧尼索祭典第一次舉辦悲劇競賽至詩學的講解時，約為兩百年左右，且按亞氏的理論它已取得明確的形態而打住。

三、悲劇的定義及其基本要素

是故，此時為悲劇這一個慣用語下定義，無疑地也是明智之舉：「悲劇是對一個高貴的、完整的和一定規模的動作的一種模擬；

在語言中使用各種藝術的裝飾加以修飾，數種分別見於劇本不同的部份；由人物表演而非敘述形；通過哀憐與恐懼的事件使這些情緒得到適當的淨化。」（75）接著亞氏據此定義演譯出情節、人物、措辭、思想、場面、歌曲六個構成悲劇的基本元素，並分別加以說明。其中歌曲與措辭兩個為模擬的媒介；場面屬於樣式；情節、人物、思想是模擬的對象。進而依照重要性排列出情節、人物、思想、措辭、歌曲、場面的等第。

　　雖然亞里斯多德並未明言，但是他就按此等第，在以後的章節中分別論證解說。同時其所分配的章節數，或所占的份量也與其重要性成正比。因此，對於「歌曲」的意思，他以為人盡皆知無庸贅語；而「場面」在亞氏的觀念中它最少藝術性，與詩的藝術的關聯性最小，也就約略提及而已。唯有思想的部份，因其不合比例原則，他特別解釋道：「關於思想，我們可以採用修辭學裡已經說過的部份，因為對這個主題的探究，屬於修辭學的範圍。」（162）其細心謹慎可見一斑，從而我們現在所發現的《詩學》的疏漏處，極可能另有緣故。

　　再者，亞里斯多德於此定義所演繹出來的悲劇六要素，不但適用於希臘的喜劇，甚至是整個戲劇類別的基本要素。從而他不像修騰（Hutton）所言：「由簡單的觀察和歸納所發現。」（p.12）儘管它無法跟嚴謹的數學的演繹相提並論，但方法並無不同。

　　固然，亞氏於第六章中對於構成悲劇的基本成份或元素的意義，作了一定程度的解說，甚或是予以界定。不過，悲劇的定義中留下需要進一步解釋或界定的概念仍然不少，有些概念在下面的章節得到延續性的討論，如「動作的完整、統一與規模」；悲劇的特性——「哀憐與恐懼」的表現等，但也有一些應該解析卻未解析，

如「動作」與「淨化」等，因此，也成為本書重要的課題，將於後來的章節中討論。此間所欲分析的是其體系的建構。擬分成下列幾個部份來描述：

（一）完整、統一與規模

首先界定「完整是有開始、中間與結束。開始是它本身必然地無須跟隨任何事，但某些事自然地隨後產生或到來。相反地，結束就是它本身自然地跟隨於某些其他事，是出於必然性或是一種規律，卻無事跟隨著它。中間是跟隨著某些事正如某些其他的事跟隨著它。」（84）看起來簡單平凡，其實蘊含了顛撲不破的道理，而且做起來並不容易。是故，它也可以成為動作與情節的評價的基準之一，所謂「一個好的情節建構，必定既不偶然地開始也不偶然地結束，會與這些原則一致。」（同前）

其次，由於所模擬的動作雖然完整，但其規模不足，感覺模糊，無法判斷其是否完整與統一；亦或者是由於它太大太長，不能立即窺其全貌或不容易記憶，以致無從得知其部份與部份，部份與整體之間是否具備完整性或統一性。兩者都有可能無法產生美感，因為美要建立在規模和秩序上。從而亞氏界定悲劇的規模是「在事件序列所構成的有限的範圍裡，容納按照概然或必然律，從不幸轉到幸福或者是由幸福轉到不幸的一種改變。」（85）值得注意的是亞氏認為悲劇的動作和情節的轉變可以有上述的兩種情形，但是，無論如何，劇中的主人公至少要經歷過一次的不幸的遭遇或受苦，否則就不能稱為悲劇了。也就是說不幸在邏輯上說為悲劇的充足且必要的條件。

再其次，「由於一個人的生命中的事件有無窮變化，不能約減成統一體。一個人有許多動作，我們不能把它變成一個動作。」（88）

「所以情節的處理也存於一個動作，必要模擬一個動作並且為一個
整體。如果他們的任何一部份遭到替換或移除，整體將會脫節和混
亂。因為一件事的有無，不會造成明顯的不同，就不是整個有機體
的一部份。」（89）亞里斯多德在此所提出的有機的統一體的概念
不只適用於悲劇和詩的整個種屬，甚至是所有的模擬的藝術，亦即
是現代所謂純藝術（fine art）的創作技巧上的考量因素與批評的基
準，影響至為深遠的一個概念。

（二）詩傾向於表現普遍，歷史則為特殊，所以詩比歷史更哲學更 高層次。

　　關於詩人的功能的討論，亞氏是從比較詩與歷史的差異的角色
切入，認為並非一個用韻文，另一個寫散文；而是一個描述已發生
的事，另一個則說可能發生的事。「因此，詩比歷史更哲學更高層
次：由於詩傾向表現普遍，歷史則為特殊。所謂普遍，我意指某一
類型的人按照概然或必然律，在某一場合中會如何說如何做；詩裡
雖賦予人物姓名目標卻在這種普遍性。」（94-95）相對地，歷史所
紀錄的已發生的特殊事件，有可能是偶然發生，出自機會與巧合。
有關這一點，或許他在比較敘事詩與歷史的時候，講得更明白些：
「它的結構不同於歷史的編寫，那種必然呈現不是單一的動作，而
是把所有發生在那一個時期裡的一個人或許多人的事件編寫在一
起卻甚少關聯。發生於相同的時間，但沒有導向任何一個結果，所
以在事件，卻沒有隨之產生單一的結果。」（186）就因為這樣，詩
人固然常常選擇傳說神話的題材，甚至純屬詩人虛構者，但這不表
示詩人不能用真實發生的事，「甚至如果他有機會處理一樁歷史題
材，也會不失為一位詩人；因為真實發生的某些事，沒有理由不應

該符合概然律或可能性，就憑藉著處理他們的性質，使得他成為一位詩人或製作者。」（95）換言之，它的道理很清楚，詩人應該是情節的製作者猶勝於韻文的使用者，他是一位詩人因其模擬的緣故，並且是因為他模擬了一個完整和統一的動作。

同理，亞里斯多德又依據此一基準，特別指出「在所有的情節和動作中拼湊是最壞的。我稱一個情節為「拼湊」，是指在插話或段落中與接續的另一個沒有概然的或必然的關聯。」（95）無論其原因為何？是由於壞的詩人自身的缺失所造成結果；亦或者是好的詩人為了競賽的緣故，過分拖延情節超越其負荷的能力，並常迫使自然的連貫性中斷，都是个好的。

接著亞氏在第九章的最後一段，首次對於悲劇定義中的哀憐與恐懼的問題提出解釋：「悲劇不只是模擬一個完整的動作，而且事件要能激發哀憐與恐懼。」（96）反之，如果事件不能激起這些情緒效果，恐怕就不能稱為悲劇，亦即是說它是悲劇的特性，因此有別於其他戲劇的類別。此處提起它是否恰當，為什麼不在以後的章節中一併討論，的確有商榷的空間。[18] 不過，也仍可視為前面命題的延續，在悲劇的動作情節的安排與處理中，依循著概然或必然的因果關係發展時，「如果是他們本身所發生的或出於意外，悲劇的驚奇也隨之增大，當他們有一種設計的氣氛甚至是巧合時，才是最具衝擊力的。我們可以舉米提司在阿戈斯的雕像一節為例，雕像倒下來壓到他的謀殺者，其時他只是一個節慶的旁觀者，並且砸死了他。這樣的事件似乎不只是歸於機運。因此，情節建構在這些原則上必然是最好的。」（96）從上面的論述看來，亞氏主張悲劇在情節的處理或安排上，除了要合乎必然或概然的因果關係，能夠產生哀憐與恐懼的情緒之外，還要由事件帶來驚奇的效果，才是最好的。他所舉

的例子，雖已不傳，但這個故事羅馬的作家普羅塔克（Plutarch）有記載，標題為「關於神終究會懲兇」以米提司的雕像壓死米提司的謀殺者為例，證明神的意志會干涉人類的事物，相信在人的世界之外有神的存在。此處亞氏所欲討論與神或道德無關，強調悲劇的情節或事件的發展中，除了必然和概然之外，還可以包含意外（accident）、巧合（coincidence）、機會（chance）。誠然，就一般的觀眾或讀者的興趣和娛樂的效果而言，的確不錯，但以嚴肅的文學來看，恐有質疑之處。不過，像易卜生的晚期的作品《總建築師》（The Master Builder）的結尾，即是索爾尼斯（Solnes）本有嚴重的懼高症，竟然賈其餘勇，爬上鷹架去掛花環，但最後還是一個倒栽蔥摔死了。《在我們死者醒來的時候》（When We Dead Awaken）也是以魯貝克（Rubek）攀登至峰頂時遭雪崩而亡。雖然兩人死於意外，但都有其他複雜的意涵，悲劇效果不錯。似乎驗證了的亞氏的主張。

　　然而亞里斯多德於此肯定『詩比歷史更哲學更高層次或更真』（94），似乎間接反駁了其師柏拉圖對詩的貶抑，所謂『距真理還隔著兩層』的說法（《理想國》，卷十，頁四六五），為詩人爭取了一席之地，但也不意味著詩人就需要變成哲學家。修騰說得好：「詩中雖存在著普遍卻不以啟蒙觀眾為目的，或者教導他不知道某些事，只是以製造可認知和可信服的模擬帶給一般人快感為目的。」（Hutton, 1982, p.14）至於詩中的普遍究竟是什麼意思？又是如何形成的？亞氏在其《後分析》最後部份的說法，似有很高的參考價值：「從感官知覺中產生記憶，從對同一事物的不斷的重複的記憶中產生經驗。因為數量眾多的記憶構成單一的經驗。經驗在靈魂中作為整體固定下來即是普遍。它是與多相對的一，是同等呈現在它們之中的統一體。經驗為製作和科學提供了出發點。這些能力既不

是以確定的形式天生的，也不是從更高層次知識的能力中產生，它們從感官知覺中產生。只要有一個特殊的知覺對象站住了，那麼靈魂中便出現了最初的普遍，然後另一個特殊的知覺對象又在這些最初的普遍中站住了。這個過程不會停止，直到不可分割的類，或終極的普遍產生。顯然，我們必須通過歸納獲得最初的前提，因為這也是我們通過感官知覺獲得普遍概念的方法。」（2.19.100a5-100b4）

（三）情節的種類

　　按其在第六章中所界定的情節為：「事件的安排」（75）而今以對立範疇中的欠缺和擁有（*Categories* 10，11b33ff）將情節劃分為單純與複雜兩類，因為「真實人生中的動作，明白地顯示出類似的差異，而情節是對它的一種模擬。」（100）所謂單純是指在一個完整和連續的動作中，劇中人物的命運沒有發生情境的逆轉和發現者；而一個複雜的動作會伴隨著逆轉，或發現，或兩者都有所造成一種改變（100）。因此，複雜情節有三種可能的情況。不過這些都應該來自情節內在結構的延續，所依據的將是先前動作概然或必然的結果。由於任何設定的事件是發生在前在後為因為果情況全然不同（100）。逆轉與發現這兩個語彙分別定義為「情境的逆轉是隨著動作轉向其相反方向的一種改變，並且常按照我們所謂的概然或必然的規律進行；發現，正如字面所示，是從無知到知的一種改變，隨著詩人安排的幸與不幸的命運，在人物之間產生了愛或者恨。」（102）

　　接著又指出發現雖有不同的形式，但最好的發現形式是與逆轉同時發生者。再者，自無生命的物件中發現不如人物的發現，因為發現一個人做了或沒有做某件事，與情節和動作的關聯最為緊密。與逆轉結合，將會發生哀憐與恐懼，正是悲劇所要求表現者。

　　此外，幸與不幸的結果都建立在此情境上。其次，發現存於人物之間，它可以發生在只有一個人被另一個人發現，或者有必要讓雙方發現。再其次，情境的逆轉和發現都會引發驚奇。

　　當亞氏討論過逆轉與發現的意義、最好的發現形式、及其效果之後，提出悲劇情節的第三個部份受苦（suffering）。而受苦的事件或場景是來自破壞性動作諸如舞台上的死亡、身心之折磨、受傷及其他類似者（103）。其實這個部份為悲劇動作中不可或缺的不幸的階段。[19]

　　因此，在邏輯上應該銜接第十三章「依照前面所講的內容延續下來，我們必要討論詩人的目標應該是什麼，在建構其情節中應該避免什麼；用什麼方式才會產生悲劇的特定的效果。」（112）不應該是中斷去探討有關悲劇情節「量的別劃分」，至於其他的理由前已言之，在此不贅。

（四）悲劇的特定效果

　　第十三章討論哀憐與恐懼的效果的產生，與情節結構和性格的要求條件；第十四章注重在個人的悲劇事跡與哀憐和恐懼產生的情形。惟亞氏處理的方法則無二致，首先列出所有的可能性，然後再找出最好的形式。反之亦然，在排除了各種不可能，剩下就是最有可能者。並應用其範疇論中的兩個相反的對立組來劃分和推論證明（*Categories* 10，11b 34 -37）：依此二分法，人有好壞善惡；命運也有幸轉到不幸的改變，亦或者是從不幸轉變到幸福；能不能引起哀憐與恐懼，就有如下列可能的情形：「首先，命運的改變必定不是呈現一個善良的人從幸福轉到不幸的景像，因它激起的既不是哀憐也不是恐懼，它是令人震驚。再者，不宜讓一個壞人從不幸轉到幸福，因為它絲毫不能轉化成悲劇的精神，它一點不具悲劇的性

質；它既不能滿足道德感，也不會喚起哀憐與恐懼。再其次，不應該是十足壞蛋之毀滅展示而已。無疑地，這類情節將會滿足道德感，但是它激起的既不是哀憐也不是恐懼；因為哀憐是由於不應得的不幸所引起；恐懼是由於一個像我們自己一樣的人遭遇不幸。」（112-113）既然這些都不符合，剩下最有可能的情況是什麼？按亞氏在相反的對立組中容許有中間項的存在，亦即是說黑與白之間為灰色地帶，善良與邪惡之外，也有無以名之的一類所謂：「其人並無顯著的善良與公正，他的不幸也不是由邪惡與墮落的行為造成，而是因為犯了某種錯誤或過失。」（113）然而亞氏於第二章中主張「模擬為動作中的人，這些人必定是較高較低的類型」（52）其高低主要是以倫理品格來劃分，好與壞存有道德上的不同之標誌，並以此區隔悲劇與喜劇，而有「喜劇企圖表現的人比較壞，而悲劇要比現實人生來得好。」（53）就會與此中間類齟齬，所以在結論時就有所修正：「是故一個好的情節建構應該是形成單一的結局，勝過維持雙重的結果。命運的轉變不應從壞變好，而是相反，由好轉壞。它之所以有此結果不是因其邪惡，而是由於某種重大的過失。正如我們所描述的，或者此人善大於惡。」（113）

其次，亞里斯多德將哀憐與恐懼的來源，分成兩種認為「哀憐與恐懼可以由場面喚起；也可以由這部戲的內在結構產生，後者是比較好的方式，並象徵著一位優秀的詩人。」（120）有關這個問題會在第四章中討論，在此不宜重覆。

再其次，動作要能產生哀憐與恐懼的效果，必定建立在角色間的關係，與行為者做了或沒做，知道或不知道，形成複雜的辯證關係。方法也是先列出各種可能的情況，然後找出最好的，並舉例證實其說：

1.動作發生在角色之間是朋友或者是敵人亦或是不相干的人。

　　「如果一個仇敵殺現死一個仇敵，不論是行動或是意圖，都不會激起哀憐之情，除非是受苦的本身令人同情外，別無其他，與不相干的之間亦復如此。但是當悲劇的事件發生在他們之間他是另外一個人的親人或親密的人──舉例而言，如果是手足相殘，或意圖殺害一個兄弟，子弒其父，母害其子，或子弒其母，或任何其他這類關係人之做為──這些情況都是詩人所尋找者。」（121）接著舉出一些希臘流傳久遠的傳說故事來印證。惟其原則不變，那就是依照角色之間的親疏關係而定，愈親近發生的傷害愈大，反之愈小。

2.所有的情況以及那一種最好。

　　第一種情況的動作是自覺地的做為並對當事人有所知。第二種情況是做了可怕的行為，在無知的狀態下做的，其親屬關係或友誼的臍帶是在事後才發現的。第三種是對於要採取行動的對象有所了解然後停止行動。第四種是由於無知某人要去做無可挽救的錯事，然而在他做之前就悔悟了。

　　這些是所有可能的情況了。因為必定是做了或沒做──是有意或無意的情況下做的（122）。在所有的這些方式裡，對於要採取行動的對象是清楚知道的，然後又沒有行動是最壞的。它令人震驚卻沒有悲劇性，因為沒有災禍隨之發生。再來比較好的方式是明知故犯。更好的方式是在無知的情況下，犯了罪惡，事後才發現。最後一種情況是最好的，亦即是說在無知的狀態下要做，但明白了就不做了。（121-122）然而我對亞里斯多德所做的優劣順序的判斷有所質疑，難以苟同。因為能不能產生悲劇的特定效果──激起哀憐與恐懼的情緒，是按照動作中的人是否對其親人做出致命的傷害為前

提。是故，第二種必然優於第一種與亞氏的論斷一致；同樣地，第三種也比第四種為佳。

　　其次，令其親人致死或造成重大傷害者，究竟知不知道其間的關係，則必然歸因於動作者的品德或性格。既然悲劇所模擬的對象要比一般人來得好，或者是此人要善多於惡，其人之不幸非出於邪惡與敗德的行為，所犯之過失或錯誤和他受到的痛苦與折磨不成比例，有不應該遭到這樣的懲罰的感慨，令人不忍卒睹時，最能激發哀憐與恐懼的情緒，所以第三種又比第二種為好，亦即說第三種才是最佳者。甚至於有沒有做出對親人的致命傷才是悲劇動作或情節的關鍵，不可或缺的部份。因此，像第四種由於動作中的人處於無知的狀態下，企圖做出傷害其親人，但是當他或她發現了所欲殺死的對象真實身份，及時停止行動。先前所帶給旁觀者任何的情緒反應，都有些虛假，不是真正的哀憐與恐懼。從而我認為第二種都比第四種為優，第四種僅優於第一種而已。

　　再其次，如以實際的例證作比較，索福克里斯的《伊底帕斯王》可視為第三種的代表作，從希臘到現代一直都是大家公認的古典悲劇的典範。而優里匹蒂斯的《米迪亞》雖有爭議，對其殺子以報傑生之負情背義，感到她過於殘酷，失之邪惡，其結局太恐怖，難以忍受。惟仍可將其列入偉大悲劇之林，應無多大疑義。相對地，亞氏所列舉的三部悲劇最佳範例，現僅存《在陶力斯的伊菲貞妮亞》而已，但按其情節中最能引起哀憐與恐懼之逆轉和發現的結果來看，就因為姐姐及時得知弟弟的身份而相認，避免了不幸的災禍成功地返國。根本是一部傳奇劇或悲喜劇，或被視為開創這類戲劇的先河。或許這四種方式之價值優劣判斷，是否為後人所竄改？或者亞氏一時糊塗所致？就不得而知了。

　　一般認為亞氏《詩學》在情節的論述結束之前，都非常嚴謹而且精采，但對人物和思想的部份只有簡略的處理，並且從第十五章中間開始到十八章結束以前就落入實踐和經驗的觀察，也比較沒有特別的編排順序。[20]也不如從十九章後半到廿二章對語言或措辭部份的論述又比較井然有序。

（五）性格處理原則與目標

　　首先，亞氏指出悲劇人物性格的處理應以下列四個作為標的：「第一並且也最重要，他們必須是善良的。如同前面所說，性格乃是劇本的一個元素，一個人說什麼或做什麼都顯示一定的道德目的；如果目的是顯示善良，性格將是善良的一個元素。這個規則適用於每個階級。第二個要做到的目標是適當。例如：丈夫氣概地勇武的類型，但是一個女人有英武氣概，或者狂放不羈的才女就不合適。第三點，性格必須逼近真實，它跟先前的善良和適當是不同的特點。第四要讓他們一致並且貫穿全劇；甚至如果模擬的主體是矛盾的類型，他仍然必須一致地呈現矛盾性格。」（128）亞氏於此的說法過於簡略，可能是因為在其《修辭學》第二卷中已有論述，他說：「讓我們繼續深入人類性格的細節，討論他們是什麼樣的人的一種轉變，則牽涉到他們的激情、習慣、年齡、和機運。我所謂激情是指憤怒，色欲及其地類似者；而這個主題我們先前已討論過了。稱之為習慣者，我指的是善與惡：如前所述，兩者指向其所形成的有意的抉擇，和其所產生的行動。年齡即是青年、中年與老年。我所謂機運的意思，是出身高貴、財富、和權勢，及其相反者；一句話係指好運與厄運。」（Rhet. 2.12）確實，關於各種激情的問題，是在《修辭學》第二卷的一至十一章中詳細的分析討論過；而善與

惡，光榮與可恥的部份則於第一卷的第九章解說，因為它們是演說者讚揚或譴責的對象；在討論它們的同時，還能表明通過什麼途徑才能讓聽眾感受到性格的某些特徵，這是說服中的第二種取決於聽話者的傾向；要使演說者自己和聽話者對於有關德性的事物產生信賴感，因為根據的方法是相同的；年齡和機運的論述見於第二卷的十二至十七章。

唯獨性格中第三個目標逼近真實，不但在此未曾定義解釋，也不見於他書。倒是文藝復興時期的新古典主義的理想就是以此為其基本的前提，三個繼起的目標：真實性（reality），道德性（morality），和普遍性（generality），極可能脫胎於此。

其次，性格的描摹與情節結構的處理原則一樣，要常注意到「合乎必然或概然的可能性。因此，其所設定性格的這個人物，在一個設定的方式中，應按照必然或概然的規律說話和做事，正如某件事應該依循必然或概然的序列。」（129）畢竟亞氏是個理性論者，認為詩中的一切處理都以合理化為前提，所以他堅持排除「神從天降」的方式，解決任何情節中的糾結。[21] 而有「動作的範圍內不能不合理。如果不合理實在不能排除，它就應該排在悲劇的範圍之外，如索福克里斯的《伊底帕斯》劇中之不合理元素。」（129）同理，如果設定伊帕底斯是鹵莽急躁的性格，就會做出鹵莽急躁的言行舉止。至少要在劇中前後保持一致。

此外，亞氏重申先前的主張：「悲劇是對一個超出一般水平之上的人物的一種模擬，並以一個好的人像畫家做為追隨的榜樣。當他們再現其本人的特殊的形貌時，除了畫得逼真外還要更美一些。故詩人也一樣，表現一個人是怠惰的或易怒的或其性格的缺點時，應該在保留這個類型外，還可以讓更高貴些。」（129）所以不論悲

劇的取材為何,是來自傳說神話、純屬個人的虛構想像、歷史、現實生活都應遵守此原則才是。

(六) 發現的種類

　　關於發現的一般問題,已於十一、十二章中討論過,照說就應該列舉出所有的可能性,並找出最佳的形式,甚或排比出優劣順序,但亞氏卻將其延後至十六章才加以說明。

　　首先,由於才智的貧乏,少有技巧性最通俗地用法是記號的發現。其次是出自詩人隨意的發揮,算起來也是藝術上的發現。第三種是靠記憶,當看到某物喚起一種情感,因此而辨識。第四由推理而來的發現。甚至也包括一種合成的發現糾纏在人物的錯誤的推論上。最後也是最好的方式即出自事件的本身,驚奇的發現是由自然的方式所形成。其優劣秩序成倒數排列。

(七) 思想

　　雖然亞里斯多德把「思想」定位成悲劇六要素中的第三順位,但在《詩學》中除了第六章的解說外,就只有第十九章的前半部的論述,因為他認為這個主題的探究,嚴格說來,屬於修辭學的範圍。因此,亞氏於其《修辭學》中已說過的部份,按照慣例,就不再重複分析解說了。所幸,該書留傳下來可供參考比對。《詩學》僅提及銜接的部份:「在思想項下包括每一種由台詞所產生的效果,並可細分為——證明與反駁;感情的激發,諸如:哀憐、恐懼、憤怒及其他類以者;重要的暗示或者與其相反。」(162)其中的『證明與反駁』見於《修辭學》卷三第十七章;各種感情的分析則見於該書卷二的第二至第十一章;至於『重要的暗示或者與其相反』,一

般都將其對應《修辭學》卷二第二十六章的誇大與貶抑。不過，它也可能指涉事情的大小、重要與否的命題，呼應的是修辭學卷一第三章；以及卷二第十九章討論可能的事──已發生的事──將要發生的事──大事小事。

　　特別值得注意的是亞里斯多德主張思想需要通過劇中的台詞來表達，而台詞在不「顯示說話者選取或避免任何事物時，就不是表現性格。」換言之，台詞有多重功能，除了表現性格外，也有可能是傳達思想，奠基「在證明某些事物的存在或不存在或一般格言之宣述。」（77）亦或者是在「設定的情境中恰當的和可能的說明能力」（76）也就是對戲劇動作的本身作描述和解說其發生的原因。

　　至於所謂「較早的詩人讓他們的人物的論說像個政治家，而我們時代的詩人，則像修辭學家。」（76）可能是指早期悲劇人物的台詞比較像對公眾的演說，彷彿是要勸說或勸阻觀眾似的，因為在艾斯奇勒斯引進第二個演員之前，沒有演員或人物之間的對話，除了和歌隊隊長間的少量對話外，只能與觀眾交流；後來的悲劇才有人物間的對話與交流，產生對某一個主題的思考，進行言辭的說服。其效果可能取決於說話者的性格；聽話者的傾向；以及對事物本身的論述，是否得到證實或證明為合理。

　　再者，「戲劇的台詞與戲劇的事件，有必要採取同樣的觀點來處理，使這個對象能激起哀憐、恐懼、重要性或可能性。唯一的差別在事件無需言詞來展示，就能說清楚它自己；當這個效果鎖定在台詞中，還要由說話者來發動，並做為台詞的一種結果。如果思想所揭露的完全脫離了他說什麼，還要說話者做什麼？」（162-163）

　　由此可見亞氏不只是把悲劇的思想與措辭結合起來，認為思想需要靠台詞來表達，同時又不能脫離人物的性格而存在。與情節事

件一樣依據概然或必然的原則處理，　能令觀眾產生哀憐與恐懼之情緒，達到悲劇的效果。

（八）措辭

　　從十九章的後半至二十二章為止都在討論悲劇的第四個重要元素──措辭，儘管亞氏一開始就表示它是「對語調模式表現的一種探究。但是這知識領域屬於演說術和那種科學的專精者。」（163）亦即是說它是另外一種藝術不是詩的。然而他還是不厭其煩地從一般語言中的基本元素講起，分析了字母、音節、連接詞、名詞、動詞、語尾、句子的意義和性質。接著再界定並且舉例解說詩中所容納之詞類，諸如：通行、外邦、隱喻、創新、延長、縮短、變形和性別等。而後根據詞類的性質，演繹出如何選擇和運用於不同的文體和表現模式。

　　首先，亞里斯多德指出：「完美的文體是清晰卻不俚俗。最清晰的文體是只用通行和適當的字詞；同時它也是俚俗的。但在另外一方面，其措辭艱深和超凡脫俗，用的都是不尋常的字。所謂不尋常，我的意思是指外邦的或罕用的字、隱喻的、延長的、簡而言之，任何不同於平常的用語。若有一種文體全用這樣的字詞來寫就成了謎語或難懂的怪詩；謎語，如其由隱喻組成；難懂的怪詩，比方說它是以外邦或罕用語組成。」（180）顯然，亞氏的方法是以一種混合的、不偏不倚、中庸的文體為理想，接著點出各走極端的缺失，然後提供如何補救的方式，亦即調和理論或相對主義。

　　是故，就文體而言，為了超越平凡和俚俗或者說是要避免此等缺失，就要在通行的和適當的字詞中，注入一定程度之外邦的、隱喻的、裝飾的以及其他詞類。然而一旦超過了某一個限度又會妨礙

清晰度。比較起來，延長、縮短、或變形語，因其只是從正常的慣用語中逸出的例外情形，使得語言有些差別；同時，部份與慣用法相一致就會容易理解。（181）換言之，這些詞類的性質既不過於平凡俚俗，也不致太新奇難懂，近乎中庸之道。同理，任何字詞都不能肆無忌憚地運用，都會顯得怪誕。猶有甚者，所有詩的措辭模式都必須節制。「隱喻、外邦、罕用的字詞或任何類似形式的詞句，如果用得不恰當將會產生類似的效果或者是用來表達可笑的目的。」（同前）

再者，由於各種字詞有其獨特性，所以各有其適合的詩體。諸如：「複合字最適宜酒神頌，罕用字合乎英雄體，隱喻適應短長格。事實上，在英雄詩裡，所有這些變化都能用。而短長格，因係再現，儘可能做到平常說話，最適當的辭彙，甚至見於散文。所謂這些是指通行的或適當的，隱喻的和裝飾的。」（182）

最後，亞氏強調研究這些表現模式是件適當的而且必要的大事。在各種字詞中，最困難的要數隱喻的駕馭能力，甚至可以說：「唯獨這一項不能由別人傳授；它是天才的標幟，因為創造好的隱喻蘊含著對類似性之慧眼獨具。」（182）

四、詩人編寫時應注意的事項

從以上所描述的亞里斯多德《詩學》應用的方法和體系看來，第十七章和第十八章與前面分析和解說的情節與人物，以及後面討論的思想與措辭部份不連貫，像是硬生生地插入破壞了一個有機的統一體。其所造成的破壞程度猶過於第十二章，因此，我非常懷疑它是後來增補的。不論它出諸於亞氏本人或其他任何人之手，均非高明之舉。當然，沒有任何的證據，純粹只是邏輯的思維和合理的

推斷。即令是像有人指出在第十九章的一開始就說：「悲劇的其他部份都已討論過了，剩下要說的是思想和措辭。」(162) 恰好第十七章有「詩人在建構情節和想出適當的措辭中，應盡可能將其場景放在眼前。」(144) 雖不是用「場面」一詞，但明白地指出戲劇動作在舞台或劇場中呈現才能避免的缺失，確實與場面元素有關。又按第十八章將悲劇分成四類，其中第四類又是建立在「場面」、「場景」的因素上，而該章的最後一段所討論的主題為合唱團應當作為演員之一，因此應該是整體的一部份。詩人不能把歌唱作為插曲，與主題甚少關聯，跟其他任何悲劇放在一起均無不可。(152) 所以，這一段是在討論音樂。然而這兩章的主要的題旨並非探究和解說「場面」和「歌唱」兩要素，只是附帶提出而已。事實上，亞里斯多德在現存的《詩學》中均未著墨於此兩要素，可能的原因是他認為它們不屬於詩學範圍和研究的對象。

縱然純粹由編排的秩序上看，把十七、十八兩章置於二十二章之後比較合理，至少是在討論悲劇所有的要素之後，回頭檢討編寫悲劇實務應注意事項，分類與補遺會合適一些。不過，如此說法並不是要否定這兩章的價值，尤其是對編劇至今依然有啟發性。

亞氏於本章所採取的是從詩人創作或製造者的觀點，論作詩甚至是編劇的技巧，主要有幾點：

（一）詩人在其動作和情節已建構出來，人物性格的設定亦遵守前述四個標的 (128)，在這個既定的方式中，依循必然或概然的序列想出適當的措辭時，還應該「儘可能將其場景放在眼前。」如果能依照這個方法就「會非常生動地看見每件事，就好像他是動作的觀察者，他將發現什麼是其中應保持者，

以及最討厭見到的矛盾。」（144）換句話說詩人在編劇時，應將其放在舞台上或劇場中進行，考量各種可能發生的狀況。雖然在當時希臘戲劇的文本的寫作沒有舞台空間的描述，最主要的原因是由於演出的整個視覺風貌是程式化的，並不是按照每部戲劇做個別設計或陳設。

　　是故，亞氏的這項主張是有前瞻性的，跟現代劇場的觀念一致。

（二）詩人在「設想他的劇本時，應充分運用適當的姿勢表情；因為他們感覺到的情緒在通過其所表現的人物產生自然的共鳴，才是最具說服力的；某人陷入感情的風暴，某人憤怒的發狂，都賦予最逼近真實的表現。」（144-145）也就是說詩人或劇作者在設想其人物遭遇到某種不幸的命運時，自然會產生某種情緒的反應，他就應當把他自己的體驗充分利用劇中人物適當的姿勢表情傳達出來。顯然，此處主張的程序是詩人必須先有某種情緒反應，然後才能精確賦予動作者，除了字裡行間流露外，還要藉助姿態表情，最後是讀者或觀眾對其逼真的表現感同身受。

　　因此，「詩蘊含著需要一種特殊稟賦者或者有一種瘋癲傾向的人。」（145）認為詩需要一種恩賜的異稟或者瘋癲傾向的人，並非亞氏的創見。源自古老的信仰，柏拉圖對話錄《斐德羅》篇中指出：「瘋狂有兩類：一類是凡俗的，由於人的疾病而產生；另外一類是神聖的，由於神靈對我們的行為進行干預而使人產生迷狂。而神聖的一類又分成四種，並且歸因於不同的神靈，預言的迷狂源於阿波羅神的憑付；秘儀的迷狂源於戴奧尼索斯；詩歌的迷狂源於繆斯；第四種迷狂則源

自愛弗蘿黛和厄洛斯。」（全集卷 2，頁 174）誠然，第一類瘋狂是不好的，但是第二類迷狂（manic）則是上蒼的恩賜，一份珍貴的禮物。同時既然出自上蒼或神的意志，就非人所能知，亦非人力所能致，而是可遇不可求，變得有些神秘莫測。正如柏拉圖的描述：「首先是預言術（mantic），這個名稱就是從迷狂演化而來，只是多加了一個字母而已。神靈附身作出的預言要比依據徵兆所作的預言完善的多，並且具有更高的價值，因為上蒼恩賜的迷狂遠勝過神智清醒時之所為。

　　其次，由於先人犯下的罪孽，其家庭的某些成員因此發了瘋，遭到災禍疾病之類的天譴。為了找到攘除的方法，得向神靈禱告，舉行贖罪除災的儀式。當受害者進入迷狂狀態，就能永遠脫離苦痛孽海。是故，這種迷狂對受害者來說是一種神靈的依附和拯救。

　　再其次，神靈的附體或迷狂還有第三種形式，源於詩神。繆司憑附於一顆溫柔、貞潔的靈魂，激勵它上升到神飛色舞的境界，尤其流露在各種抒情詩中，頌揚古人的豐功偉業，垂訓於後世。若是沒有這種繆司的迷狂，任誰想去敲開詩歌的大門都不可能，要成為一位好詩人都不可能。若把詩人迷狂時所作的詩歌與其神智清醒之作相比，後者就黯淡無光。」（全集卷 2，頁 150-151）

　　而亞里斯多德對詩人的創作的看法，一方面似乎同意此說，故有「詩是憑著靈感創作。」（*Rhetoric* 3.7.226）但另外一方面又比其師柏拉圖更為理性，更少神秘色彩，就像他雖然再三稱讚荷馬，認為他在許多方面超越其他詩人，卻不曾將其神聖化，變成不解之謎。

　　此外，在《修辭學》中將高貴的天性，特殊的稟賦歸因於遺傳，留下一段相當有趣而且耐人尋味的話：「高貴是對優秀出身的一種稱呼；然而，系出名門也只是沒有辱沒先人或其天性而已；一般說來，大多數都是凡夫俗子，他們並沒有高貴傑出的表現。因為在人類繁衍的世代中，就像來自肥沃土地的收成一樣；所謂偶而成果豐碩，也就是說隔一段時間此一家族出現了卓越之士；然後它又歸於平淡。甚且一個家族的傑出人才走了偏鋒性情瀕臨瘋狂。正如艾西拜德斯，和老戴奧尼夏的後代可為例證；一個沈穩的才智之士的家族，竟生出蠢材懶漢；有如西蒙、波里克力斯、蘇格拉底的后人。」（2.15.p.156-157）換言之，根據他所觀察的現象做出的描述，雖不如現代遺傳學那麼精確清晰，但根本上是一致的。

　　至於詩人具備特殊的稟賦或迷狂特質，如何有利於寫作？亞氏的解釋是「前者讓他容易假定各種情緒的要求；後者使他自己可以擺脫現實地情緒困擾。」（145）這幾乎是一種矛盾性格的要求，詩人一方面要有非常豐富的想像力和情感，才能設定各種情境事件以及不同性格的人物，能做出合乎必然或概然的情緒動作，包括各式各樣姿勢做表；而且還能不受制於詩人他自己的情緒束縛，達到某種超然物外的忘情境界。

　　惟此說法或多或少近於柏拉圖在討論修辭學的技巧時表示：「演說者一方面要能識別聽眾的不同性格；另一方面按本性劃分事物的種類，然後把個別的事物納入一個普遍的類型，從總體上加以把握，否則就不可能在人力所及的範圍內取得成功。」（全集卷 2，頁 184）而克羅齊（Benedetto Croce）所主張的藝術家一方面應具備最豐富的情感，另一

方面要有高度的理性，所以在藝術品中是以其清晰的形式來
駕馭內容上的情緒騷動。這種矛盾性格的要求，極可能是從
亞氏的說法中演化出來的。[22]

（三）詩人編寫作品的步驟

「就故事來說，詩人採自現成的或者是他自己所建構
的，他都應該首先草擬概括的大綱，然後填進各個插話，再
增強其細節。」（145）並舉《伊菲貞妮亞》和《奧德賽》兩
部作品為證，加以說明。亞氏這一個主張或建議，至今在編
寫戲劇、電影、電視的實務中，所採取的故事大綱、分場大
綱、對白本三階段模式，無疑地脫胎於此，這也足以證實其
為有效可行的方法步驟。

此外，亞氏在舉《伊菲貞妮亞》為例時，指出她奉命執
行陶力斯的習俗，把任何闖入的外邦人殺了祭神。因此，「後
來有一次她自己的兄弟偶然來到這裡，事實上為了某種理由
神諭命令他到那兒去，但這是劇本概括的大綱之外的事。再
者，他來的目的不屬於動作的特定範圍。（145）如前所述，
既然是伊菲貞妮亞為中心的故事，關於神諭命令奧瑞斯蒂斯
到陶力斯盜取阿娣米司神像一節，乃是概括的大綱外的事
件；並且他來的目的亦超出動作範圍。是故，亞氏於此提出
編寫故事大綱時，可能會涉及超過劇本甚多的事件，或更廣
大的範圍，不論是依據歷史、傳說、神話、或自己虛構想像
的故事題材都一樣。或許正如哈德生所推斷的有三種可能
性：「一個插話有可能涉及概括大綱與情節外；它可能是在
大綱內卻超出情節範圍外；或者它也可能在大綱與情節範圍
內。」（Hardison，1968，p.221）由於他並沒有進一步探討

其優劣之處，反而有限縮此主張的傾向。事實上，假如不是以一個人的一生為題材（既沒有可能又不合乎動作的統一），一個動作必然或多或少與其他的動作或情節或事件相連接，就有動作的內涵與外延的問題，如果一個動作完全脫離了背景而孤立出來，就會顯得空洞和不真實。一個詩人如何面對處理此一課題，亞氏將其延續到第十八章中討論。

　　不過，該章特別複雜，篇幅不長卻涉及五個不同的主題，它們分別是糾結與解決；悲劇的分類；敘事詩改編為悲劇的問題；悲劇的結局不應投眾人之所好；合唱團的處理等。

（四）糾結與解決

　　「每部悲劇包含兩個部份——糾結與解開或解決。事件從外部連接到動作又常與動作有關的部份結合在一起，形成糾結；其餘則為解決。所謂糾結我意指所有從動作的開始延伸到標示為轉向幸或不幸的命運的轉捩點。解決是從轉變的開始延伸到結束為止。」（150）顯然延續了前一章的問題，亞氏認為詩人在建構其情節事件時，就好像編織一樣，先是如何打結，然後是和何解開那些結。而此處特別強調的是詩人在模擬的一個所謂完整和統一的動作，並非孤立、絕緣、單獨存在的個體，仍舊和動作外的事件或其他的動作互有關聯，甚至會影響此一動作的發展或進行。正如先前所提及的奧瑞斯提斯奉阿波羅的神諭來到陶力斯，不屬於此動作的範圍；又比如說《伊底帕斯王》的動作是尋找誰是殺死前王賴亞斯的兇手，當追查陷入僵局，並無進展時，科林斯的信差的到來造成情節逆轉和發現，但是科林斯王帕里茾斯（Polybus）駕崩一節，以及如何得知伊底帕斯現為底比斯

王，並決定要他回去繼承等事件，均非本劇動作自身所產生的情節，當屬動作外部的事件。換言之，情節的建構所形成的糾結，有的出自動作本身，也有來自外部但與動作相連接。

既然情節是悲劇的靈魂，最重要的元素，當然也是詩人的首要工作，能力的考驗，故有「談到一部悲劇的異同，最好是用情節做金石。相同與否就看其糾結和解決的部份。」（151）甚至指出後者比前者尤難而有「許多詩人打結做得很好，卻做不好解開它的工作。」（同前）當然能夠充分掌握兩種技巧者，才是真正的好詩人。

（五）題材的多寡與詩的類型關係

詩人應考量類型的特質與需要，「不要把一部敘事詩的結構變成一部悲劇，所謂一個敘事詩的結構，我意指具有一個多線情節模式——例如，就好像你用整個《伊利亞德》的故事去編成一部悲劇。在敘事的詩篇中，由於它的長度，每一個部份都有其適當的量。在戲劇中若作相同的處理，結果會對詩人大失所望。」（151）由於悲劇的長度限制，正如第七章所界定之適當的規模，無法容納像敘事詩那樣的多線的情節模式，豐富的材料，與其勉強削足適履，倒不如只選擇一部份來表現為宜。舞台的演出可作為最終的判斷的標準。同理，亞氏在討論敘事詩的長度時，也主張不能用整個特洛伊的戰爭題材。「雖然那場戰爭有開始和結束，但它擁有太過廣袤的主題，不容易一窺全貌。再者，如其維持在有限的範圍內，由於事件的變化多端必定過於糾結。」（186）這一段說法又與第七章所界定之悲劇動作必須具有一定規模或長度的觀點一致，前後呼應。（85）

　　相對地，如果詩人所選擇的悲劇的題材不足，為了競賽的緣故，過分拖延情節超越其負荷的能力，以致迫使自然的連貫性中斷，或者在動作情節中，加入「拼湊」的插話或事件都是不好的。（95-96）

（六）合唱團的處理原則

　　在希臘悲劇的發展史中，合唱團與演員隨著時間的推移呈現出此消彼長的情形，合唱團的人數、所占的比例、質量、或功能都在逐漸削減和貶低，但始終維持有合唱團，並未消失。亞氏是從作品統一的觀點而有如下的堅持：「合唱團應當作為演員之一，它應該是整體的一部份，參與動作，要像索福克里斯所處理的樣式，而不是優里匹蒂斯。正如近來的詩人，其合唱歌與這部戲的主題少有關聯，跟其他悲劇放在一起亦無不可。因此，他們只把歌作為插曲——實際上是從安格松開始的。採用了這樣的合唱插曲與轉換一段台詞之間，甚至一整段，從一齣移到另外一齣戲有什麼差別嗎？」（152）亦即是第八章所云：「如果他們的任何一部份遭到替換或移除整體將會脫節或混亂。因為一件事的有無，不會造成明顯的不同，就不是整個有機體的一部份。」（89）這也等於重申統一性的原則不容許破壞，不但詩人應遵守此原則，並可依據它作為判斷作品的好壞得失。

（七）悲劇的結局不應該迎合一般人的品味——滿足他們的道德感（151）。

　　其實這也只是重申第十三章的主張：「像《奧德賽》它的情節有雙重線索，有一組各獲得好與壞兩種相反的結局。它之所以被視為最佳實出於觀賞者的弱點；因為詩人落入投

觀眾所好而寫的誘惑。無論如何,這種快感不是真正的悲劇快感的源頭,寧可說是喜劇的。」(114)

(八)悲劇的類型與包含的元素

　　亞氏於此所作的分類與第二十四章對敘事詩的分類幾乎是相同的。不過,他沒有對其分類基準作清楚的說明,並且也不是很周延,值得商榷之處頗多。因此,也是《詩學》的疑難雜症之一。首先是版本有異,今舉出四個英譯本為例,略作檢討:

1. The Complex, depending entirely on Reversal of the Situation and Recognition; Pathetic (where the motive is passion) --such as the tragedies on Ajax and Ixion ; the Ethical (where the motives are ethical) --such as the Phthiotides and the Peleus. The fourth kind is the Simple. <We here exclude the purely spectacular element>, exemplified by the Phorcides, the Prometheus, and scenes laid in Hades."(p.91) --S.H. Butcher

2. There are four distinct species of Tragedy--that being the number of constituents also that have been mentioned：first, the complex Tragedy, which is all Peripety and Discovery ; second, the Tragedy of suffering, e. g. the Ajax and Ixion; third, the Tragedy of character, e. g. The Phthiotides and Peleus. The fourth constituent is that of "Spectacle", exemplified in The Phorcides , Prometheus, and all plays with the scene laid in the nether world.--I. Bywater.

　　修氏(J. Hutton)除了第四類從缺外,其他三類大致與拜氏相同;而高氏(L. Golden)的翻譯也和拜氏同。惟各家

所舉的例證都一樣，也就近乎名異實同，而非方圓柄鑿。可能相容的類別有二：一是布氏版第二類 Pathetic 後附有「where the motive is passion」的解釋，而「passion」本有受難之意，故與拜氏之受難的悲劇同義。布氏版第三類「ethical」與拜氏之「the Tragedy of character」不同，但據詩學第六章有「性格是以揭露道德為目的，顯示一個人選擇與避免的事物的種類。」所以在意義上並無多大的差別。

惟布氏的第四類不只是名為單純類，而且在附帶的解釋中堅持排除純粹由場面所構成的悲劇。（We here exclude the purely spectacular element）而布氏的堅持並非無理，事實上，亞氏雖將場面列為悲劇六要素，但也認為它的藝術性較低，與詩的關聯性最少。又按第十四章中討論悲劇基本情緒──哀憐與恐懼時，再次強調「僅從場面產生這種效果是較少藝術性的方法，並且是靠著外來的輔助。利用場面的方式創造的不是一種恐怖感而是怪異，就悲劇的目的而言是外行。」（120）既然悲劇的效果自情節中產生是比較好的方式，而情節又分成單純與複雜兩類，依此做出悲劇的分類，當屬順理成章之事。然而就所舉的例證《夫爾希德斯》雖已不傳，但憑《普羅米修斯》一劇的內容來衡量，[23] 以及所有置於地獄場景的戲劇而言，似乎是訴諸視聽因素，特別有機械操作，場面取勝的戲劇類別。故不易斷定那一種譯本及為適切。

此外，拜氏版本有「這裡的四種悲劇之成分的數目也在前面說過」一節，更是令人費解。因為亞氏於第六章中提出構成悲劇的六要素，分別是情節、性格、思想、措辭、歌曲、與場面等，若與拜氏相對應，則有六種才是；如據布氏版情

節分成單純與複雜兩種即構成兩類悲劇；而所謂「悲劇情節的第三部份受難的場景。」（103）與悲慘或受難類相吻合；再加上倫理的解釋為性格的悲劇類型，亦即是由情節與性格兩個悲劇的最主要元素為主導，分成此四類悲劇。不過，這並不排除其與任何元素的混合運用，只是某一元素特別突出而已。故以某一特色為此類之名。也唯有如此才能下文相連接，因為亞氏勸告：「如果可能，詩人應該盡力結合所有詩的元素；如果不能做到也應該選擇最多和最重要的；因為包含愈多，在面對吹毛求疵的批評時愈有利。至今公認的好詩人都是各擅其勝，而現在的批評家卻期望一個詩人能在好幾方面都出色勝過他人。」（151）

五、敘事詩及其價值比較

亞里斯多德在討論悲劇過後，自二十三章起分析敘事詩的基本特質至二十六章比較其與悲劇價值之高低，即完成他預定講解地兩種詩的內容，也就是現存詩學的終篇。

（一）動作與情節的處理原則

如先前的章節所述，悲劇與敘事詩的模擬對象相同，比一般人為優為善，（第二章）係心性較嚴肅的詩人模擬者，惟敘事詩是比悲劇更早的詩類，說荷馬的《伊利亞德》和《奧德賽》孕育了悲劇並不過，由悲劇家繼承了他，且將其發揚光大成為高的藝術形式（第四章）。兩者的區別在其模擬的樣式，悲劇為表演而敘事詩則是敘述形式。再者，敘事詩使用單一格律模擬，「其情節明顯地應該建

構在戲劇的原則上。它將為其主題設計一個單一、整個和完整的動
作，有開始、中間與結束。從而在其整個的統一體中，有類於一個
活的有機體，並產生獨特的快感。」（186）或許今天有人疑惑為何
主張「敘事詩的情節應建構在戲劇的原則上。」其實亞氏於第四章
論及詩的起源時就說過：「在嚴肅的風格中，荷馬是最傑出的詩人，
因為只有他把戲劇的形式結合了卓越模擬，而他也是第一個設計喜
劇的主線，並用戲劇化的滑稽取代了個人的諷刺的寫作。」（63）
亞氏於此所謂的戲劇，可能是指敘事詩的模擬的樣式，雖是敘述形
式，但如荷馬所採取的方式是模擬各個不同的人物性格，如何說，
如何做，從不失去模擬者的角色。除了不訴諸劇場的演出，與戲劇
十分接近。下文還會再作討論，暫且不贅。

　　其次，亞氏重申了第七章所主張的悲劇動作和情節的完整，與
有機的統一觀念，適用於敘事詩。同時他也強調了第十四章的觀
點：「我們必定要知道悲劇不需要每一種快感，只要它獨特的」
（120）是故，敘事詩、喜劇等不同詩類或藝術都只要它獨特的快
感。進而有提倡純粹類型的傾向，不贊同混合，認為像凱瑞蒙在其
《馬人》劇中將不同的格律熔為一爐是荒謬的。（195）

　　其次，亞里斯多德延續了第九章所指出的詩與歷史不同，詩中
表現的是依照概然或必然律，可能發生什麼事，尤其是某一類型的
人，在其一場合中如何說和如何做都會循此邏輯進行，詩中雖賦予
人物姓名目標卻在這種普遍性。而歷史所描述的雖是已發生之真實
事件，但它只是偶然發生在特定的時空中，反而不具普遍性。是故，
亞氏重申敘事詩有別於歷史，因為「它的結構不同於歷史的編寫，
那種必然呈現不是單一的動作，而是把所有發生在那一個時期裡的
一個人或許多人的事件編寫在一起卻甚少關聯。正如薩拉米斯的海

戰,和西西里島與迦太基的作戰,發生於相同的時間,但沒有導向任何一個結果,所以在事件的序列中,有時一件跟著另外一件,卻沒有隨之產生單一的結果。」(186)從而敘事詩的建構誠如先前所言,模擬一個統一、完整的動作。為此亞里斯多德再度肯定荷馬的才華,說他不曾用整個特洛伊的戰爭為其詩篇的題材,雖然那場戰爭有它的開始與結束,但它擁有太過廣袤的主題,不容易一窺全貌。再者,如其維持在有限的範圍內,由於事件的變化多端必定過於糾結。所以荷馬是從整個戰爭的故事中,選出一部份,容納了諸多的事件作為各插話的材料,產生豐富多樣變化的詩篇。反之,像其他的詩人採用單一主人翁,單一個時期或者一個動作一件事,就形成一種品類雜多的情形。(187)

至於《伊利亞德》和《奧德賽》只提供一部悲劇的主題,或者最多兩部;而其他的敘事詩像《庫普利亞》和《小伊利亞》能供給更多部戲劇的題材,卻是一個令人困惑的問題。

1. 《伊利亞德》長達 15693 行,《奧德賽》也有 12105 行,只適合編一兩部悲劇,著實費解。

2. 其他的兩部業已失傳,惟其長度遠比荷馬的作品短得多,可能因為其所包含的主題或動作較多?只是表現的比較粗略?故能提供更多悲劇寫作的題材?今已無法斷定。

只是一部敘事詩的題材,究竟能改編成多少部悲劇,嚴格說來,根本是個無解的問題,甚至是個沒有多大意義和價值的推論與假設。因為對一個真正的創作者來說,沒有叫做已知和既成的故事,那些都只是素材(raw material),必定要重新發掘其潛能,建構新的結構和秩序,並賦予新的主題和意義,故無所謂材料的多寡問題。

（二）與悲劇之異同

1. 由於模擬樣式的不同，敘事詩少了歌曲和場面兩個元素，只有情節、性格、思想、與措辭等四元素，但在品質的要求上則是相同的。其分類也與悲劇同，分別為單純的、複雜的、倫理的（或曰性格的）、和受難的四類。三類出自情節、有一類建立於性格。

2. 長度與規模比悲劇大

　　亞氏主張統一應建立在能否察覺一首詩的部份與整體，部份與部份間的關係的基礎上，故其規模和長度應有適當的節制：從開始到結束能一次看完的長度為宜。（194）進而指出比老的敘事詩要短，相當於一次坐下來就能看完的悲劇組的長度。（同前）大約五六千行，只及《伊利亞德》的三含分之一，《奧德賽》的二分之一而已。

3. 優劣互見

　　由於悲劇與敘事詩的模擬的樣式的不同，一為表演，一為敘述形式，互有長短，所能提供者在質在量均有差異：「在悲劇中，我們不能模擬動作的數條線索導向一個並且同時進行；我們必須把它限定為演員在舞台上表演的動作。但在敘事詩裡，基於敘述形式，能把許多事件同時地處理呈現出來；而且這些如果切合主題，則能為此詩篇擴大質量和光采。敘事詩在這方面還有一種好處，那就是有助於富麗堂皇，迷醉聽者的心神，多變的插話能破除故事的單調。因為沒有變化的事件不久就令人生厭，造成悲劇在舞台上的失敗。」（195）

4. 格律的特性

　　亞氏認為由於詩類本身的自然天性能教人選到適當的格律，是故，敘事詩已從經驗中測試證明英雄體，在所有的體例中最適合，因為它「最莊嚴和最有力；最容易接納罕用字和隱喻，在另外一點上又模擬了特立獨行的敘述形式。」（195）

5. 模擬應維持其分際

　　荷馬之所以值得讚美，原因很多，其中之一，就是他知道自己應該扮演的角色。「在幾句開場白之後，立即引進一個男人，或女人，或其他人物，他們都不欠缺性格上的特質，而是讓每一個都有他自己的性格。」（196）換言之，一位詩人一直都現身在其詩篇中，就失去了模擬者的角色任務，連帶會使其人物失去了性格，變成沒有他自己的生命，成為作者的傀儡或化身。固然，在敘事詩中因為敘述的關係，容易不知不覺中陷入這種困境，失去分際，但是戲劇的詩人也一樣會犯下這種錯誤。尤其是在對話中往往流露出作者的聲音，而不是想像或設定出來的某甲、某乙、某丙在說話，正如艾略特所謂的第三種聲音。[24]

　　這裡的說法帶有襃貶、價值優劣的判斷的意思，顯然與第三章中論述模擬的樣式時不同，「詩人用敘述來模擬——他可以假託一個人來敘述，如荷馬所採取的方式，或者用自己的口吻訴說，而且保持不變——或者他也可以呈現所有的人物，在我們面前活起來動起來。」（56）不過，這並不表示亞里斯多德的前後說法不一，自相矛盾，因為按照他一貫的方法都是先分類，然後提出價值高低的判斷。諸如情節

與發現的分析都是如此，先列舉出所有的可能性，再論其優劣。

總括說來，敘事詩的作者既是模擬者，在敘述時就不能失去這個角色的功能與意義，模糊了分際，一再現身於詩中訴說自己，以致只有敘述者的口吻聲音，見不到不同的人物性格。相反地，應如荷馬所表現的樣式，同時也最接近悲劇或戲劇的形式，甚至由於悲劇是敘事詩的繼承者，演進成更高更偉大的藝術，也因此比純粹敘述故事的形式來得好。

6. 驚奇與合理性

亞氏已於第九章中論證道：「悲劇不祇是模擬一個完整的動作，而且事件要能激發哀憐與恐懼。當事件發展令我們驚奇就能產生最大的效果；同時當他們依循因果關係時效果會增強。」（96）而驚奇是以不合理為其主要效果，固然於悲劇有之，但「在敘事詩中有更大發揮的機會，因為這個人的表演是看不到的。」（196）其荒謬的處理，讀者或聽眾不易察覺，可以含糊過去。如其呈現在舞台上將是可笑的，無法取信於人，令觀眾愉悅。[25]

此外，為了製造驚奇，作者也可能利用人類思考上的慣性，知道後面一個真的，就做出錯誤的推論認為前面一個也是真的。事實上，前面一個有可能是假的，因為造成此一結果的原因，可能有好多個不止一個。其中隱藏了邏輯謬誤，再加上讀者或聽眾認定詩人是不會說謊的，以致不知不覺誤信了詩人的謊言。（196）

7. 不合理的情節都應該排除，不得以時，兩害權其輕者。

　　亞氏強調「悲劇的情節不應由不合理的成分組成。如果可能，每件不合理的事都應該加以摒除；或者，在所有的事件，應該把它安排在戲劇的動作之外，不在戲劇中」。（196-197）果真不能避免，就「寧可選擇可能之不可能，也不要用不可能之可能」。（196）不過，這句兩害權其輕的名言，很難翻成明白易懂的中文。現列三種英譯供參考：

(1) "Accordingly, the poet should prefer probable impossibilities to improbable possibilities" --S. H. Butcher

(2) "A likely impossibility is always preferable to an unconvincing possibility." --I. Bywater

(3) "The use of impossible probabilities is preferable to that of unpersuasive possibilities" --L. Golden

　　此間所論乃是亞里斯多德之一貫的堅持詩的故事處理，應按照概然或必然律，正如詩與歷史的區別。前者是指其前提可以是假設的、想像的、虛擬的、或在經驗上無從證明其為真假的事物，雖然在現實生活中不可能發生，但在邏輯上是可能的、合理的。後者相反，它建立在現實人生的基礎上，偶然巧合、機會運氣、意料之外的不幸事件，但不合概然或必然的因果關係。　因此，前者優於後者，君不見古往今來，多少建立假設條件下構成的傑作，或部份依此原則建構者。儘管它們不會在你我的身上發生，絕不會有的際遇，我們依舊會為之感動，產生哀憐與恐懼的情緒。

8. 措辭有彌補之功，但有其局限性。

　　亞氏於本章之末，特別舉出荷馬之《奧德賽》中不合理事件——奧德修斯莫名其妙地被遺棄在伊賽卡的岸邊為

例，認為若由二流詩人來處理這個主題，會變成非常難以被
接受。「正如它是由詩人以其詩的魅力為其荒謬性覆蓋了面
紗，才好轉些。」（196）按《奧德賽》第十三卷一六六行以
下：奧德修斯坐上腓埃基人的船，在返鄉的航程中，竟酣睡
如死。抵達伊賽卡（Ithaca）後，水手們把他連同被單、毛
毯一起抬上岸，但他依然昏睡不醒。接著水手又把王公貴胄
所送的禮物，置於遠離路邊的橄欖樹旁，以免路人順手帶
走，事畢後他們方才開船離去。而奧德修斯受海神所阻，被
迫流浪十年，迭遭苦難艱險。照說他已是驚弓之鳥，憂患意
識極高，波賽冬也沒有說要放過他，何以如此安心沈睡，毫
不警覺？令人不解一也。水手既然小心侍候，又能安置其財
物，何以不喚醒他？或俟其清醒後才離開？前後處事的態度
不一，令人不解二也。至於醒來後，認不得故國家鄉，荷馬
的解釋是自雅典娜之手，將其置於迷霧中，好讓她有時間與
奧德修斯商談未來計劃，並為其改容變老。勉強算作理由，
不過或多或少都出自作者意志之嫌。

　　不過，亞氏對於措辭所能發揮的功效，抱持著節制謹慎
的態度，認為它也是性格與思想表現的媒介，唯有在不妨礙
的前提作適當的運用。所以「措辭應該在動作的中斷處苦心
經營，因為那兒不是表現性格或思想。反過來，由於過分雕
琢的措辭又會使思想曖昧不明。」（197）

（三）批評與辯證

　　亞氏從類似對話錄方式，由批評家所提出的責難中導引至問
題的關鍵，並自詩人的辯駁裡找出可能的公論。由於本章所涉及

的問題與答案相當廣泛，所以，亞里斯多德首先建立三個批評的基礎。

第一個是有關模擬的對象，詩人、畫家、或其他的藝術家模擬的對象必定是下列三者之一：「依照事物過去或現在的樣子；事物被說或被想成的樣子；亦或者事物應該是什麼樣子。」（204）換言之，藝術家所模擬的對象，可以跟現實人生中的對象不同，甚至是無中生有。若有人以此提出質疑，亦可依照其選擇作答。

第二個是關於表現媒介或工具的問題，「我們容許詩人做很多語言修飾和變化。」（同上）亦即是說詩人享有很大的自由和創造的空間，包括自造新詞、罕用的、外邦的、隱喻謎語之類。相對地，我們對於詩人的要求或責難也比一般人為高，無法接受其平凡俚俗。是故，這不同政治家的演說，用的是散文，要說服的是國人大眾，不論是動之以情，說之以理都要清晰易懂，兩者迥然有別。

第三在詩藝的範圍內所犯的錯誤，究竟是本質的？還是偶然意外？前者事關詩人模擬能力的欠缺或不足，後者則涉及詩領域之外，其他方面技藝的疏失。

其次，有關的批評又可分成三類，十二項回答：

第一類是與藝術模擬有關的批評：

1.「如果詩人描述者為不可能的，他是犯了一種錯誤；但是可以為這種錯誤辯解，如果這個藝術上的目的隨即達成，那就是說，如果這種效果或詩篇中的任何部份因此表現得更有力。如追逐赫克特即為案例之一」。（205）前曾言及，荷馬在《伊利亞德》中所作的處理，如果不是觀眾於劇場中看見這個動作的演出，可能不會察覺其荒謬與可笑，甚至在那種緊張的氣氛中接受它，因此感到驚歎！

2. 「所犯的錯誤究竟涉及詩藝的本質或者是某種意外？例如：
   不知道母鹿沒有角，比起畫得不像鹿，自然比較不嚴重。」
   （同前）亦即是說如果一個畫家所畫的母鹿不像鹿，是其能
   力不足，屬於繪畫本質的問題；不知道母鹿沒有角乃是因為
   畫家欠缺動物學的知識，並非出自藝術本身的技巧，故為偶
   然意外所致。與先前亞氏所列舉之畫家「表現一匹馬的兩條
   右腿同時向前踏出」，（204）都是相同的論據。

3. 「如果所描寫的對象與事實不合，或許詩人可以回答——
   『對象應該是什麼樣子』：正如索福克里斯所說，他是按其
   應有的樣子來寫人物；優里匹蒂斯則按照他們現在的樣子來
   寫。」（205）按照現實來寫，不論其好壞善惡，不多不少忠
   於對象本來面貌，可謂寫實風格最精簡的定義。優里匹蒂斯
   誠為開宗，但在當代頗有爭議，不那麼受歡迎，以致在三大
   悲劇家中得獎最少。[26] 相反地，索福克里斯以其認為應該有
   的樣子寫，係指「模擬較高的性格類型」，（56）因為這才符
   合悲劇的人物最重要的條件——「他們必須是善良的」。
   （128）亦即是說詩人在「表現一個人是怠惰的或易怒的或
   其他性格的缺點時，應該在保留這個類型外，還可以讓他更
   高貴些。」（129）

4. 「如果不屬於前面兩類之呈現，詩人可以回答說——『這是
   人們傳說的樣子』這個可以應用到關於神的故事。說好聽一
   點，這些故事不超過事實也不合乎事實。」（205）既然詩人
   或畫家可以將其描摹的對象美化、理想化，當然也可以根據
   傳說，一個流傳久遠大家所公認的故事或形象來表現。就像
   有關神祇之事，往往是個主觀的信仰的問題，無法證明其

存在或不存在，真實與否，所以模擬祂們是無關乎事實的真假。

5. 雖然是對「一種事實的描寫，但是此一作為本身係屬不當。例如《伊利亞德》有關兵器的一節，『把槍柄末端朝上豎立著。』然而這是習慣，依利呂亞人持續至今還是這麼做的。」（205-206）此處涉及兩個層面的問題：第一、如果某一行為在現實人生中，明顯地不利於行為者，但當事人不論是知與不知，仍然做了。正如例中所釋，為該族群之習慣。第二、詩人是否要如實描寫，因而流傳了一個不當的行為或習俗。再者，如果有人提出質疑，詩人該如何辯解？亞氏未有進一步說明。

6. 「要檢驗某人曾經說過什麼或做過什麼是對是錯，不只是要看這個特殊的行為或說法的本身，在道德的性質上是善或惡，而且還必須要考量誰說的或誰做的，對誰，什麼時候，用什麼手段或為了什麼目的。」（206）這是把先前所提之利弊得失問題，推至更高的是非善惡層次。而亞氏解決的方式是先確定言辭與行為都包括在內，再則要釐清行為者是誰？對誰說了什麼？做了什麼？在何時何地？採取什麼手段或方式？其目的為何？然後才能判斷其善惡？只是這種詩中模仿的對象或動作中的人，所作所為牽涉的是非善惡是否應該如實表現？這不只是悲劇主人公的性格問題，他或她的言行能否引起哀憐與恐懼的情緒？也包括其他人物的言行所激發的各種情緒反應？以及對觀眾的影響如何？即令希臘劇場中所演出的戲劇是有節制的，血腥殘忍、粗暴可怕的動作或場景，不能直接在觀眾面前上演，但是亞氏也說過像《伊

底帕斯》這樣的悲劇，即令不演出，只要聽到他的故事，也會讓人害怕地發抖。那麼敘事詩也具相同的效果，這正是柏拉圖所擔心的問題。因於論模擬的章節詳論，在此不贅。不知是何緣故，亞氏並未就此質疑，提出辯駁之道。

第二類則和語言相關的批評

7. 在二十一章曾討論過所謂「通行」與「外邦」語，只是跟同一個國民的關係不同罷了。是故一個語彙在不同的國民運用上，其語意是分歧的，指涉不同的事物。例如所謂「實際上多隆看起來難看」（Dolon：ill-favored indeed he was to look upon"），不是指其身體上有殘疾，而是他的面貌醜陋；因為克里特用 "well-favored" 意指一張漂亮的臉（a fair face）（206）讀者或批評家在責難詩人時，首先要確定自己的解讀是否正確無誤，否則會因誤解而貽笑大方。

8. 有時是以隱喻作為一種表達的方式，例如「現在神與人全進了暗夜的睡夢裡」（206），此處的「全」是用來隱喻多，因為全也是多的一種。（同前）

9. 靠改變重音或呼吸停頓來解決爭議的難題。

10. 用標點符號解決問題，例如安培戴克勒斯的詩有云：「東西突然腐朽之前認定是不朽的，和東西沒混之前就混了。」（207）只要把逗點符號標在「之前」的後面，就能明白可懂。

11. 有因意義的曖昧不明招致批評，例如「夜過了三分之二，剩下三分之一我們守。」（207）有的批評家挑剔地指出夜既是過了三分之二，又何來三分之一呢？但 pleo 也可作「整」解，因此這句為「夜的整三分之二過去了，剩下三之一我們守。」

12. 由語言的慣例所引發的討論。任何混合的飲料均稱為酒
（wine），因此，堅尼梅得被稱作「為宙斯斟酒人」（207），
儘管宙斯不喝酒。當然，這也可以作為隱喻解。

第三類為批評中方法的正確與否：

1. 當一個字似乎包括了某種意義上的矛盾，我們就應該考量到
它在一個特殊的語段中有多少個可能的意義。比如「青銅槍
就停在那兒」（207），我們可以從會「停在那兒的」多少個
方式來思考。

2. 像格老孔所指出的「某些批評者，欣然接受某種毫無根據的
結論；他們做出不利於詩人的判斷，然後繼續推論找證據；
並且武斷地認為詩人說過任何他們所想會發生的事，如果有
件與他們自己的幻想不一致，就算找到了缺點。」（207）換
言之，它出於批評者的錯誤的認知或判斷錯誤，因而質疑或
責難詩中的合理性。

第四為一般性原則：

這是把前面的分析所得到的答案歸納成一般性原則，首先是為
不可能做辯解時，第一要考慮的是藝術的要求，即令是不可能的，
但能讓整個詩篇或任何一部份，因此表現出更好的效果，顯得更有
力。從而這種選擇變成可以容忍和接受，不過，在不得已的情形下，
仍以合乎邏輯為優先考量，故有「寧可選擇可能之不可能也不要用
不可能之可能。」（208）第二是為了更高次的真實，正如宙克希斯
所畫的人像那樣，我們會說「是的，可是這種不可能是更高層次的
事物，因為理想必定超越現實。」（同前）第三要替不合理辯護，
應訴諸於一般人都接受的說法。除此之外，我們極力主張其不合邏
輯，但有時並沒有違背人情常理；正如「某件事的發生雖然不合概

然性，卻是有可能的。」（同前）第四、事情聽起來矛盾，應該用相同規則來檢驗作為辯證的反駁——它是否意指相同的事物、相同的關係、相同的意義。因此，我們解決問題時應依據是詩人自己說的或者是暗地裡假託由一個賢能的人說的。（同前）應與十二項解答中的最後一項有關。第五、類似的情形，不合理的元素，人物性格的墮落，理所當然地受責難，尤其是在沒有內在的必然性，只為了引介他們。（同前）例如在優里匹蒂斯的《米迪亞》中，雅典王艾勾斯沒有子嗣，所以前往戴菲神廟乞求神諭。於其回程中找好友特羅曾尼亞王釋疑，順道造訪米迪亞。艾勾斯一則同情她的遭遇，再則貪圖米迪亞能以法術幫其得子。故而答應米迪亞的請求，准許她到雅典定居，並在其有生之年絕不讓人把她帶走，也不驅逐她離境。此一情節的引介，免除了米迪亞的後顧之憂，間接有助於她的報復行動。然而艾勾斯的造訪是外來插入的事件，而且是建立在偶然的因素上，與悲劇動作並無概然或必然的關聯性。至於《奧瑞斯提斯》劇中，曼耐勞斯的性格沒來由的卑劣，亦是優里匹蒂斯之作。按該劇 618-715 行，斯巴達王乃亞格曼農胞弟，奧瑞斯提斯的叔父，理所當然要為兄報仇，替侄兒的正當性辯護，但是在奧瑞斯提斯受審時，卻表示無能為力而退縮。與其身份地位，倫理親情，沙場老將的經歷都不符合。同時也沒有解釋他為什麼會有此態度和作為的理由。亞氏先在十五章中論斷人物性格時，以此劇為性格前後矛盾不一的例證。（128-129）而今強調可能是倫理道德上的有害。

亞氏在最後的總結中說：「從批評的質疑中導引出的根源有五個：責難之事有不可能的、不合理的、道德上有害、矛盾對立、違反藝術的準確。答案應在上述十二項下去找。」（209）可能其原稿或講授中的確條列的很清楚，但是沒有留傳下來，究竟是那十二項

專家學者的看法頗為分歧，本文所列只是其中一種可能性罷了，但我以為亞氏本意不就是希望其學生稍費心力思索辯證一番，如此才能付諸實際運用的層次。

（四）價值高低的判斷

　　亞氏在分析檢討了悲劇與敘事詩的各方面的問題之後，或許很自然地要面對究竟那一種模擬的類型比較好比較高？他說：「有人告訴我們敘事詩是向有教養的觀眾表達的，不需要裝腔作勢，悲劇則訴求次等的公眾。存在著粗俗，顯然是兩者中較低者。」（217）從詩類的訴求與觀眾的素質來判斷其高低，並非全無道理可言。因為詩人或藝術家的創作不僅是為了自己，而且也是為了要傳達給別人，一定會有其預期中的觀眾或讀者，不論是多是少，總是會有。通常作者是以他自己所生存的時代環境來評估的，至於所謂「藏之名山，傳諸其人」，那是特例。如果連眼前都無法預料，又怎麼預期未來呢？而亞氏口中的『有人』是否為其業師雖不能斷言，但柏拉圖於其《法律篇》中有云：「年青的孩子會讓喜劇得獎；如果以有教養的婦女和年青的男子為主的觀眾會把票投給悲劇；但是我們年紀較長的男人會在一場精采的《伊利亞德》或《奧德賽》，亦或是希索德詩篇的吟唱中，獲得最大的快感，並宣佈他才是真正地贏家。」（658D1-7）在以上的引述中，提示了兩個重點，第一不同類別的觀眾可能有不同的品味或傾向，因此會做出不同判斷的結果；年齡和性別是變數，甚至有暗示隨著歲月的增長，心智成熟所做的判斷自然比較正確，是故敘事詩要高於悲劇，悲劇又勝過喜劇。

　　這種觀點跟亞氏先前所描述的自然發展論的歷史軌跡不合，因為按照詩人的心性特質，詩分成兩個方向發展。心性嚴肅者模擬高

貴和好人的動作，正如他們做了對神的歌頌和對名人的讚美；比較瑣屑者模擬卑微人物的動作，最初完成了諷刺詩。而後「嘲諷者成為喜劇作家，敘事詩的詩人則由悲劇家繼承，從此戲劇成為更大更高的藝術形式。」（64）由於這個緣故，他也不認同有些前輩演員倚老賣老對後輩的嘲笑和批評，其間的類比，就像「悲劇與敘事詩之間有相同的關係。」（216）其次，演出或競賽固然可作為價值判斷的基準之一，然而隨著表演或製作成員的素質不同，其效果自然有異。至少不應該把表演或製作者的錯誤、失職、不精確、能力不足、條件限制等因素，歸諸詩人或作品的缺失。因此要責難的是表演或其他的藝術，而非詩本身，尤其是壞的表演或製作，不應該混為一談，這對悲劇或敘事詩都不公平。

再者，「悲劇就像敘事詩，甚至不藉助動作的表演也能產生效果；僅憑閱讀就流露它的力量。如果，它在所有其他方面是優秀的，而這些缺點，又不是它本身就有的。」（217）換言之，亞氏指出悲劇具有雙重性格，除了能在劇場中演出之外，亦能通過閱讀和吟誦的方式達到一定程度的悲劇效果。這跟現代對戲劇的看法與評價無異，一個是其文學價值，另一個則是它的劇場價值。兩者並不必然一致，有時它是僅具閱讀的書齋劇，或者只是廣大群眾所喜愛的傳奇劇或笑劇。猶有進者，開創新局的作品，往往在首演時飽受惡評，易卜生如此，《等待果陀》又何嘗例外。

至於悲劇比敘事詩更好更有價值，亞氏所持的理由如次：

第一、「悲劇是優秀的，因為它用了所有敘事詩的元素，甚至可用敘事詩的格律，並有音樂與場面作為重要的輔助；這些都能產生最生動的快感。進而在閱讀中，所具的生動印象與呈現時一樣。」

（217）第二、如果「藝術在比較嚴格的限制內達成其目的；集中
的效果要比延展一段時間造成沖淡，能產生更多的快感。」（同前）
第三、他再次強調「敘事詩的模擬較少統一性。」（同前）任何一
部敘事詩的題材往往都能提供數部悲劇之用，因此如果用它來改編
成悲劇，可以去蕪存菁，簡潔有力地形成一個嚴密的統一體。反過
來，若把一部悲劇，比如《伊底帕斯》要它符合敘事詩的標準長度，
必定會減弱或者變得平淡乏味。如此長度也可能失去了統一性。

　　根據上述的論證，對這樣有爭議的問題，亞里斯多德卻做出十
分明確的答案：「悲劇在所有這些方面都優於敘事詩，兼且，做為
一種藝術在履行其特殊功能上更佳——如前所述，每一種藝術都應
該產生，不是偶發的快感而是獨特的快感——它明白地歸結悲劇是
較高的藝術，可以完美地達成其自身的目的。」（218）

注 解

1. See Murray G., "An Essay in the Theory of Poetry," *Yale Review*, X (1921), 482-99

2. 關於亞氏《詩學》的版本考據、校勘、流傳的歷史，非本書的題旨，可參見本人譯註之《詩學》導讀部份，（台北：五南，2008）頁 11-12；35-36。

3. Cf. O. B. Hardison, *Aristotle's Poetics*, (N.J. Prentice-Hall, Inc. 1968), p.57

4. 在布氏（S. H. Butcher, *Aristotle's Theory of Fine Art*，4th. N.Y.：Dover Publications,Inc.1951）的《詩學》譯本中認定有缺陋和漫漶不清之處，有 ch.18, p.65；ch.18, p.67；ch.21, p.77；ch.21, p.81；ch.22,p.85；ch.25, p.99；ch.26,p.111；ch.26, p.111，共計 8 處。

5. 僅有王士儀教授譯為《創作學》；崔延強譯成《論詩》，輯入《亞里斯多德全集》；其他譯者如羅念生、姚一葦、陳中梅等人皆將其譯名為《詩學》，詳見本書所附之參考書目。

6. 可能源出於亞里斯多德自己做的知識分類基礎：「如果所有思想可以分成實踐的或生產的或理論的，所以自然科學必定是理論的……」（*Metaphysics*, 1025b 25-26）再者，亞里斯多德全集的編纂者往往也是依據此種知識分類方式，把性質相近者編排在一起，乃是其考慮尺度之一。

7. "First we must state the subject of the enquiry and what it is about: the subject is demonstration, and it is about demonstrative understanding." (*Prior Analytics*, 24a 10)

8. 亞里斯多德在此所用的研究方法也是他一貫使用者，然而非常有可能師承於柏拉圖，按《斐德羅篇》討論修辭學時說：「文章的功能既然在感動心靈，想做修辭學家就必須知道心靈有那些種類。這些種類的數目既不同，每個種類的性質就不一致，因此，人的性格有異。這些區別既然釐定明白了，就要釐定文章的種類數目，每種也有每種的確定的性質。某種性格的人，受到某種性質的文章的影響，由於某種原因，必然產生某種信念。至於另一種性格的人就不易被說服，雖然其他的情況相同。」（朱光潛，217）又據他指出寫文章的法則：「第一個是統觀全體，把和題目有關的紛紜散亂的事項都統攝在一個普遍的概念下面，得到一個精確的定義，使我們所要討論的東西可以一目瞭然。……

第二個法則是順著自然的關節,把全體分成各個部份。」(同前,206)

9. "Speaking generally, the origin of the art of poetry is to be found in two natural cause." --L. Golden, (1992) p.7

10. 參見亞氏的物理學有關自然的運動與靜止的部份論述,諸如;Physics 2.1, 193b 12;195a 1-25;197a 37-198a 14

11. 此處引用亞氏於第九章在論述悲劇家在劇本中維持了真實的姓名,可能是為了取信於觀眾的理由,既然已經發生過就有真實感。

12. 由於戲劇的起源必然會上溯至沒有文字記載的時代或者說是史前史,既無文獻可以稽考,所以只能揣測,而有各種學說或理論。在各種學說中又以儀式理論最為大家接受。

13. 公元前五世紀的悲劇家是其競賽作品的整個藝術層次的設計和負責人,相當於今天的導演,然而也不必然直接處理所有的藝術元素,甚或是技術面,故索福克勒斯發明景繪是偶然發生的事蹟。

14. 固然在現存的亞氏《詩學》並未論述有關羊人劇的問題,但如果依照亞氏的自然發展理論羊人劇的內容與其詩律和舞步相配合的條件下,會找到符合要求形態才會打住,否則也會不斷地變化。

15. 剛乃依(Pierre Corneille 1606-1684)的熙德(The Cid 1636)演出後,遭到法蘭西學院強烈地批判,認為它違反新古典主義的基本目標,其中就包括破壞了地點的統一。事實上,亞里斯多德從未主張過時間與地點的統一,只要求動作的統一,因此,三一律是新古典主義的理想而非亞氏的。

16. 亦即是說希臘戲劇所演變的結果,或呈現出來的時空都是經過高度集中壓縮的特色,也只是一個特殊的情況,甚至還包含了某些偶然的因素所造成,它不是必然的要求。正如從世界的戲劇史來看,並不普遍,實際上也只有部份的作家採取此種技巧或風格而已。

17. 參見《後分析》2. 13 97a 28-97 b 20

18. 由於亞氏在第十三和第十四章中又再度討論悲劇的情緒產生的方式、條件、以及那一種情形應該避免和其效果的好壞,所以在此是否要先行討論,就是個見仁見智的問題。

19. 雖然在第七章中界定悲劇的規模和長度時,提出動作或情節有兩種轉變的模式,可以由幸福轉變到不幸,但也可以是從不幸轉成幸福;但在第十三章中又說:「命運的轉變不應從壞變好,而是相反,由好轉壞。」

（113）其實兩者並不矛盾，前者是列出兩種可能性；後者是指出那一種比較好。這也是亞氏的一貫方法，同時它也確定悲劇的動作或情節必定要經過一個不幸的階段，亦即是說受苦為不可缺少的部份或者說是悲劇的必要條件。

20. Cf. J. Hutton, *Aristotle's Poetics*, (1982) p.16

21. 亦即說情節中所要解決的難題或困境，是由於前面所形成的糾結而起，不能出自作者任意武斷地去解救他們脫困，因為這樣做違背了自然或不合乎邏輯的法則。套句中國的俗話「解鈴還需繫鈴人」；它不能是「戲不夠神仙湊」。

22. 參見克羅齊之《美學原理》朱光潛譯（台北：正中，民 59）頁 22

23. 詳見拙譯《詩學》第十八章註 9（台北：五南，2008）頁 156-157

24. 參見艾略特〈詩有三種聲音〉一文，輯入《艾略特文學評論集》杜國清譯，（台北：田園，民 62）。

25. 亞氏不祇一次舉出阿基里斯追逐赫克特時，希臘人都站在一旁沒有參加，而且阿基里斯也揮退他們的一節，如果放在舞台上，一定會因為它的不合理和成為荒謬可笑的。最近放映的電影除了沒有宙斯和阿波羅參與外，都按原著來處理，其結果是滿足了一般觀眾的品味，卻沒有帶來笑聲。

26. 艾斯奇勒斯（Aeschylus）得過十三次獎，索福克里斯（Sophocles）得到二十四次最多，優里匹蒂斯（Euripides）只得過七次獎，可見其在當代比較不受歡迎。其中的一個原因就是太過寫實有損悲劇人物的尊嚴或高貴，甚至是當代觀眾還不能接受那樣細膩強烈地呈現人物的心理狀態，如米迪亞之流。

第二章　悲劇的淨化

第一節　爭議的原因

亞里斯多德《詩學》第六章所下的悲劇定義在西方戲劇理論史上，可謂最權威最著名的定義。雖然他對其中涉及的悲劇六要素做了相當程度的解釋，但需要進一步說明的其他概念也不少。惟本章只聚焦於淨化（catharsis）一詞，卻又不可避免地討論到定義中的最後一個子句，尤其是關於哀憐與恐懼（pity and fear）的問題。

或許淨化的概念適用於所有的詩，但本章主要限定於悲劇部份，儘量不涉及喜劇等其他類別。固然，catharsis 有不同的英譯和中譯，為求簡明統一，除非要區隔分辯或特殊情況，才用其他詞彙，否則都儘量採取「淨化」這個中譯詞。

亞氏於其《政治學》卷末討論音樂的教育目的時，將音樂分成三種「因為我們使用音樂的好處不止一種而是有好幾種：(1)用於教育，(2)為了淨化的目的（而我現在採用的是淨化一般的意含，並會在詩學中作更清楚地說明），(3)與一般的休閒活動有關，包括工作後的放鬆和休息。」（*Politics* 1341 b 36）顯然，亞氏認為「淨化」一詞含意複雜，是個有待釐清的重要概念。至少有一般用法，和特殊用語之分，但是現存之亞氏《詩學》並未進一步界定其意涵，倒成了《詩學》應有續篇或第二冊的證據之一。[1]

其次，《詩學》中有兩次提及淨化，第一次是在第六章悲劇定義的最後一個子句「通過哀憐與恐懼使這些情緒得到適當的淨

化。」；第二次是第十七章探討編寫插話要適當時，「舉奧瑞斯提斯為例，因其發狂而被捕又因淨化儀式獲救。」[2] 然而，亞氏並沒有說兩者之間有任何的關聯，連稍加解釋其含意都沒有。前者確為悲劇定義中的十分重要的概念，甚至有人說除非我們能達到確切領悟淨化的地步，否則都算不上真正瞭解亞理斯多德《詩學》的理論。（Golden，1992，p.5）

再其次，希臘文 "catharsis" 一詞本就多義，至少有淨化（purgation），淨滌（purification），和釐清（clarification）等涵意。故於歷來的詩學英譯本中大致可分成這三種譯法或詮釋，各有其理論依據和支持者，且未定於一尊。[3]

事實上，亞氏也不是第一個探究此問題的人，柏拉圖於其對話錄《智者篇》中已有論述，並作了分類。首先分成有生命的和無生命的淨化，而有生命的再分成肉體和心靈的；肉體有內外之別，內在部份又有醫學和體育，外在部份則為沐浴的技藝；心靈的淨化是要保存美德，拋棄邪惡；邪惡有兩種：一種是一般所稱之罪惡，它像是心靈的疾病，要靠醫療來清除；另一種是無知，就像肉體上的畸形，要經由教育或教導的方法治療（*Sophist* 226E-229A）。這也可能隱含著亞氏是對其業師之學說提出反駁或進一步解釋，惜未完整留傳下來？！

第二節　宗教的淨罪觀點

除了悲劇定義外，在《詩學》中直接提到 catharsis 只有第十七章「例如在奧瑞斯提斯的情況裡，由於他的瘋狂讓他被捕，而他的獲救

是利用了淨化儀式。」（145）如按優里匹蒂斯之《在陶里斯人裡的依菲貞妮亞》一劇來看，奧瑞斯提斯說：「福玻斯啊！我已經為父親報了血仇，殺了母親，你為什麼又用你的神示，把我引到這陷阱裡來？我這流亡者，被一隊一隊的復仇神追逐著，趕出了家鄉，已經奔走過許多遙遠而曲折的路程。我曾問過你，怎樣才能擺脫這瘋狂與痛苦？你叫我到陶里刻海邊——那裡有我的姐妹阿娣米司的一所祭壇——你叫我憑巧計或機緣盜走神像，冒一切危險把它送到雅典；只說等我做了這件事之後就能解脫痛苦，得到安息。」（羅念生全集第三卷，頁280-281）情況很清楚奧瑞斯提斯所犯之弒母大罪，一時還不能得到復仇女神的寬恕，阿波羅為了幫他淨罪，要他奪取阿娣米司的神像到雅典去奉祀，頗有藉助兩位女神之力來化解這段冤仇的動機和目的。

不料，奧瑞斯提斯和佩雷德斯正準備動手偷取神像時，奧瑞斯提斯就瘋狂地大聲哭喊：「你看不見這地獄裡的毒蛇嗎？她想殺我，她叫那可怕的小蛇張口咬我。還有一條蛇從她衣袍底下噴著烈火與殺氣，她手臂挾著我母親，飛到石山上要把她拋下來，唉呀！她來殺害我了，我要往那裡逃啊？」（同上，頁 285）接著他拔劍衝入牛群，一陣砍殺，自以為是在對抗復仇女神，但卻因其傷害牛隻引發當地土著號召族人向他們兩人進攻。

奧瑞斯提斯瘋病過後，口吐白沫，昏厥在地，從而被捕。送交依菲貞妮亞處理，依例作為獻祭的犧牲品。隨後因為她要送信給奧瑞斯提斯，逐揭開身世，姐弟相認。

伊菲貞妮亞為救奧瑞斯提斯回返阿戈斯，對國王阿托斯謊稱闖入的客人帶著親族間的血污，沾染了神像，必須要用海水洗清神像和獻祭，同時，還要以火炬的閃光和煙來薰神廟，全族人都必須迴避，免遭禍殃。

雖因退潮和被國王發覺，以致逃走不及，後由雅典娜出面阻卻追兵，並按女神旨意從海上送神像至雅典奉祀。

依上劇分析，奧瑞斯提斯即令是奉了阿波羅的論旨弒母以報父仇，但在希臘人的信仰中沾染了至親的血，想要為他淨罪或除罪非常困難；再者，罪惡的負荷太重，導致奧瑞斯提斯不定時像癲癇似的發作痛苦不堪。

類似的神話邏輯或信仰又見於柏拉圖對話錄「由於先輩犯下的罪孽，有些家庭有人因此而發瘋，遭到災禍疫病之類的天譴，為了找到攘除的方法，他們就向神靈禱告，並舉行贖罪消災的儀式，結果那些參加儀式的受害者進入迷狂的狀態，從此永遠脫離各種苦孽。因此，這種迷狂對受害者來說是一種神靈的憑附和獲得拯救。」（斐德羅篇，頁 169）不過，這並不表示柏氏肯定神靈的存在，倒像是信仰者因通過儀式進入迷狂或恍惚的狀態而產生的效果。至於其中的原因究竟為何？仍然不確知，留下神秘的色彩。雖然，亞氏在其《政治學》中論音樂的淨化說法幾乎是一脈相承，但是神話宗教的意味更稀薄：「不論何種情緒都建立在某種天性中的一種極端形式，並且也存於所有人類的天性中，雖然程度上不同，例如哀憐與恐懼，和宗教的狂熱。某些人易受某種情緒的支配，在運用樂曲領其進入宗教的迷狂狀態時，我們就能見到神聖的曲調的效果，一旦恢復清醒，他們就好像已經治癒和淨化。」[4]（1341 b 37－1342 a 17）

此外，亞氏《詩學》所提及之作品或者源自古老的神話傳說者亦有淨罪的情節模式，茲舉三例論證：

一、艾克蒙（Alcmaeon）為安菲阿羅斯（Amphiaraus）和厄瑞芙樂之子。安菲阿羅斯本是著名的預言家，故於波呂耐克斯（Polyneices）

邀約攻打底比斯，助其搶奪王位時，知有殺身之禍而拒絕。後因妻子厄瑞芙樂貪婪波呂耐克斯的項鍊，要其夫履行「一切唯妻命是從」之誓言，安菲阿羅斯不得不參戰，臨行前囑咐艾克蒙為其報仇雪恨。後來，戰敗遁走時，連人帶車一同被大地吞沒。

艾克蒙為執行亡父遺言，竟弒其母，為此他發了瘋，並被復仇女神追逐只得到處躲藏，幾無容身之所。至普索菲斯（Psophis）投靠菲勾斯（Phegeus），為其淨罪，且將女兒艾西娜（Assinoe）嫁給他。而艾克蒙也把得之於其母的項鍊贈與新婚的妻子。後因該地仍然不能收容弒母之人（一說是鬧饑荒的緣故，甚或歸因於他），不得不離開。

預言者告訴他，只有逃到一個還沒有犯弒母罪的地方，才能擺脫復仇女神的追逐。到了阿刻羅俄斯（Achelous）河出口的地方，恰巧有個剛從河裡升起的島，他就在那塊新生地安居。河神又把女兒卡莉羅厄嫁給他，而她也希望得到項鍊、披肩等寶物。艾克蒙回普索菲斯索取，偽稱要送往戴菲（Delphi）乞求袪除狂疾。但為王菲勾司洞悉真相，命其子埋伏於路途殺之。

亞氏曾舉愛斯蒂戴瑪斯（Astydamas）之艾克蒙為例說明悲劇情緒如何自情節中產生，惜已不傳。艾克蒙的處境與奧瑞斯提斯均是為父報仇，犯下殺母大罪，痛苦地發狂，被復仇女神追逐不已。在逃遁的過程中，尋求淨罪之法，幾經波折，勉強獲得解脫。

二、米西亞人（*Mysian*）：艾斯奇勒斯、索福克里斯、安格松有同名之作，皆不傳，惟據拜氏（I.Bywater）推斷為可能是艾斯奇勒斯的劇本。泰勒福斯（Telephus）因弒其母舅，奉神諭，從伯羅奔尼撒之泰吉亞（Tegea），前往小亞細亞的米西亞（Mysia）淨罪。由於他是不潔之人，禁忌的對象，為免傷害與其接觸者，故於遙遠的路途中一直不發一語，只能用肢體語言來表達，就不知

內情的旁觀者看來相當怪異可笑。故亞里斯多德以為不應當引進悲劇中，作為任何不合理的因素都要摒除於劇本之外的例證之一（197）。

　　三、伊克西恩（*Ixion*）艾斯奇勒斯和優里匹蒂斯有同名劇作，但都未留傳下來。他雖是塞色雷（Thessaly）的國王，卻以犯罪為樂，也被艾氏稱為最早的謀殺者。他為了不要背棄承諾送給岳父的禮物竟然弒親。當宙斯為其淨罪後，他色膽包天計劃誘姦天后希拉（Hera），幸為宙斯防止。因而製造一個希拉的雲形，讓他去行魚水之歡，成為馬人怪物一族的祖先。由於他作惡多端，又無悔改之心，宙斯先以霹靂擊之，後命赫爾米斯以巨蛇將其綑綁於地獄之輪上，做永不止息的旋轉，其痛苦的程度可想而知。

　　從上述例證比較，奧瑞斯提斯和艾克蒙都是為父報仇而殺害母親，痛苦地發狂，被復仇女神追逐不已。尋求庇護和淨罪，終至緩解，獲得平復。泰勒福斯因弒其母舅，長途跋涉企求淨罪。伊克西恩只為了不要送禮給其岳父竟然弒親，其人真是邪惡至極荒唐透頂。宙斯為其淨罪也是難以理解之舉，事過境遷又企圖奸淫天后，實屬不可思議的怪誕。至於他在地獄所受之苦刑可謂妙極。

　　假如一定要找出其間最大的公約數，那就是他們都做了以下犯上的弒親罪行。前三個為血親，後一個是姻親關係。進而傷害的對象愈親近所承受的痛苦愈大，甚至造成癲狂失常，當然也愈難化解和淨罪。如據亞氏的悲劇概念來判斷，伊克西恩是個十足的壞蛋，當宙斯為他淨罪，讓他轉危為安，本就令人難以接受。在他恩將仇報，犯淫行，受到懲罰時，不但不會引起哀憐與恐懼之情緒反應，甚至覺得快慰。而前面兩則恰是《詩學》第十四章所舉之動作最能產生悲劇效果的例證。

　　然而要把悲劇人物作為殺害親人的兇手，需要尋求淨罪的模式，適用於所有的希臘悲劇，進而通過哀憐與恐懼的情緒達到悲劇的功能與目的。至少有下列兩點困難：

　　第一、亞氏所界定之悲劇人物「其人並無顯著的善良與公正，他的不幸也不是由邪惡與墮落的行為所造成，而是因為犯了某種錯誤或過失。」（113）惟其所犯之錯誤或者過失，未必是殺害親人或沾染親誼之血。例如：安蒂貢妮（Antigone）是因其違反克瑞昂（Creon）的命令，埋葬其兄長波呂耐克斯的屍體而起。雖然後來克瑞昂聽信泰瑞修斯（Tiresias）的勸戒，想要赦免安提貢妮卻為時已晚，悲劇依然不能挽回。又比如像索福克里斯筆下的艾傑克斯（Ajax），只因恚怒阿基里斯（Achilles）所遺下之盔甲，授予奧德修斯而不是他。竟然要殺害亞格曼農、曼耐勞斯等人，當雅典娜得知後迷亂其心智，讓他屠戮了一群牲口。艾傑克斯清醒之餘，羞憤自殺。這兩部戲都不符合上述之模式，而他們又是無法否定的悲劇名作。

　　第二、希臘人的信仰不同於基督教，既無原罪的觀念，也沒有把今生視為贖罪的過程。是故希臘的悲劇詩人不會通過動作來呈現這種經驗，而觀眾也不能理解把握此等意涵。

　　不過，如將其詮釋的觀點與人類學中劍橋學派的儀式理論相結合，則是另一番光景。[5] 首先亞氏從字源的角度解釋戲劇和喜劇的起源（ch.3，1468 a－1468 b）；接著推斷悲劇出自酒神頌，[6] 喜劇來自陽物歌（ch.4，1449a）。亦即是說他認為這兩個劇種都是從古老的宗教儀式演進過來，並延續到公元前四世紀尚在希臘境內舉行[7]。或許是因為亞氏主要的興趣在探討詩藝的本身，而非其歷史的來源，故對儀式的部份著墨甚少。

關於酒神節慶所舉行之儀式的詳細內容，現已無從得知。一般推斷它可能包括入門的典禮，設計了象徵著嚴苛考驗和犧牲的扮演來淨化新信徒；同時也是「春之儀式」，它由一種「季節精神」的死亡與再生的象徵的扮演，作用於每年的植物生命的更新。如果這些有關悲劇的儀式來源的理論不能直接地解釋詩學，但至少間接地啟發了我們對於亞氏所分析的這種藝術形式的深度理解。（Fergusson，1961，p.37）

其次，按照劍橋學派從埃及、希臘、羅馬與巴比倫、希伯來、基督教兩條西方文明源頭中找尋相關的神話和儀式的研究，我們發現「季節精神」儀式的基礎元素如下：

1. 一場競賽或爭鬥，年以其自身為敵，光明對抗黑暗，夏季和冬季的遭遇戰。

2. 年魔的一次受難，通常是一個儀式性和獻祭式的死亡，在 Adonis 或 Attis 中被禁忌的動物所殺，而 Osiris，Dionysus，Pentheus，Orpheus，Hippolytus 都被分屍。

3. 一個信差的角色。因為受難很少或從未在觀眾的眼前實際上演，而是由一個信差來宣佈。

4. 追悼。無論如何，其性質頗為特別，是一種矛盾衝突的情緒，舊的死去同時也是新的勝利。

5. 一種轉變──發現或辨識──殺戮和肢解魔王，接下來則是他的復活或成神，或者在某種意義上，是祂的顯靈。它自然地跟隨著一種驟變或者是從悲哀到喜樂情緒的極端變化。（Murray, *The Ritual Forms Preserved in Greek Tragedy*, p.341）

不過，關於這股季節的精神所代表的死亡與再生力量，有兩種不同的計算方式：第一種是以半年為一期，所謂夏與冬之對抗；第二種

是用一整年作計數的單位。在第一種體系裡夏王（Summer-King）或植物的精神被冬王所殺並從其死亡中產生了春。於第二種體系中每個年王（Year-King）最初作為殺冬者，娶了后妃，變得驕傲和稱孤道寡起來，然後為其繼位的復仇者所殺。

　　猶有進者，此種死亡與復仇在我們古老祖先的世界中殺戮是真實發生的。神聖的王真正做過殺人的兇手，並且他自己也注定要被殺。王后可能被殺她丈夫的兇手奪走，或者是跟她的丈夫一起罹難。它不是個蒼白無血的神話和寓言，確曾深深地染紅了人類歷史的首頁。基於人類對食物的強烈渴望，甚或是為了使自己免於饑餓不得不然，是自願或被迫地殺人以求生，都烙印在其血河的記憶裡。（Murray，1913，p.273）

　　再其次，一般都認為儀式中所扮演的奮鬥，受苦，犧牲，新貴人和新生命的氣象與徵兆，為悲劇形式之根。在原始社會裡舉行這個儀式的目的，是藉助類比的法則，把季節循環不息的力量接引到植物界的生命週期裏，同時更為了確保種族和部落的綿延和繁昌。在文明社會裡它通過苦難的經歷來象徵人類精神的重生，有如基督徒的禮拜一樣。

　　希臘人雖是多神信仰的民族，但其悲劇只在戴昂尼索斯（Dionysus）的節慶中演出，且是整個祭典禮儀的一部份。是故，正如尼采所說：「它是一個無庸置疑的傳統，在希臘悲劇最早的形式中，只記載了戴奧尼索斯的受難，而他也是唯一的演員。在優里匹蒂斯之前，都是個足夠公正的說法，唯一的戲劇主角，乃戴奧尼索斯之遺族，其他所有希臘舞臺上著名人物，普羅米修斯，伊底帕斯等等，都只是原本主人翁的面具。事實上就是一個神隱藏於所有面具後頭，對這些名人多麼值得讚美的理想性格所作的評斷罷了。」

（Nietzsche，1956，p.65-66）換言之，他認為不論任何希臘悲劇作品的情節有何單一、特殊的發展或差異，其基本的模式，角色的意義，演出的目的和主題仍然沒有脫離儀式的功能。

此外，亞氏之雅典政制一書開頭就有一段耐人尋思的話：「繆農，憑犧牲起誓，皆出自高貴的門庭。褻瀆神靈的罪名被判成立，他們的屍首從墳墓裡被拋出來，他們的家族被判永世放逐。憑著這些舉措，克里特的埃比門尼德淨化了這個城邦。」（亞里斯多德全集　第十卷　頁3）這是個法律所裁定的案件，雖不知其如何觸犯了褻瀆神靈之罪，但能確知其處罰的方式，不只是針對個人做出懲戒，還包括整個家族遭到放逐的命運。其嚴厲的程度猶過於伊底帕斯，惟其措施之目的和意義兩者相同，為了淨化和拯救整個城邦。換言之，傳達的信仰和邏輯思維是一致的，相同的。

第三節　倫理道德的觀點

一、道德主義

新古典主義時期對淨化的詮釋以道德主義或教誨的觀點為主，基本上認為觀眾能從悲劇正反的範例中學會控制自己的情緒，瞭解劇中人物造成的錯誤的原因，並且通過 catharsis 得知如何避免激情所導致的苦難和悲劇的發生。此類的解釋在新古典主義時期已是根深蒂固，catharsis 幾乎跟直接的倫理教誨成了同義字。（Halliwell, 1986, p.350-51）事實上，新古典時期不只是把亞氏《詩學》的某

些觀念教條化，或變成不可違背的藝術箴言（precepts），甚至是扭曲誤解。今列舉三位劇作家的基本論述如次：

（一）Pierre Corneille 既是教條規範的受害者，同時也是曲解的傳播者。[8] 他一方面強調亞氏主張劇詩的唯一的目的是為了讓觀眾感到愉悅，雖然大部份的劇詩是做到的，但也有許多無法達成。他特別引用了《詩學》十四章：「我們必定要知道悲劇不需要每一種快感，只要它獨特的。」來支撐其論述的觀點。[9] 同時他又在另一方面附加上應努力提昇戲劇藝術，以它作為補充道德目的之手段。此外，他還援引了 Horace 的觀點：「我們大多數的人不會感到喜悅，除非能把我們包覆在作品的道德目的之中。」（Corneille，1660，p.100-102）

　　接著他把具現某種道德意圖的劇本分成四類：第一類是將格言與道德命令散見通篇。第二類是單純地描寫善與惡，如果設想的好從不會失去其效果，若其標誌如此鮮明，兩者不容混淆也絕不會棄美德而就奸邪。第三類是由劇場元素的運用所激起，正如第四類就在通過哀憐與恐懼為手段使受難的情感淨化。惟 Corneille 論述時著重在第二類，特別對於亞氏《詩學》第十三章所謂「有人把這種二等的悲劇列為首選。像奧德賽，它有情節的雙重線索，也各有一組獲得好與壞兩種相反的結局。它之所以被視為最佳，實出於旁觀者的弱點；因為詩人落入為投觀眾所好而寫的誘惑。無論如何，這種快感不是真正悲劇的源頭。寧可說它是喜劇的。」（114）提出質疑，首先，他以為善惡到頭終有報，雖然不是一個藝術的箴言，卻是我們習慣採取的一種處理方式。其次，他說：「我們不能了解為什麼不願見到戲裡一個誠實的人享有榮

華富貴，並且對他的不幸感到惋惜。為什麼要這個誠實的人留下敗績，讓我們憂傷並帶著一股對作者和演員的義憤離場，反之當情節滿足了我們的期望並且使善良者得到報償，我們會非常快樂，帶著心滿意足的神情離去，他們表現的這兩類作品應該是各有千秋。善的成功在於對抗了災禍與危險，振奮我們去擁抱它，罪惡與不義的決定性勝利，是通過類似災禍的恐懼來擴充其天賦的才能。」（Corneille，1660，p.103）

　　顯然，Corneille 是認同好與壞兩種劇中人物，各獲得應有報償的處理方式。亦即是跟亞氏的主張不相吻合，甚或背道而馳。揆諸現存的希臘悲劇，尤其是結局，符合他的主張者甚少，如 Euripides 之 *Iphigenia in Tauris* 等神從天降接近悲喜劇或傳奇劇的作品。反之，那些偉大的悲劇 *Oedipus the King*，*Medea*，*Antigone* 等都不合他的期待，莎士比亞的 *Hamlet*，*Othello*，*King Lear* 等均不符合，更遑論現代悲劇了。或許基於上述 Corneille 的悲劇理念，他自己的名劇熙德（*The Cid*）等作品做了充分地實踐。

（二）John Dryden 認定悲劇之目的與範圍，就在於矯正或淨化我們的激情——哀憐與恐懼。寓教於樂是一般詩之目的。哲學的教誨，箴言要靠作品來表達；不用範例不易使人心悅誠服。因此，以範例淨化激情是屬悲劇之特殊教育方式。而驕傲和值得同情的慾望是人類最主要的惡性；從而要治療我們的這兩種毛病，悲劇的創作者在人類的激情中選擇了哀憐與恐懼兩種運作。我們感到恐懼是因為他們安排了某種不幸的可怕範例在我們的眼前，它發生在高貴的人身上；並且展現

給我們的是從幸運的恩寵轉變而來這樣的一個動作；這必然
會讓我們心生恐懼，因此降低了我們的驕傲。

　　此外當我們看到這個善良又偉大的人，都不能免除這樣
的不幸，就會想到我們自己而激發同情，潛移默化我們形成
助力，供給面對苦難的涵養；那是最高貴和如神般的美德。
此處能觀察到的是它絕對必要促使一個人善良，如果我們愛
他將會同情，我們對一個惡人的不幸，不會惋惜，只有憎恨；
當我們見到他因為他的罪行而受罰只會高興，並且詩之正義
在他身上應驗了。（Dryden，1679，p.148）

　　從上述的觀點看來，Dryden 比起 Corneille 的說法更簡
單更狹窄。同時一旦把悲劇定位成一種特殊的教育方式，只
有淨化人類哀憐與恐懼激情的功能，淪為工具性的角色，悲
劇就失去了獨立性，大大貶低了它的價值。僅適用於道德
劇、傳奇劇、英雄劇等類型之評價。還有一點特別值得注
意，他不但強調寓教於樂，詩之正義，也混同了詩的治療
功能。

（三）Lessing 的批評比先前的兩位幾乎晚了百年，主要論點發表
　　　於 1768 年的《漢堡劇評》77 和 78 篇，其遣詞用語和論述
　　　都比較嚴謹，也更具說服力。他一方面讚美亞里斯多德用詞
　　　非常精煉，少有哲學家能望其背項，因此主張應該回到原
　　　典；另一方面他也不止一次的指出 Corneille 等人對亞氏詩
　　　學的誤解，導致批評的錯誤，故可視為再批評或理論的重
　　　建。在此歸結出兩點來說明：

　1. 亞氏說「這種和類似的」，或者譯成「被喚起的激情」。僅指
　　　前文裡的「憐憫與恐懼」；悲劇應該引起我們的憐憫和我們的

恐懼，並且是為了淨化這種和類似的激情，而不是無區別地
淨化一切激情。他說的是「這種和類似的」，而不是「這種」。
這說明他所理解的憐憫，不僅是狹義的憐憫，還包括一切的
慈悲感，猶如他所理解的恐懼，不只是對我們眼前的災難所
產生的不快，也包括對現實的災難產生的不快，還包括對過
去的災難、悲哀和苦悶產生的不快。悲劇所喚起的憐憫和恐
懼，應該是這種廣義的解釋，用來淨化我們的憐憫和我們的
恐懼；但也只能淨化這些激情，而不是什麼別的激情。固然
在悲劇中也能找到對於淨化其他激情有益的說教和例證，但
這不是它的目的；這些都是同史詩、喜劇所共有的東西，只
要是一首詩，是對於一個動作的模擬。各種體例的文學作品
都是為了改善我們，如果連這一點還需要證明，那是令人痛
心的，如果有些作家自己還懷疑這一點，那就更令人痛心了。
但是任何體例都不能改善一切；至少不能把每個人都改善得
像別人一樣完善；一種體例最擅長的，正是另一種體例所不
及的，這就構成了它們的特殊作用。（Lessing，77，p.396）

　　換言之，Lessing 強調悲劇家應該充分了解每一種文體
或類型都有其特殊性和無可替代的優勢，悲劇能激起哀憐與
恐懼這種和類似的激情，並且是為了淨化它們，改善每個
人。雖然可能還有其他激情的淨化作用和好處，但那是偶發
的或隱性的。

2. 他認為我們看到的殘存的《詩學》裡，不論殘存多少，仍能
　　發現關於淨化問題的一切論述。首先，他引用詩學第十三章
　　對悲劇情緒產生的解釋：「因為哀憐是由於不應得的不幸所
　　引起；恐懼是由於一個像我們自己一樣的人遭遇不幸。」

（1453 a）接著 Lessing 進一步強調「哀憐與恐懼是我們在悲劇裡感受到的激情，而不是動作者在悲劇裡感受到的激情；它們是動作者借以打動我們的激情，而不是他們使自己遭逢不幸的激情。」是故，「我們的哀憐與恐懼，應該通過悲劇的哀憐與恐懼得到淨化。」（Lessing，78，p.398）至於悲劇淨化多少其他的激情或情緒，則無關緊要。最後是淨化與道德的關聯，他認為「這種淨化只存在於激情向道德的完善的轉化中，然而每一種道德，按照我們的哲學家的意思，都有兩個極端，道德就在兩個極端之間；所以，如果悲劇要把我們的哀憐轉化為道德，就得從哀憐的兩個極端來淨化我們。關於恐懼也應該這樣理解。就哀憐來說，悲劇性的哀憐不只是淨化過多地感覺到哀憐的人的心靈，也要淨化極少感覺到哀憐的人的心靈。就恐懼而言，悲劇性的恐懼不只是淨化根本不懼怕任何厄運的人的心靈，而且也要淨化對任何厄運，即使是遙遠的厄運，甚至連最不可能發生的厄運都感到恐懼的人的心靈。」（Lessing，78，p.400-401）這個結論的基本觀點脫胎於亞氏《倫理學》稍後將會論及，在此無庸多贅。

二、間接的道德論

此派說法可視為道德主義的間接論述，故兩者之間自有重疊和共通之處。簡而言之，通過暴露他人遭受極大痛苦的景像，讓我們發覺到自己生命中的哀憐與恐懼，也就是從類似的經驗中獲取教訓。由於在悲劇中體驗到命運的無常，不可預料，從而降低了情緒的震動的幅度，使心腸變得冷硬和堅強一些。是故，一旦我們在現

實人生中遭遇不幸的災禍時，就像個百戰沙場的老兵一樣不會驚慌失措，有能耐去面對它，或者變得更為堅忍不拔。

這種說法可溯自稍晚於亞里斯多德之喜劇詩人 Timocles，他認為情感是我們的一種能力，可以不斷的增強，若運用得當，在一定的限度內能得到享受和滿足。因為它被淨化了，馴服了，不再是一種難以控制的力量。所以，在喜劇和悲劇中，在靜觀別人的情感時，把自己的情感停止了，使它們變得更為溫和，加以淨化。（殘篇 R.70 P.101）

又按此主張也與斯托伊葛（Stoic）派的觀點相近：「最初創作悲劇是為了讓人們不要忘記生活中所出現的災難，是為了告訴他們，這些災難的出現是必然的，是為了教導他們，在舞台上所看到的這些事件，若與巨大的世界舞台相比不應該是無法忍受的。」（Marcus Aurelius，*Meditation* 11.6）也就是說，看悲劇是為了培養憂患意識，免得一旦面對災禍時，驚慌失措，不知如何應付以求生。

至文藝復興時期意大利的批評家如：Robortello，Castelvetro 等均持相同的觀點，現舉明特羅（Minturno）為代表，他在其詩藝中談到關於悲劇的目的時說：「當你知道了悲劇詩人的使命就會了解悲劇詩的目的。他的使命無過於運用詩句帶來教導，愉悅，感動，並且他們傾向於淨化聽者心靈的激情。所有戲劇詩人的作品呈現於劇場時，就宣示了他們的使命在教導，悲劇詩人創造了一幅人生的景象於我們眼前，顯示其行徑，凸出其身份與地位，由於這命運的寵兒，犯下人性的過錯墜入極為悲慘的境遇。從此我們學到榮華富貴的不足恃，世上本無長久穩固矻立不搖不朽之事物，除了會變成悲慘之外沒有幸福，除了會成為卑賤和不名譽之外沒有什麼聲望崇隆。在目睹他人經歷命運如斯的鉅變，我們學會了抵抗無法逆料的

邪惡，如遭不幸，我們知道如何耐心地忍受。悲劇詩人撇開其文雅的詩句和優美的台詞，他也會用歌唱和舞蹈帶給觀賞者更多的快感。事實上，只有用他有力的字句和深厚的思想，始能激起心中的激情，產生驚奇，哀憐與恐懼，否則他表現不了什麼，不能讓我們愉悅，亦無魅力來感動我們。還有什麼能比悲劇更感人？所有這種恐懼和哀憐都從類似的激情作最大歡愉地解放，從而我們的心靈再沒有別的難以控制的狂亂。沒有人是如此完全地受制於無羈的慾望，不過在別人處於不幸時我們依然感到哀憐與恐懼，他不是被迫對於造成如此不幸的原因作出習慣性反應。甚至對他人遭遇重大不幸的記憶，不只是呈現給我們更多的準備和支撐我們自己；並且它讓我們更加小心避免類似的毛病。醫生會用猛藥消滅傷害身體惡疾的毒性，同樣地悲劇詩人通過其迷人的詩句喚起情緒來淨化心靈的困擾是無與倫比的。」（Minturno，1563，p.44）明氏的論述是以道德情操和心性的鍛鍊為主，但也隱含著其他的思維成分，並非單一純粹的觀點。

其次，明氏可能過分高估了悲劇詩句的影響力，與亞氏將情節、性格、思想、措辭、歌曲、場面之優先排列順序不同，甚至亞氏還特別強調「在諸元素中第四個要數措辭，我的意思如前所述，字辭所表現的意義，以韻文或散文表達其本質是相同的。」（77）此外，亞氏也說過：「詩人應該提供的快感，是經由模擬而來的哀憐與恐懼，很顯然這種性質必定要利用事件達成。」（120）顯然，要達到悲劇之目的和情緒之淨化，主要靠情節事件，其他如詩句只能居於輔助的地位。過分依賴言辭則流於說教或濫情。

前一節曾述及 Lessing 對於淨化與道德的關聯性所做的結論，其基本觀點實出自亞里斯多德的倫理學，他說：「……美德應以適中為目標。我意指倫理上的美德，因為它關係到激情與動作，有表

現過度、不及與適中的問題。例如：一個人應該感覺到的恐懼、自信、嗜好、憤怒、憐憫、以及一般的快樂與痛苦的情緒是否太多或太少，兩者都不好；而是要在時間、地點、事物、人物、動機、方式上對他們的感覺都正確無誤，適中才是最好的，此即是美德的特徵。」（*Nicomachean Ethics* 1106 b 8-23）當然，要把這些情緒或感情控制得當，舉措適宜，絕非易事。要經過鍛鍊，養成習慣，才能隨心所欲不踰矩。其實亞里斯多德這一段論述不但牽涉到他對情感所持之基本看法，而且也隱約地對其老師柏拉圖，以及一些傳統上排斥情感的人士提出溫和地反駁。按柏拉圖矢志要把詩人逐出理想國的理由之一，就在「我們聽荷馬或某個悲劇詩人模仿一位悲傷的英雄，長時間地悲歡吟唱，或捶打自己胸膛的時候，即令是最優秀的人也會抱持著同情心熱切地聆聽，同時感到快樂，像著迷似的讚揚這位挑動心弦的詩人。

　　然而在現實生活中要是遇到什麼不幸時，我們會以能夠承受痛苦、保特平靜的人，才值得讚美，認為是男子漢的品性。因此，在劇場裡所讚揚的乃是婦道人家的行為。遭遇到不幸，想要痛哭流涕以求發洩，是一種本性的需要，詩人的表演滿足我們身上的這種成分，帶來快樂。在這個時候，我們本性中最優秀的成分由於從來沒有受到理性甚至習慣的教育，會放鬆對哭訴的警惕，理由是他只是在看別人受苦，這個宣稱自己是好人，沉浸在痛苦中，讚揚和憐憫並不可恥。很少有人想到，別人的感受也會無可避免地影響到自己。滋長起來的悲哀之情，輪到自己受苦時就不易控制了。

　　愛情、憤怒、以及心靈的其他各種慾望和苦樂伴隨著我們所有的行為，詩歌在模仿這些情感時對我們也起著同樣的作用。當我們必須要讓這些情感枯萎時，詩歌卻在給它們澆水施肥；我們必須統

治情感，讓我們的生活可以過得更美好、更幸福，而不是更糟糕、更可悲，詩歌卻使情感統治了我們。」（*Rep.* 605 D-606 D）說得更通俗一點，柏拉圖他們是站在古希臘的傳統中，認為一個大男人就應該愛恨分明，無畏無懼，有淚不輕彈，跟中國古代社會所歌頌的英雄俠客的品格頗為相似，反而與基督教傳統所標榜的博愛、寬恕、高度的同情心等倫理道德觀念不同。

到了現代的專家學者往往是把 Lessing 等人所建構的概念，亦即是前述之亞氏倫理學中對感情的表達態度與詩學中的淨化問題相結合，將 catharsis 翻譯或解釋為道德的淨滌（moral purification）的理論加以修正或重建，甚或是兼容並蓄著其他的觀點，亦各有其見地和參考價值。如豪斯所云：「悲劇所激起的情緒是以有價值和適當的刺激來啟發潛能之活動；把它們引導至正當的對象和正確的途徑中得到控制；在劇本的範圍裏加以鍛鍊，使之成為彬彬有禮的君子（good man）。當他們看完一部戲之後再度平息了潛能，而且是比先前更為馴良一點的潛能。這就是亞里斯多德所謂之 "catharsis"。我們的反應會更接近成為賢能者（good and wise man）一些。……淨滌的結果是一種情緒的平衡與寧靜：並且它可以稱之為情緒的健康狀態。」（House，1958，p.109-10）深究起來他並沒有把亞氏倫理學的觀點推進多少，只是把悲劇作為一種教育和訓練情感的方法，認為在觀看過後，能淨滌潛伏的情感風暴，使之平靜亦即是健康狀態。多看多練日益精進，終究會成為一個賢能之人。同時他的說法仍然很含糊不夠具體，沒有一個可靠的機制可以解釋悲劇如何能達到淨滌的效果。

又按姜可（Janko）的說法：「然而，淨滌的過程究竟如何運作？它是以藝術性地呈現可憐與可怖的事件，在觀眾群中喚起哀憐與恐懼的情緒，並按照每個人自己的情緒的能力，用一種順勢治療的過

程刺激這些情緒，再賦予他們溫和與無傷的練習作為清瀉；且從清瀉帶來快感。」（Janko，1984，p.142）固然，在字面上看似屬醫療的觀點，但就其目的和結果而論則是要減少或祛除這種過多的情緒，達到中庸的地步。

　　事實上，主張淨滌理論者，差不多都認為適量的哀憐與恐懼屬於心理或情緒健康的範圍，不是病。所以，他們認為淨滌的過程用來移除過多的情緒，使其達到中庸的程度。然而他們沒有提出在淨滌中，有一種機制可以治療或改善欠缺或不足的問題。（Golden，1992，p.16）

第四節　醫療的觀點

　　在 Bernays 提出「淨化」一詞根源於醫藥學的說法（1857 年）之前，並未受到普遍的重視。如英國的詩人 John Milton 在其 Samson Agonistes 的序言中說：「亞里斯多德認為悲劇有能力激起哀憐與恐懼，或可怖，並淨化這些或諸如此類心中的激情，那是對脾氣和降低他們到一種適當尺度的喜悅，而且是由閱讀或看這些激情精采的模擬所激發。無非是因為自然她本身的需求促使這種主張的確立；從而在醫學中，使用帶有憂鬱色彩和性質的事物來對抗憂鬱，以酸對付酸，用鹽去除鹹味。是故哲學家和嚴肅的作家，像西塞羅，普羅塔克等人都常引用悲劇詩人的話一則是讚賞再則解釋他們的論述。」（Milton，1671，p.157）

　　誠然，亞里斯多德出身醫學世家，會採取一些醫學觀點來思考問題，毋寧是很自然的事。在辨別不同種類的快樂時他說：「類似地情形發生在年青人身上，因為他們處於一種發育的狀態中，很多年

青人容易陶醉沈溺。青春期本身就是愉快的；但是他們的天性為黑膽汁過多所苦，由於他們體內的這種特殊體液的混合，造成一種不可抗拒的持續狀態往往需要治療。他們常常顯現出過多的慾念和兩相抵觸的快樂，就跟隨機發生的快樂一樣，如果它很強烈的話，也能逐出痛苦。因為這樣，其人就變得放縱不知節制，鹵莽欠缺思考。另外一方面，快樂固然無關乎痛苦但也不容許過度；不過這些仍歸於快樂之列而不是偶發地愉快。所謂的偶發地愉快我意指治療所帶來的快樂，由於治療發生效果逐出痛苦留下健康，就因為這個緣故它似乎是快樂的。無論如何，這些快樂是天性所帶來的愉快，舉凡一種天賦都容易引導其活動。」（*Nicomuchean Ethics*，1154 b 9-20）很明顯地，亞里斯多德的論述依據的是廣泛流傳之希波克拉提斯（Hippocrates B.C.460）的體液理論，他把希臘的四元素「土、水、火、氣」與四性質「濕、寒、熱、燥」相結合，產生四種有關的體液概念：血液（熱與濕）、黏液（寒與濕）、黑膽汁（寒與燥）、黃膽汁（熱與燥）。

其次，這四種體液是否能保持均勻平衡則與健康有密切的關係，他說：「人類的身體包含了血液、黏液、黃膽汁和黑膽汁。這些東西構成人體，而且也是導致痛苦和健康的原因。健康狀態是這些成分在質和量上比例恰當、混合均勻的結果。如果其中一種成分過量或不足，與身體分離或者不能與其他成分混合，就會出現痛苦的狀況。」（Chadwick and Mann 1950：204）再其次，希波克拉提斯認為體液在一年當中會隨著氣候和天氣的不同而變化，並且各種疾病也好發在性質最接近的季節裡。

從而治療應該與病因相對：「由於飲食過量引起的疾病，用禁食來治療；因饑餓而引發的疾病，要由進食來醫治。疲勞造成的病，以休息來治療；懶惰引發的病，則用加強體力的勞動治療。簡而言

之，醫生應該根據各種疾病的形式，依照不同季節和不同年齡的發病率等因素，採用對立原則來治療，如用鬆弛方法治療緊張等。如此便可以使病人減輕痛苦，這就是治療疾病的原則。」（同前，208）

　　此外，古希臘也認為人類的身體器官分別歸屬濕、寒、熱、燥等性質，因此，每個人的身體都可能有某種過量的體液。又按其比例或平衡會因人而異，所以，人的氣質和類型也就不同，其特徵為：多血質（sanguine）的人紅潤、快活、樂觀；黏液質型（phlegmatic）冷淡、鎮靜、遲緩；膽汁型（bilious）的人易怒、不穩定；抑鬱質（melancholic）易於沮喪、悲傷、憂鬱。優秀的醫生、懂得按照病人的氣質類型，確定那種體液在當時是過量或不足，將所發現的情況與該季節旺盛的體液相配合，以確定如何才能恢復正常的體液平衡。

　　當然，我們不能走得太遠，因為在亞里斯多德的觀念裡和知識的分類中，醫療是針對病患的身體疾病所作的改善，驅除痛苦，恢復健康，令人快樂。它不涉及心理的治療的部份和技術。[10] 再則亞氏也沒有把悲劇的淨化與醫學的理論作任何的連接的詮釋，否則也沒有這些紛紜之說了。三則希波克拉提斯的醫療的方法和技術傾向依據相反或對立的原則，正如也亞氏所云：「醫療的工作很自然地會利用相反的方式。」（*Nicomachean Ethics*，1104 b18）而不是順勢療法（homeopathic method）所採取之類似原理的建構，與 John Milton 所列舉者，也就是所謂通過悲劇動作激起哀憐和恐懼的情緒，並使這類情緒得到適當的淨化，乃是方枘圓鑿不相楔合。

　　又按文藝復興時期的批評家 Maggi 在論述詩學時，就援引了亞氏政治學中對音樂教育的關鍵看法[11]，首先亞氏把閱讀、寫作、身體的鍛煉、和音樂四類課程作為教育的基礎；甚或是再加上繪

畫。除了音樂之外，其他都具有實用的目的，比較容易驗證其學習的成果，但要界定音樂的確實效果，應該學習的目的和價值則有困難。然而在人生中無目的、不實用、非生存所必需的活動難道就沒有價值、不重要、不需要學習嗎？亞氏並不以為然，他主張職業和閒暇兩個都是必要的；而且閒暇還高於職業勞動。同時他又指出閒暇的本身就具內在的快感，內在的快樂，內在的幸福。是故，更值得學習，「應該把適當的利用閒暇放在修心養性中，成為某種求知和教育的一環。很顯然，這些學習應該以其自身為目的，把學習追求一種職業只看作必需的手段和事物而已。這就可以解釋我們的祖先為甚麼要把音樂作為教育的一部份。他們並不是因為它是必需的才要做；它是不實用的一類。例如讀與寫在很多方面都有用——像賺錢；家管；求知；以及一些政治活動。繪畫可以用來幫助人們對於不同的藝術家的作品做出更正確的判斷。〔音樂就沒有這些用處。〕它不像鍛煉身體，有益於健康和增進軍隊的武勇：音樂只有無形的效果。因此我們把它的價值留作閒暇中的修心養性。將它引進教育中明顯地理由是認為它適合列入自由人修養的一部份。」（*Politics* 1338a 9-24）

其次，要界定音樂確實的效果不容易，同樣地要界定應該學習的確實目的也有困難。有人主張音樂的目的是單純的娛樂和放鬆，就像睡眠和飲酒一樣。然而睡眠跟飲酒本身算不上甚麼好事，只是無論如何它們是件令人愉快的事。另外有人認為音樂應該是促進向善的一種影響力，對於我們的性情給予一種調子的力量，就像身體的訓練能賦予我們的身體一個調子，並且習慣能讓我們在正確的方式中感到快樂。此外，尚有第三種看法以為音樂對於我們的心靈的培養和道德智慧的成長有些貢獻。

　　顯然娛樂不應該作為年青人教育的科目，因為學習不是件娛樂好玩的事，它需要努力與痛苦才能達成。在另外一方面心靈的培養對於孩子或年青人來說也不是一件恰當的事，因為他們本身尚不足以面對終極目的之達成。同時它們也不是政治學所要討論的問題，其焦點是放在音樂教育對年青人的倫理品德方面的影響。從而亞氏說：「既然音樂是快樂的泉源之一而正確地感受愛與恨是一種美德，所以我們可以清楚地得到某種結論。首先，我們必須讓自己學到並且培養出有能力做正確的判斷，且在善良的品性和高尚的行為中感到快樂。其次，音樂的節奏和旋律可以給我們品性狀態的意象。諸如：憤怒與平靜的意象；勇敢與節制的意象，及其全然相反的形式；其他狀態的意象也都一樣接近其現實的性質甚至更為清晰。從我們自己的經驗就可以很清楚的知道這個事實；聽到這些意象即經歷了一次心靈真正的改變。關於在一個意象中得到痛苦或產生喜悅的一種習慣是與現實中的真實痛苦和喜悅之情做了某種緊密地結合。例如，有人在觀賞某個客體的雕刻意象所得到的喜悅──純粹建立在其內在的形式的基礎〔不在其材料的基礎上，或那種材料的花費與美〕──亦將跳回到注視現實對象物的本身去發現快樂。」（*Politics* 1340a 14-28）說得更具體淺顯一點，亞氏以為在年青人的教育中，讓他們從音樂中所傳達的各種情感意象，善良的品性與高貴的行為中可以得到依循的榜樣，進而影響其品格的發展。正因為年青未臻成熟，近朱者赤近墨者黑，接觸的對象變得很重要，教育的功能易於發揮成效。同時，亞氏為了強化這個此觀點再延申到繪畫雕塑等視覺藝術的領域，認為他們所呈現的形象也能喚起類似的情緒，刻劃了倫理品格，具備教育的功能，特別指出應該鼓勵年青人去學習觀看波

里岡托斯（Polygnotus）而不是包森（Pauson）的畫作（*Politics*，1340 a 36）。[12]

再者，亞氏指出曲式的性質不同；聽者依其所聽之不同曲式而有不同地感受。某種曲式的效果會產生悲愁與沉重的心情——例如可用米索利地安（Mixolydian）曲式。像柔和的曲式能帶來心靈狀態的放鬆。另外有的曲式特別適合營造一種溫和與團聚的心情，這是多里安曲式所具備的特殊魅力；弗利吉安曲式有把握賦予激昂與熱情。當我們讚同此觀點時就可以進一步用它們來研究音樂教育的課題；因為他們的理論是靠事實來證明的。以上關於音樂模式的論述也同樣適用音樂節奏的變化的情形，某些變化具有更穩定的性格：有的活潑生動的性質；還可以再給細分，依照他們趨向一種更粗俗的節奏，或者是邁入一種更適合於自由人的樣式。

音樂在占有心靈的品性上能發揮強而有力的效果。如果它會產生此效果，就必定要教年青人學音樂。再加上音樂的教學又是順著年青人的自然稟賦實施的，因為在他們稚嫩的年紀，很不願意忍受苦澀的食物；而音樂在本性上就有甜美的味道。即令不是全部。至少音樂的曲式和節奏對人類的心靈具有一種吸引力，一樣能帶來甜美。正如有人說心靈即是和聲，並且分配和聲給他人。（*Politics*，1340 b1-19）

自 Bernays 以來學者專家特別重視下面一段與淨化有關的解釋：「我們談到音樂的運用必定不只是考慮它諸多好處中的一種，因為有好幾種（我們以它作為教育和淨化——現在我們說的淨化是其一般的意涵，但在詩學中我們會把它講得更清楚）——第三種則關係到一般的休閒活動，包括消遣和去除疲勞。從而很顯然我們會用所有的曲調，但不是用在同一種途徑。當然，我們會把最具倫理

性格者用於教育，並且以喚起和激發情緒者作為聆聽他人演奏的模式。不論何種情緒都會強烈地激動某些人的心靈同時也會感動所有的人，只是程度不同罷了。諸如哀憐、恐懼和靈感之類的激情。有些人容易受到某種靈感的支配，在宗教的樂曲引領下進入迷狂的狀態時，我們就能見到神聖曲調的效果，一旦恢復清醒他們就好像已經治癒和淨化。這種效果也能發生在他們身上特別是對哀憐與恐懼，甚至是任何一種情緒；事實上它將會影響我們所有的人，在比例上每個人也有某種程度的差別；並且這個結果會是全都一樣經驗到某種淨化，而某種情緒的放鬆伴隨著快感。我們還要補充說明的是這種為了淨化情緒，特別設計的曲調亦為無邪的喜悅來源之一。」（*Politics*，1341 b 36-1342 a 15）這段話之所以引起普遍的重視，是因為它不只是把淨化列為三類音樂三種好處之一，而且指出淨化有類于治療的效果。固然，能引起哀憐、恐懼之類激情的音樂，帶給每個人的反應或效果有程度上的差別，但在經驗的本質上是一樣的。同時它所產生的快感喜悅是無傷無邪的。

　　其次，亞氏主張在音樂的競賽中參賽者應該採用不同的曲調和曲式，讓不同的觀眾滿意。[13] 理由是每個人的快樂都得自最適合的東西，因此我們必需容許樂師們在比較俚俗的觀眾面前演奏俚俗的音樂來符合他們的觀眾需求。正所謂「陽春白雪下里巴人」各有品味，不可強求也無法爭辯。作為專業的樂師應該學會各種曲調來滿足不同聽眾的需求，但青少年的音樂教育則全然不同，由於他們還不成熟，應該避免負面的影響，只能選擇適合他們的曲式和曲調。

　　所以，亞氏在希臘音樂的利底安、弗利吉安、伊奧尼安、多里安、愛奧尼安等曲式中，指出它們各有調性適用於不同的途徑。他說：「為

了教育的緣故，應該用那些能表現倫理性格的曲式和旋律。正如我們所觀察的結果，多里安（Dorian）是其一，同時我們也要採用其他哲學家的研究和音樂教育者所贊同的曲調。柏拉圖在理想國中只保留多里安和弗利吉安（Phrygian）是錯誤的選擇，而他犯的更大的錯誤是先一步拒絕使用豎笛。實際上，弗利吉安的曲調在其產生的效果中，是與其他相和的，豎笛也一樣，兩者都有宗教的亢奮和一般的情緒效果。我們可以從詩歌明白箇中緣由。戴神的狂歡（Dionysius frenzy），和所有心靈如此悸動者，在表達時使用豎笛來伴奏很自然地比其他樂器更合適。同樣地，在曲式中，我們發現弗利吉安的曲式裡的旋律較為適合表現此種心靈狀態。在此我們可以援引許多音樂藝術專家的例子來證明酒神頌的性格。菲勞塞那斯（Philoxenus）就是案例之一。他嚐試過，用多里安的曲調，編寫了一部名為米西人（*Mysians*）的酒神頌，但是失敗了；按照他的主題的性質被迫回到弗利吉安的曲調才更合適。一般都同意多里安的曲調是最莊嚴和最能表達堅毅不拔的情操者。當然它也還有別的特質。在我們一般的觀點上，是在兩個極端中選中道路線，也就是以中庸為優先和應該遵循者。而今多里安的曲調居於其他曲調的中庸位置。所以多里安的旋律最適合作青年的教育工具。」（*Politics*,1342 a 28-1342 b 16）接著做出總結：「在音樂教育中有三個標準應該遵從——中庸，可能和適當。」（Politics ,1342 b 36-37）雖然，此一章節討論的主題是音樂在教育中的方法和目標，但同時也涉及音樂用於宗教的儀式和詩歌，甚至是劇場的演出部份。特別提出弗利吉安曲式和伴奏樂器豎笛適合於酒神頌，可能也為悲劇所用。[14]反之不適合的曲式、節奏、和樂器，即令勉強使用，在經驗中會得到證明非放棄不可。這也是亞氏一貫的主張，認為事物生成有其必然，內在的邏輯法則。[15]

　　由於希臘戲劇只有在戴奧尼索斯的節慶中演出，觀眾才能參與祭典觀賞酒神頌和悲劇，得到心靈的淨化或者治療。究竟這種淨化的效果是永久性的？或暫時性的？並且這種參與節慶或儀典，為集體性的行為，有其感染力，不同於個體所處的情況。換言之，比較像集體治療的方式，如果單獨閱讀悲劇，沒有音樂、舞蹈等輔助因素，類比於個別治療，是否也有一定程度的淨化效果？當然，亞氏未有言詮，古代典籍中也找不到答案。

　　至 Bernays 提出一種策略性理論：認為 catharsis 一詞是醫學上的暗喻，淨化意指心靈之病理的效果，類比於身體方面的醫療效果。其主張奠基在亞氏的悲劇定義，結論也非常簡單因為哀憐與恐懼之類的情緒存於所有人的心中，在給予刺激的動作過程之後，產生一種愉快的放鬆。

　　Bernays 再補充道由場面所刺激的情感，不是一種永久性的移除或確定的樣式。但是它們能夠帶來一段時間的平靜和所有系統的休息。舞台之所以能提供無傷的快感是因為滿足了本能的需求，並且由於劇場的虛構性遠比真實人生所發生的不幸容易忍受。因此，柏氏假設淨化或許不僅指向哀憐與恐懼之情緒，也包括某種非社會或社會所禁止的本能。或者至少包括我們人生中某些干擾性元素。

　　換言之，或許所淨化的不是哀憐與恐懼之情緒，而是某種包含在這些情緒中的東西，或是與其混合的成分。我們必定會限制不適合整體的部份，利用淨化的程序來剔除。在此情況中，哀憐與恐懼的只是扮演排除機能的角色，而不是以它本身為對象。

　　在分析某些悲劇的人物時，我們看到他們可能犯下許多倫理上的錯誤，但是我們很難說他們中間的任何一個顯露出哀憐與恐懼的過度與不足。從來都不算是他們的德行上的缺失。這些情緒

其實少有扮演角色，甚至也不能作為所有悲劇人物共同的一種特徵。

　　哀憐與恐懼不是悲劇人物所流露的情緒，而是顯現於觀眾身上。從而經由這些情緒把觀眾與主人翁連接起來。換言之，我們必須明白觀眾與主人翁的連繫，基本上，是通過哀憐與恐懼的情緒，因為，正如亞氏所云：「哀憐是由於不應得之不幸所引起；恐懼是由於一個像我們自己一樣的人遭遇不幸。」（113）是故，這些情緒決不是淨化的對象。寧可說是在悲劇演完時，其他的某些東西得以淨化，消失了。（Boal, 1979, pp.28-30）

　　名震遐邇的佛洛伊德正是 Bernays 的姪女婿，早期用催眠法幫助病患找出童年的痛苦記憶或情結，藉以緩解精神官能症患者的徵狀頗有療效。[16]其後所採取的釋夢、自由聯想、談話治療等技巧，往往還是為了找出長期被壓抑而遺忘的痛苦經驗與創傷，來減輕其心理的負荷，進而達到治療的目的，其實仍屬發散或淨化的方法。又按在這些複雜的結叢裡，首推伊底帕斯情結（Oedipus complex）最重要，它是許多偉大藝術傑作之創造動機。諸如伊底帕斯王、哈姆雷特、卡拉馬助夫兄弟等，都是為了滿足作者長年以來埋藏在心靈底層──潛意識中的願望；同時也淨化或昇華其心靈。對欣賞者而言，經由同一作用（identification），亦可達到相同的效果。（佛洛依德文集　卷四　頁547-48）

　　在當下所流行的戲劇治療中，有關淨化的問題，波艾爾（Augusto Boal）將其分為下列四種：

　　一、medical catharsis：它尋求剔除讓個體之生理、心理、或身心兩方面受苦的原因或元素。也就是說它的工作為排出引進人類身體或身體所分泌之物質或元素。在它尋求剔除的某些東西中，有的根源於

個體內部，也有的從外面入侵導致生病。例如，吃進不衛生的東西，或者是中毒，淨化的結果就在於剔除這種有毒的元素並且會恢復健康。對於每一種病，我們都會尋求相關的藥物，或者是利用抗毒解毒的方式來剔除它，從而淨化了我們的身體和平復了我們的心靈。

撇開悲劇的淨化不談，亞氏也說過「節奏的淨化」（rhythmic catharsis）[17]：醫生要去發現其病人的心理疾病的節奏，然後誘導其患者按此節奏唱歌跳舞，亦可使用樂器解釋。它是相信這種節奏的突然激發將會驅除已經混亂的心理節奏，引領病患恢復平靜與安眠。（Boal, 1995, p.70）

二、Morenian catharsis：Moreno 在其著名的巴巴拉（Barbara）的案例中，成功地界定了發散或淨化的特殊用法。巴巴拉是一位性格急躁易怒和具有暴力傾向的女演員，在舞台外，一旦激動起來，就無法克制其暴力和憎恨。她的人際關係一包括親友，尤其是和她的丈夫相處都很困難，甚至是每下愈況，惡劣透頂。巴巴拉是 Moreno 劇團的女演員，有一天，她要扮演一個有暴力傾向和急躁易怒的妓女。在扮演這個角色的過程中，一方面認同她自己——淨化了令她受苦的暴力和憎恨的她。這使她能夠適應其社會生活，那是她以前所欠缺的，一直求之不可得者。在 Morenian catharsis，所採取的一種方式，即是以毒攻毒。當然，我們可以稱其目標是追求個人的幸福快樂。（同上，p.70-71）

三、Aristotelian catharsis：它是悲劇的淨化，也是一種高壓式的劇場形式。[18]希臘悲劇的觀眾成員（就此而言，也像今天好萊塢西部片的觀眾）經歷了一個過程，開始是由其自身的悲劇缺陷（希臘用語 hamartia）使悲劇的主角得享榮華。然後來到驟變階段——此等榮華所帶來的幸福（Oedipus 得以為王，Bonnie 和 Clyde 成功

地搶劫了銀行。）變成不幸（Oedipus 發現其厄運，Bonnie 和 Clyde 受到警察的追捕）。以承認過錯為過程的結束，觀眾也因情感的移入而品嚐到這一切都是自食惡果（伊底帕斯的自殘雙目，邦妮和克萊德之喪命）。

在亞里斯多德式的發散中，所剔除的往往是主人公意欲違反的法律，人或者神。例如安提貢妮（Antigone）一開始就自認對家庭的義務要高於法律以及城邦的義務。伊底帕斯斷言有反抗命運的權力。在經典的西部片中，不快樂的印地安人或墨西哥人認定有違反卡士達將軍（General Custer）法令的可能性。然而他們失敗倒下了！讓觀眾感到害怕，並接受教化。自從變質以來他們就淨化其慾望的本身，在演出的虛擬性中，他們已經驗到變質。

這種劇場的製作形式是透過淨化的手段，尋求個體對社會的適應。為了讓他們喜好那個社會價值，明顯地這種形式的淨化是有用的。然而我們能經常喜好所有的社會價值嗎？（同上，p. 71-72）

四、被壓迫劇場之淨化：在程式化劇場的形式中，演員（或人物）的行動是被觀眾鑑賞的。但于被壓迫劇場的表演時，觀眾不再是單純的看而己；做為一個觀眾就意味著一種參與、介入；身為一個觀眾意味著為自己的行動作準備，而為自己作準備在它本身就已經是一個行動了。

在程式化的劇場中有一個碼規（code）：就是觀眾不干涉主義的碼規。被壓迫劇場裏的一個前提為：干涉，介入。程式化劇場是為了靜觀而呈現這個世界的意象，被壓迫劇場表現這些意象是為了破壞和由其他來取代。在第一種情況中，戲劇的行動是一種虛構的行動，並以它取代真實的行動。第二種情況所展現於舞台的行動是一種可能性，一種抉擇，並且介入者一觀眾（主動的觀察者）

會要求去創造新的行動，新的抉擇而非取代真實的行動，至於排演，為預定行動——寧可說是為了參與——之實際的行動，而這個行動是我們希望轉化成的一種真實，所以我們嘗試改變。一個行動的排演是在其本身中的一個行動，一個行動的練習之後在真實生活中實施。

在程式化劇場的關係中，演員是以我的地位去演某個人物而不用其名字。被壓迫的劇場顯示任何人都能介入。不介入就已經是一種介入：我決定繼續上舞臺，但是我也能決定不做，它是我的抉擇。人們可以繼續上舞臺去嘗試他們的抉擇以我的名義和不在我的地位，因為，象徵性地，我是與他們一起。我是——正如他們是——一種新的觀眾：觀眾即演員。我看和我演。

被壓迫劇場的目標不是去創造平靜和平衡，寧可說是去創造不平衡為行動預備方法。它的目標是動態的。結果來自行動，摧毀妨礙行動實踐所有的死胡同。那就是，它要淨化觀眾─演員，它產生一種淨化。有害障礙的淨化！（同上，p72-73）

不過，有一點特別值得注意，波艾爾認為所有的劇場都是政治的，因為所有人類的活動都是政治的，劇場自是其中之一。他的被壓迫劇場的理論是想要證明劇場為一種武器，一種非常有效的武器。基於這樣的理由必定要戰鬥，統治階級為此努力想要永遠掌握劇場，利用它作為統治的工具。如此做他們就改變了劇場的概念，但是劇場也可以變成爭取自由的一種武器。劇場是露天下人們自由歌唱的地方；戲劇的演出為此而創造和為了人民而做，所以又可稱為酒神的讚歌。（Boal，1979，p. xi）

然而，劇場不論是成為統治者的工具或者是爭取自由的武器，戲劇和劇場都不再享有自身的領域，都淪為工具性的角色。走出了

藝術，不是亞氏詩學所探討的問題（參見第一章），戲劇治療亦復
如此，至少不純粹是個藝術的課題。

第五節　釐清的理論

自從 Jacob Bernays 於 1857 年發表 catharsis 與醫療的淨化過程
同一的論述以來，約莫百年以其為主流，直到最近才遭到嚴峻的
挑戰，不再認為它能精確地代表亞氏對於藝術模擬的目標真正的
觀點。

高登（L. Golden）教授是第一位把亞氏悲劇定義中的 catharsis
作釐清（clarification）解釋的人，並且認為「從十六世紀到二十世
紀，在哲學性的探究此概念時都讓自己局限於醫療的淨化或道德的
淨滌。他們這樣做是因為在《詩學》的文本中未做正式的界定，所
以他們放棄了由詩學本身作為啟發此概念的源頭。轉而求助於政治
學和尼科馬可倫理學，我確信，這些詮釋者，所提供的是一種對亞
里斯多德美學理論的重要層面扭曲的觀點。」（1992，ix）是故，
高登的理論係自現存《詩學》的全盤概念中找出詮釋的線索及建
構其立論的基礎。換言之，他的優勢就在以本經解本經，找到的
是內在的證據和邏輯的一貫性。不過，也不是沒有人思考過這種
可能性，如前所引 Lessing 早已提出類似的觀點，「不論詩學殘存
多少，仍然能發現關於淨化問題的一切論述，」只是其最後的結
論還是藉助於亞氏《倫理學》的中庸之道。現將高登等人的基本
觀點整理如次：

一、從方法學上看問題

認為亞氏在提出正式的悲劇定義之前，特別強調「從我們已經討論的結果。」（74）顯然地，採用的是演繹法，依據先前所涉及的前提推論而來。如果嚴格地檢驗一至五章的內容都找不到 catharsis 相關的討論，則亞氏在方法學的實踐上就有嚴重疏漏。易言之，catharsis 並非詩學理論中固有的、核心的概念。它是後設的，羼入者。

所幸，亞氏先前雖未直接討論悲劇的功能或目的，但在第四章探討詩的起源時，認為詩出自兩個因素，每一種都建立在人類的天性或本能的基礎上。首先認為是模擬的天賦創造了詩，其次自模擬的活動獲得快感亦屬人之天性。因此，不分種族地域，從古至都有詩作。[19]

再者，這種快感的產生又與人類的學習求知的本能息息相關，不論是哲學家還是常人在本質上並無不同，最多只是程度上的差別罷了。甚至他還特別列舉即令見到最噁心的動物或屍體之類的東西，當其做了忠實細膩地呈現時，一樣能帶來快感（1148 b 4-17）。

此外，節奏和旋律也是人類之天性，而詩律係屬節奏的部份。舉凡天性本能的活動都會尋求實現，一旦達成就能帶來滿足和快感。從而既為詩之種屬的悲劇，其所呈現之對象（包括情節、性格、思想）雖然令人痛苦不快，激起哀憐恐懼的情緒，終究還是能產生快感。亦即是說，希臘人從其最好的悲劇所看到的是集中在少數幾個家族的故事，諸如：艾克蒙、伊底帕斯、奧瑞斯蒂斯、麥勒阿格爾、塞斯特斯、泰勒佛斯的命運，以及其他做出或受害於某些恐怖的事——子女弒其父母，殘害子女，謀殺親夫，手足相傷等動作情

節。[20] 等同於現代的觀眾從各種新聞媒體所報導之日常生活中的亂倫、兇殺、天災、人禍等等事件，兩者帶來的快感也相同。（Hardison，1968，p.115.）

二、與亞氏的知識論相一致

　　第四章所開啟之快感論浮現了模擬藝術的第四個基本要素，係出自亞氏對事物的生成因素的根本思維。他於《形上學》中提出有因自然、人工、和自發等不同的生成。惟不論那一種生成的原因或所依據的原理是相同的，有材料因、形式因、動力因、目的因等四個。[21] 據此推論詩人無疑地是動力因。而《詩學》第一章解說了模擬的媒介──節奏、音調與格律，延伸到悲劇定義中的「在語言中使用各種藝術的裝飾加以修飾，數種分別見於劇本不同的部份。」（74）亦即悲劇六要素中的語言和歌唱為其媒介，係材科因。第三章討論模擬的樣式，敘事詩用敘述，戲劇要表演出來做出來，是故還涉及場面，為形式因。詩人寫作或模擬的一個動作是以語言或歌唱為媒介，在呈現其對象時，可以採取敘述或表演等不同的樣式，達到他的特定目的。

三、悲劇快感之獨特性

　　悲劇創作既是一種模擬的活動，自然具備第四章所論詩之共同特質，同時亞氏特別強調「悲劇是對一個完整、統一又具一定規模的動作的一種模擬；」（84）甚至不厭其煩地解釋一定規模的問題，太大或太小都不能產生美感，故將適當的規模界定為「在事件序列

所構成的有限範圍裡，容納按照概然或必然律，從不幸轉到幸福或者是由幸福轉到不幸的一種改變。」（85）

　　亞氏《詩學》第九章論述歷史家與詩人之區別，並不在於一寫散文，一用韻文，而是前者描述已發生之事，而後者則說可能發生之事。由於詩傾向於表達普遍——意指某一個類型的人按照概然或必然律，在某一個場合中會如何說或如何做；詩裡雖賦予人物姓名目標卻在這種普遍性。（94-95）歷史則呈現特殊，它的結構必然不是單一的動作，而是把所有發生在那一個時期裡的一個人或許多人的事件編寫在一起，其間卻甚少關聯。亦即是說雖發生於相同的時間，但沒有導向任何一個結果。[22]（186）又按歷史不能虛構想像或任意竄改以求符合推理，它所記載的都是已發生在某一個特定時空中的事件，可能包含了一些意外偶發的因素，尤其是事件之間往往缺乏概然或必然的邏輯關係，所以，它不太可能在不同的時空條件下發生。詩與歷史兩相比較，無疑前者更富哲理居於更高層次。（94）

　　進而言之，不論悲劇取材於神話傳說或任何虛構的故事或發生於現在生活和過去歷史的事件，當它依附於特定的劇中人物之言行舉止呈現時，其處理的原則不變。它必須合理，遵照概然或必然律進行或發展，因此，有可能發生在任何時空環境中，雖以特殊具體的悲劇動作顯示，卻能傳達普遍抽象的真理。

　　由於悲劇不需要每一種快感，只要獨特的。經由模擬而生的哀憐與恐懼，首先必定要利用事件來達成。（120）即所謂情節為悲劇之靈魂，在六要素中名列第一。就技術層面來說，包含逆轉與發現的複雜情節要優於單純，而「發現，正如字面所示，是從無知到知的一種改變，隨著詩人安排的幸與不幸的命運，在人物之間產生了

愛或者恨。最好的發現的形式是與情境的逆轉同時發生。」（102）
再者，發現或辨識固然有好多種形式，「但與情節和動作最緊密關
聯的發現，是人物的發現。這種發現，與逆轉結合，將會產生哀憐
與恐懼；至於動作所產生的效果，依我們的定義為悲劇表現者。」
（103）然而，這個動作效果的產生必定和動作者的性格有關，並
非每個人都合適，是故將其界定為「其人並無顯著的善良與公正，
他的不幸也不是由邪惡與墮落的行為所造成，而是因為犯了其種錯
誤或過失。而他必定是一個享有盛名與榮華富貴者。」（113）此外，
其所做之過錯，傷害的對象，若屬其至親好友之列，才會令他們受
苦，具有悲劇效果。（121）

　　概括地說來，悲劇係自模擬的天賦本能中產生，同時又會在其
中獲得快感；它所模擬的完整、統一、具有適當規模的動作，雖是
獨特的卻能表示一個普遍的真理；通過可憐與可怖事件的呈現，悲
劇的目的與功能得以釐清；當劇中主人公在面對其境遇逆轉不幸
時，會發現其人生之謎底真相，由無知變成知並帶來愛恨之情；在
觀看悲劇時不只是認識了他們的痛苦與不幸，同時也體認到我們自
己的處境，甚至可推論到全人類共同面對的問題，它是一種知性的
歡愉。故「悲劇的快感是悲劇的功能與人類為何要寫、要演、要看
的理由。」（Hardison，1968，p.115）

四、幾點質疑

1. 此派理論建構在高登將亞氏悲劇定義中最後一個子句的前
　半部翻譯為「通過可憐與可怖事件的呈現」，多加了「事件」
　一詞，於是就順理成章的產生了「使此類可憐與可怖事件的

釐清」之意涵。就原文上解讀多少有些牽強，並不是一個很可靠的連接。

2. 這個理論有意無意地避開與亞氏《政治學》卷八中對於淨化（catharsis）一詞的解釋和論述。（cf. Halliwell, 1986, p. 190 and n. 32）

3. 認為這個子句指向悲劇的技巧，而不是觀眾的心理的探討。（Golden & Hardison, 1968, p. 117）誠然，如何在悲劇中呈現可憐可怖的事件，是個關鍵性的問題，但同時它也可能讓觀眾或讀者產生此類情緒效果才是。甚至於在感性的基礎上，隨著悲劇情節的發展解開了糾結，釐清了真相始能過渡到知性的歡娛或無傷的快感。如不能將劇中人物與觀眾的情緒相連接，反而陷於自相矛盾的局面。（See also Keesey, 1979, p. 202）

4. 這個詮釋偏離了亞氏對柏拉圖批評詩的情感負面效應的反駁。（cf. Hubbard, 1972, p.88 n.2）

五、高登的反駁與總結其建樹

當他看到許多專家學者對其理論的批評之後，意有所指的提出辯解，並重建其觀點歸納成下列三點結論：

「首先，讓我們免於緊張和不安的要去證明亞里斯多德為甚麼會認為劇場基本上可以作為心理的和情緒的治療，或者作為倫理道德訓練基礎的一種制度 。其次，我們能夠欣賞亞里斯多德真的很優雅的反駁柏拉圖對詩的主張，在他描述藝術模擬的過程和在釐清哲學的活動語彙中道出重要的淨化的高潮甚至還是柏拉圖自己舉例說明和證實的。

　　最後，我們的分析提出了一個可靠的機制能夠在一個單一的概念下包含了許多個不同的觀點，有效地解決了有關 catharsis 的解釋困境。它能讓我們認識情緒的動機與情緒的反應在悲劇中扮演了強而有力的角色；可以接受許多悲劇是以倫理的訴求為核心並且從實際面對戲劇形式中的倫理訴求能得到某種倫理的訓練；充分地注意到與悲劇模擬的接觸之餘產生治療效果的可能性。無論如何，它要求我們了解與悲劇及其他文學類型的經驗核心是由文字的刺激所帶來的一種知性領悟行為。」（Golden，1992，p.38-39）顯然，高登企圖把 "catharsis" 一詞的概念可能包含淨化（purgation），淨滌（purification）和釐清（clarification）三種文本，亦即是心理或情緒的治療，道德修養或訓練，以及知性與無傷的快感三種理論加以調和，認為各有其適用的時機與情況；並且分別根源於亞里斯多德的《政治學》、《倫理學》和《詩學》三部著作；其中又以知性的釐清最能代表悲劇定義中的 catharsis 所指涉的意義。不過，我最不能同意倒是他過分強調文字的刺激或以其為經驗的核心，別忘了，在亞氏的悲劇六要素中措辭只排第四，情節才是首要的靈現角色。即令按高氏自己翻譯，其最後子句中也以事件為關鍵核心，絕非語言文字。

第六節　結論

　　由於亞氏預定在《詩學》中對於淨化的概念作進一步的解釋，以致其他著作中沒有留下清晰完整地論述，而現存《詩學》又付闕如，是故，任何企圖重建亞氏淨化理論，或者希望對悲劇定義中的

淨化一詞，提出令人滿意和信服的詮釋者，都注定陷於進退失據，無以為繼的局面。

因此，上述的四派主張或學說，或者分成六派說法（Halliwell, 1986, pp.350-356），在某種程度上，都可說是從亞氏淨化概念中衍生的理論或美學。

首先，宗教中的淨罪觀點可以詮釋悲劇的起源、古老的信仰、原始的功能和意義。或許它也可能恰當地詮釋了部份的悲劇，有些則被摒除在外，而人類學的理論又走得太遠，超越了藝術或詩學的領域。

其次，直接的道德主義與亞氏詩學的悲劇觀點幾乎背道而馳，僅適用於膚淺庸俗的傳奇劇之評斷；間接地道德論可歸結到亞氏《倫理學》的主張也比較能為大家所接受。

再其次，《政治學》中對淨化音樂效果的說明，在無法見到《詩學》對其更進一步論述的情況下，已成為亞氏所謂之「淨化」最清楚的陳述了。不過一旦利用悲劇來治療，就淪為工具性的角色，失去藝術的獨立自主的生命，同時也就看不清它的真面目，混淆研究的領域，也違反了亞氏再三堅持的知識領域的劃分與研究歸類的方式。若將悲劇淨化所產生之醫療效果，視為隱性功能，多種功能之一則無不可。

最後，釐清或知性的理論是最新的理論，強調從方法學中找答案，自悲劇的模擬中所獲之獨特快感，並可作為悲劇的功能與人類為何要寫、要演、要看的理由。涉及《詩學》中有關悲劇之技術層面，最貼近詩自身的理論，並與很多的現代美學觀念一致。

注解

1. 關於《詩學》是否有第二部或續篇，至今仍是個懸而未決的學案。請參閱本人之亞里斯多德《詩學》譯註，頁 220。同時按此文句的語意上看《政治學》的著作年代要早於《詩學》；同理可證《修辭學》有云：「關於可笑的主題，已放進《詩學》中詳加討論。」；又說：「可笑有多少種，已於《詩學》中陳述過了。」（*Rhetoric* 1371 b 36 & 1419 b 6）故其又晚於《詩學》。

2. 此句依據布氏（S.H.Butcher）英譯本與其他版本未盡相同，但無本質上的不同和比較差異之必要，特此註明。

3. 現將亞氏悲劇定義中的最後一個子句，不同的譯法羅列如次：

    (1)「通過哀憐與恐懼使這些情緒得到適當的淨化。」 "through pity and fear effecting the proper purgation of these emotion." --S. H. Butcher, 1895, p. 23。

    (2)「通過哀憐與恐懼使此類情緒淨滌。」 "effecting through pity and fear the purification of such emotions." --M. Heath, 1996, p. 10。

    (3)「通過可憐與可怖的事件的呈現，使此類可憐與可怖事件釐清。」 "through the representation of pitiable and fearful incidents，the catharsis of such pitiable and fearful incidents." --L. Golden, 1968, p. 11。

4. 有趣的是莎士比亞在其名劇暴風雨中，帕洛斯派羅先以魔法讓其仇敵阿隆叟、西巴斯、安東尼等人陷入瘋狂，飽嚐心靈的煎熬。（見 3 幕 3 景）然後他說：「莊嚴的音樂最能撫慰迷惘的心靈，治療你們的腦筋，現在你們的頭殼裡正翻滾著呢！」（5 幕 1 景）恰好呼應了這段政治學裡的說法。

5. 係指十九世紀末，英國劍橋大學的人類學家所使用的研究方法、典範、理論與成果。其代表人物和重要著作列舉如次：

    Sir G. James Frazer, *Golden Bough*, 1890-1915; Jane Ellen Harrison, *Themis: A Study* of *the Social Origins of Greek Religion*, 1912; Jessie L. Weston, *From Ritual to Romance*, 1920; Francis Cornford, *The Origin of the Attic Comedy*, 1914;and Gilbert Murray: *Five Stages of Greek Religion*, 1925, etc.

6. 關於悲劇起源於酒神頌的說法，在不同的詩學譯本中略有出入。例如：S. H. Butcher: "The one originated with the authors of the Dithyramb," vs. J. Hutton: "tragedy originating in impromptus by the leaders of the dithyrambic chorus,"（ch.4, 1449a）究竟是出自酒神頌的作者還是酒神頌歌隊隊長的即興表演，已無從稽考。

7. 按照亞氏的說法悲劇與喜劇脫離其起源之儀式成為兩類詩劇後，至少於公元前四世紀酒神頌與陽物歌仍然持續在希臘境內的許多城市舉行。（見拙譯詩學第 4 章 64 頁）

8. 從 1636-38 年，法國發生了一場關於剛乃依（P. Corneille）名劇熙德（*The Cid*）的筆戰。因該劇第一次演出（1636）獲得巨大的成功，但它不符合新古典主義的規範諸如：它混合了滑稽與嚴肅的成分，破壞禮儀，違反逼真原則，不完全符合三一律，為悲喜劇而非悲劇。最後由法蘭西學院院士查布蘭（Jean Chapelain 1595-1674）執筆，對熙德作出申誡性的判決。當然，這也是兼任首相的利西留（Cardinal Richelieu）大主教授意撰寫的，等於確定了十七世紀法國的文藝指導原則。從而使得剛乃依心灰意冷停止寫作有年，再復出寫作時已完全服膺學院的規定。有人就說，假如他生存在英國依利莎白時代，其成就將不可同日而語。

9. 剛乃依所引用的亞里斯多德詩學與現代通行的版本頗有出入，我們只能大致推斷其愛引之章節語句罷了。事實上，文藝復興時期尤其是新古主義的許多主張，雖脫胎於亞氏，但也嚴重扭曲，簡中原因就是所依據的祖本或譯本的問題。

10. 正如亞氏尼各馬科倫理學中所云：「這正像病人很認真地聽醫生所說的話，卻不做醫生吩咐要做的事。正如言談不能改善就醫者的身體狀況一樣，這樣的哲學也不能改善靈魂。」（1105b 15-18）顯然不認同現代所謂「談話治療」（talking cure）的方式會有助於心理疾病的改善或調適。

11. 參見 D. W. Lucas, *Aristotle Poetics*: Appendixes 2, Oxford: Oxford University Press, 1968, p. 278。

12. 兩位都是公元前五世紀的畫家，亞氏於詩學中有云：「波里岡托斯所畫的人比本人要高貴，包森則不如其高貴。」（*Poetics*, 1148 a）在論及悲劇人物性格時又舉其為例：「波里岡托斯所描繪的性格鮮活，而宙克

希斯的風格是欠缺倫理的性質。」（*Poetics*，1150 a）與此處相互呼應，可作參考。

13. 亞氏把當代的觀眾分成兩類：一類是受過教育的自由人，另外一類是工匠、雇工和其他諸如此類的鄙俗之人。認為後者偏離了自然的狀態，所以喜歡聽怪異的曲調，偏好緊張和花俏的旋律。因此，亞氏似乎主張人類的天性雖然相近，但後天會造成扭曲變形，品味和判斷有異，分歧的審美現象是必然的。

14. 詩有入樂與不入樂之分，音樂也有和歌或單獨演奏者。豎笛（aulos）它是一種帶有簧片的管樂器，聲音類似今日之雙簧管（oboe）或單簧管（clarinet）。由於樂器本身的性格能產生強烈的情緒和振奮的力量，適用於戴奧尼索斯的祭典和悲劇的演出。據戲劇史家的說法在演員與合唱團未進場前，伴奏的樂器如豎笛、豎琴、喇叭等司樂手就已在場，具有安祥、肅穆、和高貴感的豎琴往往用於演員要自己演奏或吟誦時使用。

15. 亞氏在敘述悲劇發展時，說它經過許多次轉變，建立了它的自然形式，然後就此打住。（詩學第 5 章 64 頁）同樣地，他說：「當喜劇詩人都特別出名，大家都耳熟能詳時，喜劇就算取得了明確的型態。」（見第 5 章 70 頁）

16. 佛洛伊德說：「布勞爾（Breuer）把我們的方法稱之為淨化的（cathartic）；其治療的目標是要解釋積聚的情感習慣用作維持徵狀的存在，並帶往錯誤的路線，甚至就好像被黏住，應該將其導向正途讓它得到釋放。」（See Freud: *An Autobiographical Study*, trans. J. Strachey, London, 1950, p.38。）

17. 亞氏並無「節奏的淨化」一詞，可能相關的用語列於次：

    (1) 亞氏在論詩的起源時，認為出自人類的模擬和節奏的天性或本能，詩律係屬節奏的一種，並且天性或本能的活動會帶來快感。（第 4 章 62-63 頁）

    (2) 悲劇定義中，有所謂「語言的修飾」，意指語言需要加入節奏，和聲，以及歌唱。（第 6 章 74 頁）

    (3) 悲劇是優秀的，因為它用了所有敘事詩的元素——甚至可用敘事詩的格律——並有音樂與場面作為重要的輔助；這些都能產生最生動的快感。（第 26 章 217 頁）

18. Cf. A. Boal, *Theatre of the Oppressed*, New York: Urizen Books Inc. 1979, pp.36-39

19. 關於產生詩的兩個因素究竟是指模擬活動的本身和求知所帶來的快感；還是要加上人類的節奏本能為是；本人比較傾向於後者。

20. 詳見拙譯詩學 13 章 113-117 頁。

21. 古希臘的哲學家對於事物的形成之設準，從一元到多元論者都有。亞里斯多德一方面承襲前賢，另方面也其說法，十分複雜，而且理路不清。即令是大哲學家如羅素之流也感困惑給予惡評，詳見亞氏之形上學和物理學。

22. 特別舉出「發生於相同時間之薩拉米斯的海戰和西西島迦太基的作戰，但沒有導向任何一個結果。」詳見拙譯詩學 23 章註釋 1，118 頁，不贅。惟此間所指為編年體的寫法，與後世之史書著重敘述事件前因後果的方式，大為不同。

第三章　模擬

第一節　柏拉圖的模擬概念

　　一般咸信第一個使用模擬解說藝術的人是偉大的數學家畢泰格拉斯（Pythagoreans？- 497 B.C.），特別是指音樂與舞蹈方面。我們從亞里斯多德的《形上學》中讀到：「畢泰格拉斯說事物由模擬數目而存在。」（*Met.* 987b 11）畢氏及其門徒發現音符與弦的長度相關，唯有成比例的和能被整除的才是樂音，因此認為音樂建立在數目的基本性質上，或者是把音樂歸因於心靈中運動數目的一種模擬。至於能不能把畢氏的學說加以類比，延伸到文學或繪畫的領域，似乎還有保留，不敢斷言。又按普勞塔克（Plutarch）的說法，西蒙德斯（Simonides 556-468 B.C.）是最早將繪畫與詩作類比解說者：「西蒙德斯稱畫為無聲的詩而詩乃說出的畫。」（De Gloria Athen, M. 347a）然而以模擬作為全面性討論藝術概念的人則非柏拉圖莫屬，同時他也是亞里斯多德的模擬理論的發軔點或背景，是故從柏氏開始探討實屬必然。

　　如果就現存的柏拉圖對話錄來看，柏氏對藝術與美所持的態度和觀念並非一致，甚至有不少矛盾扞格之處。究竟是因為著作年代不同，其觀念逐漸在轉變和演進中，以致留下如此痕跡？或者由於柏拉圖隨著不同的議題和辯證的過程，作出不同的推論和解釋，所以呈現出分歧的現象？這倒是一個不易判斷和難以解決的學案。他不像其弟子亞里斯多德非常謹慎小心，儘量避免差池，十分講究知識

分類，某種問題屬於某種學科，即令遇見某一個問題牽涉到不同的領域時，在此在彼該討論多少，其分寸的拿捏都要講究，不宜重複。

是故，本書是分別陳述其不同的觀念，提出一些解析和評論，卻不去調和其矛盾，更無意去重建其整個理論架構。

其次，在柏氏的藝術觀和美學思維中，最重要，並且也是引發最多討論的核心概念，就是他的模擬觀。

首先要說明的是柏拉圖和亞里斯多德一樣，都沒有界定或釐清所謂「模擬（mimesis）」的意義，極可能是因為它的意涵已有共識，乃是一個自明的（self-evident）概念，就無庸多作贅言。然而，正如盧卡斯所云：「『mimesis』指涉的意義相當寬廣，尤其是想要正確地把握，希臘人心目中用它來描述詩人或藝術家作為的意思，並不容易。在翻譯它時可能要隨著不同的脈絡，分別譯成『imitate』，『represent』，『indicate』，『suggest』，『express』等。所幸這些字眼都能指向製作或做成的某件事物與其代表某事物之間有相似性。」（Lucas，1986，p.259）至於中文多數譯為模仿或模擬，庶幾近之，不過，它也不止於複製某一事物而已。尤其是亞里斯多德的觀念更為複雜，為了稍加區隔，所以在柏拉圖的部份用「模仿」，於論述亞氏或其他行文時用「模擬」，至少我以為「擬」要比「仿」在與原物相較下，更強調差異性、虛擬性、創造性。

一、《理想國》中對詩藝在教育上的負面評價

《理想國》是一部政治哲學的經典著作，全然站在統治者的立場，討論如何治理國政的各種問題。當探討音樂教育時又加入文學的部份。首先，他針對給兒童講故事的問題開始談起，「因為人在

年幼的時候,性格正在形成,任何印象都會留下深刻的影響。如果隨便准許兒童去聽任何故事,把一些觀念留在心裡,而這些觀念又大部份和成人時應有的觀念相反。」(54)當然就應該避免,要審查故事,選好的,淘汰壞的。勸保姆和母親拿入選的故事講給孩子聽。特別是赫希俄德的《神譜》與荷馬的敘事詩。例如烏努諾斯(Uranus)迫害其子,他的兒子克羅諾斯(Cronos)推翻其統治,閹割了他,並將其永遠放逐。[1]像這樣的神話故事「即令是真的,我以為也不應該講給理智還沒有發育完整的兒童聽。」(56)又比方宙斯與天后赫拉吵架,要兒子來捆綁她,吊起來打;而火神赫斐斯特就因為常站在母親的那一邊,被宙斯從天上摔下來,跌瘸了腿。[2]還有荷馬所說的神與神之間的戰爭衝突,由於「兒童沒有能力辨別寓言和不是寓言,在幼年聽到的東西容易留下永久不滅的印象。因此,我們必須儘量讓兒童聽到的故事是最好的,可以培養品德。」(57)基於上述的原因,無論是敘事詩、抒情詩、還是悲劇所描寫的神,在本質上是善良的,不能是有害的。照這樣說,神不是一切事物之因,「他只是善的事物之因,不是惡的事物之因,為福之因而不是禍之因。」(58-59)那麼就不能聽信宙斯宮門前擺著兩個大桶,一桶裝著福,一桶裝著禍,在分配給人的時候又將兩桶混在一起,所以人有時碰到福,有時碰到禍。[3]

「如果我們要城邦政治修明,任何人都不能說這種話,任何人也都不能聽這種話,無論是老是少,說的是詩還是散文。因為說這種話是大不敬,於人無益,而且也不能自圓其說。那麼,關於神的第一條法律或規範,就是要詩人遵守神不是一切事物之因,他只是好的事物之因。」(61)

　　柏氏的第二條規定是認為神不是魔術師，不能任意變來變去，在不同的時候以不同的面貌出現來哄騙我們這些凡夫俗子。「因為既然要他盡善盡美，就自然永遠讓自己的形狀維持純一不變。」（63）所以不能讓孩子的母親受詩人的影響，說有些神變成各色人等在夜間到處行走，用來嚇唬我們的小孩。講這些故事，不但褻瀆神明，而且也讓兒童變得怯懦了。[4]不只是對兒童不宜的問題，同時，神本不該變換各種形象用語言或行為欺騙人類。正如荷馬所講的「有關宙斯在亞格曼農熟睡中，托夢給他的故事，並且我們也不讚賞艾斯奇勒斯寫的特提斯追溯阿波羅在她的婚禮中，所唱的那一段詩：他預告了我做母親的幸福，所生的兒女都無病無災，長命到老。預告我一生的命運都受諸神保祐，我聽到不禁衷心喜悅。我原本希望從他神明的口中說出來的預言，就不會是謊言。可是這首歌的歌者，我婚筵上的貴賓，就是他，後來，殺了我兒子。」[5]

　　神學原則確立了，就能決定兒童該聽那些不該聽那些故事，期盼他們長大成人時知道孝敬父母，友愛兄弟朋友。柏氏這些觀念和原則，對後世影響是巨大的，深遠的，甚至到了今天在兒童讀物或出版品的管理上，所訂定的規範，所依循的理由也不外乎這些，沒有走多遠。[6]

　　其次，在《理想國》中，柏氏以為詩人所選擇的題材及其模仿的對象當中，有些不適合給預備做戰士，亦即是年青人看的，或講給他們聽的，因為這些模仿可能帶來負面的影響：

（一）不要把陰間說的那麼可怕，免得打起仗來心裡害怕，寧願戰敗投降做奴隸，也不願意死，又怎麼會勇敢呢？

　　　　例如《奧德賽》中有「寧願貧苦地操勞的當僱工，也不願拋棄生命到陰間，在死人堆裡擺皇帝的威風。」（卷11）

以及「像幽靈憑依的空崖洞裡的蝙蝠，其中有一個從崖壁上掉下來亂撲，一個就抓住另外一個四處唧唧飛奔，這些鬼魂們成群地奔跑著啼哭著。」（同前）又比如《伊利亞德》裡有「他的靈魂脫體之後就向陰間狂奔，哀嘆其命運，在青春時節夭折。」（卷16）以及「他的靈魂發出一聲長嘆，就像一陣輕霧落到下界飄散。」（卷23）

柏氏之所以主張要刪除這些荷馬的詩作，不是「因為是壞詩，也不是由於它們不夠悅耳動聽，而是因為它們愈美，就愈不宜講給要自由，寧死不做奴隸的青年人和成人聽。」（70-71）甚至要求詩人不要用一些令人毛骨悚然的字樣，稱呼死後的世界，諸如：『嗚咽河』、『恨河』、『地獄』、『枯魂』等。因為這些字樣會讓捍衛城邦的戰士，聽到打寒顫而勇氣消失。

這種主張令我們聯想到基督教為何要許諾信徒，其死後的靈魂將會進入美好的『天國』，享受永生；或佛教所描繪的『極樂世界』，為的是消除信仰者對死亡的恐懼，甚至是一個令人嚮往的世界。[7]事實上，每一種文化都或多或少有標榜或鼓勵死亡的設計，尤其是為了保家衛民而犧牲生命者，最是族人肯定的英雄豪傑，並希望眾人以其為榜樣效法他們，於是讚揚的詩文戲曲傳頌不已，且成為教育學習的教材。[8]

（二）詩人常讓偉人痛哭哀號，這些當然也應該刪除？

既然是一個英雄偉人在面對失去兒子或兄弟，財產的損失，或者是其他諸如此類的災禍，不能像一般人那樣哭哭啼啼，理當處之泰然。所以「我們有理由把著名的英雄的痛哭勾消，把這種淚水哀號交給女人和懦夫，使我們培養起來保衛城邦的人知道這種弱點是可恥的。」（72）例如：荷馬在其

《伊利亞德》中所描摹的阿基里斯，一個女神的兒子，竟然「輾轉反側，時而面朝天，時而面朝地」（卷 18）哀慟地發狂；也不應該將宙斯的後裔，特洛伊的王普里安描寫成：「在灰土裡打滾，一個個叫名字，哀求他所有的戰士。」（卷 22）

（三）保衛者也不應該動不動就笑，所以詩人不可以把好人寫成輕易就笑，尤其不能像《伊利亞德》中所描寫的「看見火神在宴會廳裡跛來跛去，眾神都轟堂大笑不止。」（卷 1）

（四）神和人都應該特別看重誠實，不能說謊。除非是像醫生以謊言作為治療的方法；或者是保衛者為了國家的福祉，而欺敵或者公民。（75）

（五）年青的未來戰士，一定學會節制，「一方面要服從保衛者的統治，一方面要能管控自己的飲食情色之類的感官慾望。」（76）例如阿基里斯以下犯上，辱罵統帥亞格曼農：「你這醉鬼，面惡於狼，膽小如鼠。」（卷 1）其所犯之過，一是軍人戰士當以服從為天職，二是傷害統帥的威嚴，將影響其以後的發號施令的效力。又比如詩人在《奧德賽》中，將世間最美的事形容為：「席上擺滿了珍羞食品，酒僮從瓶裡倒酒不停，斟到杯裡勸客痛飲。」（卷 9）年青人聽到這位號稱最聰明的人都如此說了，怎能學會自制呢？關於宙斯的色慾一動就把什麼都給忘了，看見天后赫拉就立刻交合。（卷 14）這樣的故事也不宜說給年青人聽。詩人也不能寫保衛者貪財或受賄。像阿基里斯由於女俘虜之事與亞格曼農鬧翻，不參戰，以致希臘人戰敗。又因得了禮物，才去援救希臘聯軍。[9]其他像英雄人物的驕狂自大，卑鄙貪婪的模擬。柏氏都以為不妥，因為是不良的示範，會對保衛者發生負面的影響。

（六）當檢討詩人應該如何模擬神靈、陰間、英雄之後，又規定了
　　　關於人的故事的處理，認為要符合正義，因為「詩人和編故
　　　事的人對於人的題材，在最重要的關頭都犯了錯誤，他們說
　　　了許多壞人享福，好人遭殃；不公正只要不被看破就好，公
　　　正只是對別人有益，對自己反而有損。」（82-83）而我們的
　　　結論是「既然找到了正義的本質，發現正義對人根本有益，
　　　不管有沒有人知道他是正義的都一樣。」（83）

　　　　這種主張詩人在創作其故事的藝術（敘事詩或戲劇）時，
最後的結局不可違反正義的原則，好人與壞人各獲得應有的
報償，極可能是後世所謂「詩之正義」（poetic justice）的根
源或最早的說法。同時這也可能是亞氏《詩學》中提出反駁，
而又隱其名的說法：「有人把這種二等的悲劇列為首選。像《奧
德賽》，它有情節的雙重線索，也有一組各獲得好與壞兩種相
反的結局。它之所以被視為最佳，實出於觀者的弱點；因為
詩人落入為投觀眾所好而寫的誘惑，無論如何，這種快感不
是真正悲劇的快感的源頭。寧可說是喜劇的。」（114）

　　　　這當然是因為兩位宗師所持的觀點，迥然不同所致。柏
氏不是從詩藝的本質上立論，更沒有設想悲劇效果的好壞，
價值高低的問題，也未有悲劇與喜劇界線的考量。而是由治
理國家時，如何培養優秀的捍衛城邦的戰士，在其教育的過
程中應該避免受到不良的影響。如果詩人的處理不符合其宗
旨與目標，就要禁止或刪改。

　　　　再者，柏氏對於各種題材的主張，恐怕也是文藝復興時
期之新古典的理想（The neoclassical ideal），對於各種類型
在題材的選擇上該有其應遵守的常模的源頭。至於新古典主

義所追求的三個目標：真實性（reality），普遍性（generality），道德性（morality），其中的第三個目標亦有相當親近的血緣關係。[10]

柏氏在討論有關詩的題材或內容之後，開始研究表達的體例或形式。他首先指出「凡是詩和故事可以分成三種：第一種是從頭到尾都用模仿，像你所提到的悲劇喜劇；第二種是只有詩人在說話，包括詩人表達自己情感的抒情詩，酒神頌均為此種詩的最佳範例。第三種是模仿和單純敘述參雜在一起，敘事詩等都是如此。」這跟亞里斯多德在其《詩學》第三章論述模擬的樣式不同時的區分為「詩人用敘述來模擬——他可以假託一個人來敘述，如荷馬所採取的方式，或者用他自己的口吻訴說，而且保持不變——或者他也可以呈現所有人物在我們面前活起來動起來。」（56）

雖然遣詞用字略為不同外，其他的都相同，但是在價值優劣的判斷上又完全不一樣。柏拉圖主張單純化，通篇只用一種形式，避免混淆視聽。主要的理由是「每個人只能做好一件事，不能同時做好許多事，如果他想做許多事，就會連一件都做不好。同一個人模仿許多事，不如模仿一件事做得那樣好。即令從事很相近的兩種模仿形式，也不能成功，比如說悲劇與喜劇。同樣地，一個人同時做朗誦者和戲劇的演員，也不會成功。甚至發現同一演員不能既演悲劇又演喜劇。」（88-89）所以，他反對混合的形態，單純的敘述要比模仿兼敘述來得好，甚至是要禁止這種樣式或體例。如果純粹就邏輯的推論來說，可能是正確無誤的，甚至適用於一般的情況，然而，此一論述並沒有將時間的因素，人的心性和能力放在內考量。亦或許希臘是個例外，因為戲劇競賽的緣故，劇作家沒有兼寫悲劇與喜劇兩類型的作品，甚或是演員也如此單純。在後世的劇作家中

兼寫兩類者頗多，都有一定水準和成就者也不少，莎士比亞更是個中翹楚。演員亦然，像勞勃狄尼諾、李保田都是很好的例證。

又按亞里斯多德《詩學》第四章在講述詩的起源和發展時指出：「依照作者的個人特質，詩分成兩個方向。心性較嚴肅者模擬高貴的動作，和好人的動作，他們做了對神的歌頌和對名人的讚美。比較瑣屑的一類則模擬卑微的人，最初完成了諷刺詩。」（62）而後「這兩類詩人還是依循其天性發展，嘲諷者成為喜劇的作家，敘事詩的詩人則由悲劇家繼承，戲劇從此成為更高更大的藝術。」（63-64）換言之，亞氏是依據詩人自然的天性分成兩個方向發展，因而產生不同的類型，並演變為更成熟更高的藝術形式。

其次，亞氏說：「在嚴肅的文體中，荷馬是最傑出的詩人，因為唯有他把戲劇的形式結合了卓越的模擬，而他也是第一個設計喜劇主線，並用戲劇化的滑稽取代個人的諷刺的寫作。」（63）亦即是說他認為敘事詩的敘述方式向戲劇形態走是自然而且是往好的發展，乃是值得肯定和讚美的事，甚至是一種勢所必然的趨勢。因此，他在二十四章再度稱道荷馬「是唯一擁有特殊優點的人，他能夠正確無誤地分誤分辨出他自己應該扮演的角色。詩人應該盡可能少說自己，因為不是這樣使他成為一個模擬者。其他詩人則讓他自己出現在通篇為場景裡，並且很少模擬，偶而出現罷了。荷馬在幾句開場白之後，就立即引進一個男人或女人，亦或者是其他人物，甚至他們不會欠缺性格上的特質，亦即是每一個都有他自己的性格。」（195-196）是故，亞氏認為這種敘述模仿的混合形式遠勝於單純的敘述形式。這與柏氏特別改寫《伊利亞德》中，克里賽斯帶著禮物來贖他的女兒，懇求希臘人，尤其是聯軍統帥亞格曼農，但遭到嚴厲地拒絕的那一段。用來說明單純的敘述形式，不同於荷馬

以詩人的身份說話只有兩行，而後就是克里賽斯，這位老祭師說話不是荷馬。兩者呈現出強烈的對比，顯然並非無因，極可能隱含著亞里斯多德提出反駁之意。

不過，《理想國》關切的不是敘事詩或悲劇的表現形式的好壞與價值問題，而是其保衛者是否會受到傷害不良的影響。柏氏堅持其「保衛者必須卸去一切其他事物，專心一致地保衛國家的自由，凡是對這件要務無補的他們都不該去做；那麼，除了這件要務以外，他就不應該做別的事，也不應該模仿別的事。如果他們要模仿，也只能從小就模仿適合保衛者事業的一些性格，模仿勇敢、有節制、虔誠之類的品德；可是卑鄙醜惡的事不能做，也不能模仿，恐怕模仿慣了，就弄假成真。模仿這種事如果從小開始，一直繼續下去，就會變成習慣，成了第二天性，影響身體、聲音和心理。」（89）

同樣的理由，柏氏用帶有歧視女性的語言主張「男人們，而且長大要成為善良的男子漢，不能去模仿一個女人，不管是老是少，或丈夫吵嘴，咒天罵神，快活得發狂，或是遭點災禍傷心流淚；尤其不能模仿女人生病，戀愛，或是生產。」（90）這當然是柏拉圖所處的時代環境的文化所致，認為女人比男人情緒化，不夠理性，柔弱不如男人堅強勇敢等等。同樣地，亞理斯多德也持類似的觀點，於《詩學》第十五章中表露無遺，前已論及，請復按。至於奴隸在希臘向來被視同財物，絕非雅典公民所可比擬，自然國家的保衛者是不能模仿奴隸。

再者，「也不能模仿壞人，懦夫，或是行為與我們所規定相反的那些人，互相譏嘲謾罵，不管在清醒還是在酒醉的時候，或是做壞事，說壞話，像這類人做人處世所常表現的。此外，我想他們也不應該在言行上模仿瘋子。」（90）所有不好的對象或不良的言行

舉止都不可以模仿，剩下的就只有模仿一個善良的人，一個令人羨
慕的對象或榜樣值得仿效了。然而它也有一宗好處，因為「一個好
人若是敘述到一個好人的言行，我想他願意站在那個好人的地位來
說話，不以這種模仿為恥。他對於那個好人的堅定聰慧的言行，會
特別認真模仿；若是那個好人遭遇不幸的事，生病，戀愛，酒醉，
就少模仿些。」（91）

　　既然從頭到尾模仿的對象與動作是如此單純，不具激烈急劇的
轉變，「如果要譜出樂調，找一個節奏，來配合它的詞句，我們幾
乎可以從開始到結束都用同一個曲調，只用很輕微的變化，就可以
表現得很正確，節奏也大致均勻一致。」（92）也因此，柏氏認為
在單純敘述一個故事時的過程中，無需模擬任何聲音效果助興。

　　綜合上述，柏拉圖說出了一段非常著名，留傳久遠且常被引用
作為反對文藝的雋語：「如果有一位聰明人有本領模仿任何事物，
喬扮任何形狀，如果他來到我們的城邦，向我們展露他的身段和他
的詩，我們要把他當作一位神奇而愉快的人物來看待，向他鞠躬敬
禮；但是我們也要告訴他：我們的城邦裡沒有像這樣的一個人，法
律也不准許有像他這樣的人，然後為他塗上香水，戴上毛冠，請他
到別的城邦去。至於我們的城邦，只要一種詩人和故事的作者：沒
有那副悅人的本領而態度卻比他嚴肅；他們的作品必須對我們有
益；只需模仿好人的言語，並且遵守我們原來為保衛者設計教育時
所定的那些規範。」（93-94）

　　至於詩與樂的結合問題，柏拉圖指出「歌有三個要素：歌詞、
樂調、與節奏。」（94）三者中又以歌詞為主，樂調和節奏都要能
配合它。而歌詞不論入不入樂，它的題材內容和表現形式必須符合
前面的規定。（95）在希臘通行的樂調中適用於保衛者的，只有多

里斯和弗里基亞兩種，因為「它要貼切地模仿一個勇敢人的聲調，這人在戰場上和處在一切危難的境遇裡都能英勇堅定，假如他失敗了，碰見身邊有死傷的人，或者是遭遇其他災禍，都能抱著百折不撓的精神繼續奮鬥下去。此外我們還要保留另一種樂調，它能模仿一個人在和平時期，做其自由的事業，祝禱神明，教導別人，在一切的情境中，都謹慎從事，成不驕，敗不餒。多理斯調代表勇猛，弗里吉亞溫和；一種是逆境的聲音，另一種是順境的聲音；一種表現聰慧。我們都要保留下來。」（96）

　　再者，節奏也要遵守同樣的規律，寧簡不宜繁，並應找出可以表現勇敢和聰慧的生活。既然講故事或者敘事詩都如先前所言，只採用單純的敘述，曲調節奏自然也是簡單而不繁複，伴奏的樂器和其技藝，亦只需簡單粗製即可。（97）

　　進而柏氏對詩與樂的表現和模仿要求必須要善良，避免邪惡，然後才是美的表現。甚或是以美的語文、曲調、節奏來表現好品性的人為目的，追求的是盡善盡美的心靈。更進一步擴大到其他的藝術領域，所以，他說：「我們不只是要監督詩人，強迫他們在詩裡只描寫善的東西和美的東西的影像，否則就不准他們在我們的城邦裡作詩，同時還要監督其他的藝術家，不准他們在繪畫、雕塑、建築或其他任何藝術品中，模仿罪惡、放蕩、卑鄙、和淫穢，如果犯禁也就不准他們在我們的城邦裡。我們要防止我們的保衛者在醜惡事物的影響中成長，有如牛羊在污穢的草原中培養，天天咀嚼毒草，以致久而久之不知不覺地把四周的壞影響都銘刻在心靈的深處。我們應該尋找一些有卓越的藝術家，把自然優美的地方描繪出來，使我們的青年彷彿住在風和日麗的環境中，周遭的一切都有益於健康，天天耳濡目染在優美的作品裡，像從清幽的境界呼吸了一

陣清風，受到好的薰陶，使他們不知不覺從小就培養出對美的愛好，融美於心的習慣。」（100-101）

　　儘管柏氏已將其領域推到廣大的藝術領域，但還是以音樂教育最為重要，其中的理由「第一個，節奏和樂調有一股強大的力量滲入人類心靈的最深處，如果教育的方式適當，它們就會用美來滋潤心靈，使它因此美化；如果沒有這種教育，心靈就會醜化。其次，受過這種良好的音樂教育的人可以很敏銳地看出一切藝術品的瑕疵和自然界事物中的醜陋，做出準確的反應；然而，一看到美的東西，就會讚賞它，很快樂地吸收到心靈中，作為營養，因此性格也變得高尚優美。」（101）如果在幼年時期，對於美醜已經培養出正確的好惡判斷能力，到了理智發展成熟之後，在接受理智的教育時，音樂早已熟悉，無庸再費時費力了。[11]

　　概括起來，由於柏拉圖是站在統治者──哲學之王的立場，為了培育其城邦未來的保衛者（戰士），避免在其成長的過程中受到任何不良的影響，於是企圖以立法的手段禁止施教者（母親或保姆）講述不善或涉及邪惡的故事或詩篇給兒童或青少年聽，當然，最好的管制方法莫過於不准詩人寫這些不道德，不合規定的詩篇。所以他不厭其煩地分別指出詩人所選擇的題材和模仿的對象，諸如：神靈、陰間、英雄與常人等，都不能有各種不當不善之處；同時也規定表現形式或模擬的樣式，以單純化為原則，因此反對模仿兼敘述的混合形式。為了避免其論述理由上的矛盾，對於是否允許純粹以模仿形式表現的悲劇或喜劇進入其城邦，柏氏留下相當模糊的一句話「可以這麼說，但是也許更為寬容一些。目前我的確還不知道；我們的目的地要看討論的風向來決定。」（88）在禁止不寫不模仿什麼之後，又規定詩與樂只能表現或模仿善良，避免邪惡，追求盡

善盡美的心靈。對其他的藝術的要求亦復如此。企圖為其城邦未來的保衛者營造一個純潔無瑕，最美好成長學習的環境。

　　姑且不論此一理想究竟有沒實現的可能，首先在理論上就不無商榷的餘地。第一這是否假設人性本善，人之所以為惡，實乃後天的環境影響所致或模仿不良的對象造成的。然而如果人類的天性中本就有善惡兩種根源，每個人都可能為善亦可能為惡，甚至時而行善時而為惡；同時人與人之間，也只有程度上的差異，而非本質上的不同。是故，後天的環境或教育影響有限或能改變得不多，詩與樂，或其他藝術的功效也不大，亦或者難以評估。因此，柏氏是否低估了人性中的善惡本質，而且又高估了詩樂等藝術的模仿或表現力，這也可能與其《理想國》卷十貶低模仿的價值相違背。

　　第二即令《理想國》中的未來戰士是在一個如前述的純潔無瑕，沒有任何邪惡罪行，就連一點不良的模仿對象都沒有，好比伊甸園中的亞當伊娃一樣，過著無憂無慮，無知無識的生活。一旦遭遇到罪惡邪行，或者接觸了不良的示範或模仿的對象，是否會特別震撼，反而無法抗拒誘惑或者獲得免疫。事實上，柏拉圖此處的主張或多或少都帶有反智論的傾向，必然會面對否定知識價值的危機與反駁的口實。儘管柏氏有其整套教育計劃，惟此階段的教育目標會與後段成人的教育或整個宗旨有些齟齬。

　　第三當柏拉圖要將荷馬這樣偉大的詩人逐出其城邦，實因荷馬所模仿的對象，無論是人是神或是英雄豪傑都有道德上的缺失而非完美盡善；再加上其表現形式為敘述兼模仿的混合形態，均不合乎柏氏所規定或標榜者。而前者所模仿的對象，除神以外（因其涉及信仰難能判斷真偽），舉凡英雄豪傑匹夫匹婦無不具道德瑕疵，也唯有如此方屬真實，才是人間的國度；而後者正如亞氏所推崇的自

然演化，非人力所能遏止，除了荷馬這位先行者外，後世小說絕大多數為模仿兼敘述形態。如按柏氏的規定來寫詩或創作藝術，所模仿的對象盡是善良之輩，那麼現實人生中的邪惡之徒，都到那裡去了？亦或者善有善報，惡有惡報，不是不報，只是時候未到？詩之公道正義曾幾何時為真實人生的寫照？《理想國》中的詩人所餵食的是一個善良單純的世界，根本不是詭譎多變的滾滾紅塵，這是否也是一種謊言？亦或者是一種善意的謊言罷了。

　　第四在道德原則的限制下，從題材內容到表現形式都不自由，詩人或藝術家的模擬或創作必然成就有限，至少對不少的創作者來說，是一種的壓抑和傷害，外來的負面的影響，即令是善的，卻未必是美的。正如桑特亞納（George Santayana）所主張的道德常讓我們看到的是負面價值，只有美才是純粹的獲得，見到都是積極正面的價值。因此，美必定為善，反之則不然。或者說全然符合善的要求，無上命令下，即使有美也只有一種單純的美（beauty），任何接近非美的基準的部份，諸如悲壯（tragic），滑稽（comic），怪誕（grotesque）等可審美的（aesthetic）對象均無法包含在內。進而在此限制下的作品，可能枯燥無味不具吸引力，絕不是豐富多樣變化的，真可謂得不償失。換言之，按照《理想國》的教育制度下所培養的保衛者的審美品味，鑑賞能力相當狹窄，勢必無法接受很多新的創作，是可預見的。

二、《理想國》中對詩藝價值的貶低與排斥

　　柏拉圖在卷二和卷三中對詩藝的負面評價，主要是為了保護兒童和青少年（未來的國家保衛者），避免他們受到任何不良的影響，

針對詩藝的模仿是否為善作為判斷的基準，以相當詼諧的態度將荷馬之流的詩人逐出理想國。這部書的末卷又再度指控詩人，貶低模仿和詩藝的價值，多少顯得有些突兀和重複之嫌。有人推斷可能是因為卷三的結論發表後招致強烈的反彈與駁斥，因此柏氏覺得有必要提出答辯；再則先前沒有對模仿的基本原則和性質做出確切的論證。[12] 所以在其《理想國》卷十開始處理有關詩人的問題時，就切入詩的本質的討論。首先他指出詩人或畫家的模仿就像一位聰明的工匠不僅「有本領造出一切的器具，而且能造出一切從大地生長出來的，造出一切有生命的，連他自己在內；他不以此為滿足，還造出天地、各種神祇，以及天體和地下冥府中所有的一切。」（111-112）然而這可不是什麼溢美之詞，緊接著就開始否定其價值，因為「那不是什麼難事，可以用一種很平常的方法就可以得辦到。你馬上可以試一試，拿一面鏡子四面八方地旋轉，你立刻造出太陽，星辰，大地，你自己，其他動物，器具，草木，以及剛才所提到的一切。」（112）於是他斷言模仿的只是製造一個實體的外形，而非實體的本身。例如畫家所畫之床，就像旋轉鏡子的人一樣，他只是在外形上製造了床。

　　那麼，模仿的事物究竟有沒有價值，若與其他事相比又如何？柏氏為了淺顯易懂起見，特別舉出一個簡單的實例，指出床有三種「第一種是在自然中本來就有的，我想無妨說是神製造的，因為沒有其他人能製造它；第二種是木匠製造的；第三種是畫家製造的。因此，神，木匠，畫家分別為此三種床的製造者。」（113）首先看第一種床，「就神來說，他只製造了一個真正的床。出於他自己的意志，或者基於必然，他不可能造出一張以上的床。並且神從來沒有，也絕對不會創造兩個或者更多這樣的床。」因為「我確信，神

真正懂得這個道理。他不願成了某一種木匠，僅僅製作某一種特定的床。他想成為真正的創造者，只製造一個真正的床。因為在本質上只能有一個床的理念。」（114）而木匠為現實世界中的床的製作者，畫家所畫的床只是其他創作者的模仿而已。「那麼，實際上，模仿者的產品豈不距真實三層嗎？」而「悲劇家既然也是模仿者，他們離真理的王座有三層之遠，其他的模仿者亦復如此。」（115）換言之，柏拉圖以為神所創過造的理念之床，只能有一個，而且是永恆不變的，可以綜攝或代表天下形形色色所有的床。工匠每次所造的床，乃是一張單一獨特的床，存於現實生活的世界中。它出自理念之床的模仿，與理念相比已是不完全了，就隔了一層。而畫家畫的床，是對現實世界工匠所造的床的一種模仿，它徒具外形，根本不能用，所以是不完全的不完全，影子或意象而已。因此，柏氏指控畫家對於木匠的手藝毫無知識，只是畫了一張床，但「把它放在一定的距離外，可以欺哄小孩和老實人，以為他是一位真正的木匠。」（116）同樣的情形，柏氏以為許多人誤認悲劇家和荷馬大師無所不通，無藝不曉，上知神明之事，下察人間善惡奸險。假如詩人對他們所模擬的對象或事物，真有知識，真有能耐，為何不去做呢？果真他們能立下豐功偉業，又何必做歌頌英雄的詩人？荷馬詩中所談盡是偉大高尚的事業，諸如戰爭將略，政治，教育，品德之類，為何都不聞其事蹟留傳後世？[13] 所以，「我們可以說，從荷馬起，一切詩人都只是模仿者，無論是模仿德行，或是他們所寫的一切題材，都只得到影像，不曾抓住真理。詩人只知道模仿，藉文字的幫助，繪出各種技藝的顏色；而他的聽眾也只憑文字來判斷，無論詩人所描繪的是鞋匠的手藝，將略，還是其他題材，因為有了文字的韻律，節奏和曲調，聽眾也就信以為真。詩中這些成分本有很

大魅力，假如把這些一齊除去，只剩下簡單的軀殼，看起來會像什麼，不難明白。」（121）柏氏於此極盡貶低詩人之能事，不只是認為詩人是一個模仿者，只會製作影像，知道外形，不懂實體，擾亂視聽造成幻覺而已。甚至指摘詩人「儘管他對於每件東西的美醜沒有知識，他還是模仿，很顯然地，他只能根據普通無知的群眾所認為美的來模仿。」（123）這等於是譏嘲詩人非但沒有判斷事物美醜的知識，還流於媚俗。是故，其總結也就可想而知了。他說：「我們現在可以得到兩個結論：首先模仿者對於模仿的題材沒有什麼有價值的知識；模仿只是一種遊戲，不能嚴肅地看待它；其次，無論是用抑揚格寫的悲劇或六音步寫的敘事詩，只不過是高超的模仿者罷了。模仿的對象不是和真理隔著三層嗎？」（124）亦即是說柏拉圖認為詩人或畫家等藝術家對其所模仿的對象，沒有真正的認知與了解，所以他們的模仿出來的作品，沒有任何的知識價值。當然模仿的活動更不能作為探索真理的方法和途徑，其目的也不是為了健康或增進倫理道德的品質，甚至不能嚴肅地看待它，因為欣賞詩篇，戲劇或繪畫都不是一種理智的活動。那麼欣賞者態度，和心理狀態如何？可能會發生什麼影響？是好是壞？應該如何看待？

　　首先，柏氏認為看視覺和聽覺的模仿所涉及的心理作用是相同的。由於先前已說過有關視覺的部份，現在的探討以詩為主，「詩的模仿對象是行動中的人，此一行動或由於強迫，或出於自願，當人們看到這些行動的結果是好還是壞，因而感到喜悅或是悲哀。又因為人常常對同一事物同時有相反的見解，在行為上也自相矛盾，自己與自己鬥爭，心中同時充滿這種衝突。」（126-127）亦即說看到或聽到的詩之模仿，激起強烈地情緒反應，而且往往在心中充滿矛盾和衝突。就像人生中必然也會遭遇到類似的情形，在面對喪失親

人，丟掉貴重財物，或者其他種種的災難不幸時，究竟要用理性克制混亂的情感，力持鎮靜，忍受逆境的打擊，節哀順變？還是盡情發洩心中的痛苦，搥胸跺足，放聲哀號呢？因為處於當前的災難不幸之際，人心中本就有兩種相反的動機，用理性抵抗哀慟是一個方向，慫恿盡量表現哀痛，乃是情感本身自然的傾向？而柏拉圖明確地表示：「身處逆境最好的方法，要考量事件發生的原委，隨機應變，憑理性的指導去作安排。」（129）故有一句漂亮的格言：「人性中最好的部份就是讓我們服從理性的指導。」（同上）然則人性中另外一部份，是讓我們回顧災禍，哀不自制，缺乏理性地去做些無用無益之事，除了怯懦示弱之外，別無其他。然而詩之模仿偏偏選擇「無理性的部份，因為達觀鎮靜不易模仿，即令模仿出來，也不易欣賞，尤其是對於擠在劇場中嘈雜的觀眾來說，其所模仿的不是他們熟悉的經驗。再加上詩人為了討好群眾，顯然就不會費盡心思去模仿人性中的理性部份，他的藝術也就不求滿足這個部份了；他會看中容易激動情感和變動的性格成分，因為它容易模仿。」（129-130）因此，柏氏以為正確無誤地抓住了詩人的把柄，有理由拒絕詩人進入理想國，論述如次：「第一點是其作品對於探求真理沒有價值；其次是逢迎人性中低劣的部份。因為他培養人性中低劣，摧殘理性。如果一個國家的權柄落入壞人手中，好人就被殘害。詩人的模仿對於人心有如此影響，種下惡因，逢迎人心中無理性部份，並製造出一些和真理相去甚遠的影像。」（130）這種負面壞的影響，柏氏認為除了少數的例外，一般人都難以倖免。主要的原因就在於荷馬或悲劇詩人，所模仿的英雄遭到不幸時搥胸頓足，痛哭流涕，實在令人同情，即使是最好的人也會感到快感，並且讚賞詩人有本領，能這樣感動我們。（同上）這跟希臘人（或理想國）所要培養的美德要求

相反，因為他們認為男子漢要有勇氣承擔一切困苦艱難，在悲傷的情境中，能夠克制忍耐，不可以像女人那樣情緒化痛苦地哀號。尤其是在大庭廣眾之下，更不能流淚哭泣，否則被認為失態，遭人恥笑。亦即是說當我們面對災禍或危難時，人類的自然傾向或本能反應，要受理性的支配或控制，甚至不形於色，才是德性涵養的表現。然而柏氏以為詩人卻是背道而馳，想要滿足的人類在面對災難時的另一種自然傾向，盡量地放聲大哭一場，放鬆理性控制和習慣，等於是拿別人的痛苦來取悅自己的感傷癖。因為「我們心理這樣想：看到的悲傷不是自己的，那人自命為好人，既然過分悲傷，我們讚賞他，對他表示同情，也不算什麼可恥的事，而且這實在還有一點好處，它可以引起快感，我們又何必把那篇詩一筆抹煞，因而失去快感呢？很少有人想到，看別人悲傷會醸成自己的悲傷。因為我們如果拿別人的災禍來培養自己的哀憐癖，等到親自面臨災禍時，這種哀憐癖就不易控制了。」（132）同樣地，既然要求男子漢大丈夫喜怒不形於色，或者說是對感情的流露或表達應有節制，不能過度。因此，當「你看喜劇的表演或是聽朋友們講笑話，可能感到極大的歡愉。你平時引以為恥不肯說的話，不肯做的事，在這時候你就不嫌它粗鄙，反而感到愉快，這種情形豈不是和你看悲劇的情形一樣嗎？你平時也是讓理性克制你本性中的詼諧的慾念，因為怕人說你是小丑，現在逢場作戲，盡量讓你這種慾念得到滿足，結果就不免在無意中沾染到小丑的習氣。」（132）依柏氏的觀念類推，其他像性欲，憤恨，以及跟隨我們要做的每件事的慾念，快感與痛感，本來都應枯萎，節制的，而詩都去灌溉，培養它們。是故，「如果我們想做好人君子，過著快樂的生活，這些慾念都應受到控制，詩卻讓它們控制我們了。」（同前）也因此柏拉圖再三強調，反覆申述，他

為什麼要把像荷馬這樣受人尊敬，喜愛的詩人逐出其理想國的道理。除非詩人能夠寫出一首詩，一篇散文，「證明它不僅能引起快感，而且是對國家和人生都有效用。」（134）否則就不准他們回到理想國來，永遠地放逐了。由於理想國是站在統治者或國王的立場思考，對於理想國的保衛者的品德特別重視，從小到大的，變好變壞，自是關係重大。既然要求一個人不應該受名韁利鎖的誘惑，為什麼要受詩的誘惑，而忽視正義和其他的德行。因此，在柏拉圖的理想國度中就只剩下「歌頌神和讚美好人的詩歌了。」（133）

三、《法篇》中對模仿藝術活動的規定

　　首先柏氏肯定藝術可能帶來娛樂的功能，因為教育雖是對快樂與痛苦的情感所作的正確地訓練，但是在人類的生命的過程中其效果也會呈現起起伏伏的變化。所幸「諸神憐憫人類在生存的競爭中，常遭苦難故於宗教的節慶形式裡給予慰藉並作為勞動後的休閒時光。賜給我們的不止是繆司和她們的領導者阿波羅，還有戴昂尼索斯，在這些神明的節日中蒙其賜福，人整個得以再造而心曠神怡。如今，這種說法大家都已耳熟能詳，究竟是否屬實，尚待證明。不過，有件事倒是很清楚：無論那種幼小的生物都不能讓他們的身體安靜下來和舌頭不發出聲音。他們總是試圖轉動和喊叫。他們奔跑、跳躍、相互逗弄、吵吵鬧鬧。我們不像其他動物在運動中那樣沒有秩序感和混亂，我們會敏銳地感受到旋律與節奏並樂於享有它。我們要對同樣的神明說感謝其恩賜的禮物，讓我們能跟著我們的領隊婆娑起舞，可以混入其中載歌載舞——就如同是自然而然地『迷醉』（charm）了我們，亦即是歌舞隊（chorus）這個字的來源，

我們可不可以就憑這一點來推定？又或者我們可不可以假定它來自繆司與阿波羅所傳？」（653d-654a6）雖說歌舞隊承傳自神明，但要唱得好跳得好他必須要接受徹底的訓練，亦即是要經過教育的人才有此能耐。然而，要判斷此一歌舞隊表演好壞，依據什麼標準？由誰來判定？柏氏借由《法篇》中的雅典人說：「歌舞隊的表演者是一種性格的模仿，涉及事件與動作的每一種變化。個別的表演者部份以他們自己的性格來表達其所扮演的角色，部份則是模仿其他人。那就是為什麼，當他們發現在一個歌舞隊的表演中的歌詞或曲調亦或者是其他任何元素訴求於其天生的性格或後天的教養，或者兩方面都要，不由得他們不擊節讚賞並宣稱為『好』。但是有時他們發現這些表演違反其天生的性格或脾氣或習慣，他們就不能從中感到快樂並為之鼓掌，在這種情況下他們可能用『震驚』來形容。當一個人的天性假如是好的，但其後天學到壞習性，或者反過來，當其後天的習慣是正確的但是其天生的性格是邪惡的，以致其快感與認同不一，他可能稱此表演雖然『開心卻是墮落的』。這樣的表演者，為了贏得其他團員的尊重，而羞於用其肢體做出這類動作，或唱這類的歌就好像他們真的認同他們似的。但是在他們的內心深處，卻是竊喜的。」（655d6-656a）亦即是說壞人會喜歡墮落姿勢動作和旋律，而好人則從相反的面向中得到快樂，只是也有不少人不敢說真話怕被人恥笑或遭人批評而已。也因此表演的好壞不是由任何人或每個人在觀賞時所引起的快樂或不快樂做為價值判斷的基準。所以說「最優秀的音樂是能使最優秀和受過適當教育的人感到快樂的音樂，尤其是，它要能使在善與教育方面都非常卓越的人感到快樂。對音樂的判斷需要善，其原因在於判決者不僅需要智慧，而且需要勇敢。一位真正的判決者一定不能隨波逐流，順從聽

眾,一定不能在眾人的喧囂下喪失自己的判斷力,也不能由於膽小怕事而虛弱地宣佈一個違背自己本意的判斷,並在判決中藉助神明的名義來表明自己業已完成其職責了。說實話,判決者的任務不是向觀眾學習,而是教育觀眾,反對那些以錯誤的、不恰當的方式給觀眾提供快樂的表演者。」(658e7-659b4)柏氏在此主張音樂或其他藝術的評審和判斷訴諸其專業知識所形成的品味(taste)和道德勇氣和使命感所做的真誠判斷。而不是由觀聽眾投票方式選出來的,這樣既可避免公眾品味的庸俗和流行性格;表演者或藝術家也無需迎合觀眾,甚或是譁眾取寵。柏氏極可能是有感而發,對其當代的競賽和評審方式提出針砭。倒是今天很多的評審委員的選擇標準與其比較近似。

同時柏拉圖又相信「繆司的教育——娛樂的功能在任何地方,現在或未來,都有健全的法則。」(656c)從而他頗為羨慕埃及人用法律來規範,除了按照傳統模式創作外,禁止畫家和其他的藝術家發明新的模式,所以「如果你去考查他們的藝術,即令是一萬年前的作品若與今天的作品相比,既不好也不壞,因為兩者是用相同的藝術法則製作的。」(657a-3)亦即是說柏氏以為只要能夠找到內在的正義,就可以把它化為法律和制度,不會有多大的失誤,對歌舞等藝術的傷害也是微乎其微的。既然埃及沒有帶來什麼負面的影響,反而得到正面的肯定,也就是說事實已經證明為可行之道。(657b-7)是故,柏拉圖以為真正立法者會對詩人或藝術家進行勸說,無效才強迫,讓「擁有天賦的詩人必須創作應該創作的東西,用高尚精美的詩句來表現善良的人,用適當的節奏表達好人的胸懷,用優美的旋律再現好人的節制,這些人在各方面是純真,勇敢和善良的」(660a4-7)易言之,柏拉圖不主張有創作才華的詩人可以任意發揮,完全自由地採取任何形式的節奏、旋律、唱詞與曲調,

表達任何他想要表達的事物，全不顧忌其結果是產生美德還是邪惡。反之，他要透過立法來限制詩人的創作，只能模仿或表現善良，不能有邪惡。不管該作品是否能帶給人們快樂與歡笑，或者是否具有魅力引人入勝，都一樣要受到節制。固然，在他的理論中並沒有把快樂與正義，幸福和光榮分開，不過，一旦快樂與幸福，或與善抵觸時，就只有選擇後者一途。

　　因此，各種模仿藝術所產生的魅力與快樂唯有在下列的情況中才是適當的，合乎標準的。柏氏說：「一件藝術品可以不提供實用性，不代表真理，也不具再現的準確性。當然，它也沒有壞處。可以單獨因為此一元素本身正常地伴隨著快樂，成為一個有魅力的作品。所以，只涉及無害的快樂，正確地說我稱其為『遊戲』，嚴格說來，既無害也無益。……由此得到的結論是完全不能用快樂作為判斷模仿的標準，或者說那是個不正確的意見。就其性質的每一種意義的情況而言是如此特殊。……它不靠任何人的意見而存在，也不因為誰不喜歡而有所改變。精確地說它是唯一例外容許的準則。」（667d8-668a4）儘管「遊戲」或娛樂性的作品無足輕重，不必費神探討。可是一般都認為要掌握音樂的組織、性質、內涵，並非易事。其他的藝術又何嘗例外？如果一個人不能充分掌握一部作品的組織結構，如何能夠正確地判斷其道德上的價值，是善是惡？從而「任何人想要對任何再現或模仿做判斷，應該要能對下列三點做出評價：第一他必定要能知道它再現了什麼；第二拷貝的東西是否正確無誤；然後第三才是它用語言，曲調，節奏所再現或模仿這個或那個的道德價值如何。」（669a10-b3）雖然柏氏上述三點都說得簡略，卻也道出批評的基本問題：一個是作品究竟表現了什麼內容？其次指向作品之外的現實人生中的對象，以及兩者之間的相似性，

精確度，真實感如何？最後也是柏拉圖一向最關心的作品會產生什麼影響？亦即是從倫理道德的基準來判斷其價值的高低？尤其本書純粹就立法者的角度出發，決定是放行還是禁止？

此外，柏氏最重視音樂也最用心考察，認為它所產生的錯誤最不容易被察覺，在鼓勵為惡方面最危險，因此主張對於歌者要施以強制性的教育。希望它能發揮其吸引力鼓勵年青人趨向美德，尤其是戴昂尼索斯的歌舞隊應該如何演出，才不致產生負面的誘導。（669b4 以下）

甚至在其《法篇》卷七中再度延續這種觀念，並提出更為具體化的做法：

（一）節日必須通過編制的年曆固定下來，規定慶祝的節日，慶祝的天數，分別榮耀那些神明或精靈。其次，某些部門必須決定在慶祝某神明時要唱什麼歌，跳什麼舞。一旦決定，所有的公民必須公開向命運之神和所有的神明獻祭，頌歌，奠酒。如有人違背這些法典的規定，引進新的歌舞，就以宗教法律之名，將其從節慶中逐出。簡而言之，其目的在於把一切慶典中的歌舞神聖化。（799a4-b7）

（二）任何詩人不得創作違反法律規定不符合公認的正義、善良、優美的標準。不得在交付相關的官員和執法者審查和通過前，擅自將其演出，無論是公開或私自都不可以。（801c7-d5）

（三）除了少數情況外，立法者要保有解釋權，制定舞蹈、歌曲、活動的整體規劃，盡可能要符合原來要舉辦的目的。任何未經規範的音樂活動在此制度下都需要修正改進。如前所述音樂的價值不是由人們喜不喜歡來決定，而是其倫理道德的方面的正負面影響。按照曲調、節奏的性質的差別粗略分成男

女兩類：把雄偉莊嚴歸、勇敢的歸於男性，將嬌嫩謙卑、整潔者付於女性。（802b6-803a2）

（四）教育和遊戲是我們一生中主要的活動，而遊戲裡的獻祭、唱歌、跳舞都要經過教育與學習。年青的孩子要在十三歲開始學三年的七弦琴；背誦各種音步和體例的詩歌，勤奮地學習牢記重要的文獻。至於舞蹈的學習訓練以「出征舞」（war dance）和「慶和平」（peace dance）兩類為主。（cf.803d-815c2）

最後，當他論及歌舞和戲劇演出時說：「我們無法不注意那些醜陋的身體與靈魂的表演，藝人在朗誦、唱歌、舞蹈中的荒唐、滑稽、粗俗的表演所帶來的諷刺效果更是我們要加以檢查的。」（816d3-5）顯然，從法律或立法者的角度看，首先就設定人有其負面走向，會犯下過錯，做出不良的行為，有的是明知故犯，另外有些是基於無知所造成，但是法律不能因為無知而不罰，就容許做出荒唐事，仍然是要禁止其犯錯的。

其次，由於時空的局限性，柏氏帶有強烈的種族、階級、性別的歧視和偏見，因此，他如是說：「我們要下令，這些表演應當留給奴隸或雇來的外國人，同時也不必當真。任何自由人，無論男女，都不要學這種表演，而這種表演總是花樣百出。喜劇這個名稱一般是指娛樂性的活動，我們可以按照法律對它作出規定，並附加必要的解釋。」（816E3-817A3）

以上這段話看來，第一是對各種演出都抱持著疑慮，唯恐其有負面不良的影響。所以不准其公民以此為業，或參與表演活動；即令是觀賞也只能作為娛樂來看待。第二是要通過立法，訂出明確的規定，然後依法審查是否許可它演出。至於柏氏對悲劇的看法就更

嚴格了，他假設有一個外邦的人士來訪，要求演出一部悲劇或嚴肅的作品，而其回答非常的奧妙：「尊敬的來訪者，我們自己就是悲劇作家，我們知道如何創作最優秀的悲劇。事實上，我們整個政治制度就建立得相當戲劇化，是一種高尚完美生活的戲劇化，我們認為它是所有悲劇中最真實的一種。你們是詩人，而我們也是同類型的人，是參加競賽的藝術家和演員，為一切戲劇中最優秀的藝術家和演員，這種戲劇只有通過一部真正的法典才能產生。所以你們不要指望我們會輕易地允許你們在我們的市場上表演，讓你們的演員的聲音蓋過我們自己的聲音，在我們的男孩、婦女、所有公眾面前公開發表激烈的演說。你們發表的看法所涉及的問題即令與我們相同，但是效果不同，而且大部份正好相反。因此，在我們的執政官還沒有決定之前，就讓你們公演，那我們就真成了瘋子。」（817B-D2）

　　柏拉圖雖然在《理想國》貶低文藝的價值，要把荷馬之流的詩人逐出其城邦之外，甚至是永遠地放逐。然而此處卻將其城邦政治的法律、體制、人民的生活比作戲劇。甚至稱之為一種最真實的悲劇。所有參與運作的成員，包括統治者及其自由的公民在內都類比為演藝人員。是故，這個論述不全然是個比喻而已，他顯然是把政治與戲劇合在一起來思考和看待的，並不認為戲劇或其他的文學藝術是個虛構的世界，可以輕忽它對現實生活的影響；同時也認為政治及其活動有類似性，從而柏氏可說是第一個把政治當作戲劇和表演藝術的哲學家。既然政治和演出活動同屬公開公眾的活動，必定要有一套法規來管理限制，並且也保障在一定的範圍內的自由活動。所以，他要下命令規定什麼人可以參與演出，什麼人不得參與；要依法定的內容進行審查，通過後才能演出。當然是以政治力來限制文藝創作的自由，跟後世專制獨裁，不自由的集權國家的作風，在本質

上沒有不同，只是寬嚴的尺度，程度上有差別。如果把它放在歷史的長河中去比較，柏氏對模仿和文藝的態度和主張是比較消極、溫和的。

　　而兩千多年後劇場藝術家，波艾爾（Augusto Boal）在其被《壓迫的劇場》（*Theatre of the Oppressed*）一書中，開宗明義的說法與柏氏之說倒是相映成趣，他說：「這本書企圖顯示所有的劇場必然是政治的，因為人類所有的活動都是政治的，而戲劇是其中之一。

　　想要把劇場和政治分開只會把我們引到錯誤的死巷中，此即是一種政治的態度。

　　在此書中我也會提出劇場是一種武器的某種證明，而且它是非常有效的武器。基於這種理由我們必須奮戰不懈。同時也因為這種理由，統治階級努力想要永遠掌控劇場，並利用它作為統治的工具。在這樣的做法中，他們改變了劇場的概念。然而劇場也能成為爭自由的武器。為了要那樣，創造適當的劇場形式是必要的。替換也是迫切需要的。」（1974，IX）的確，古今中外的戲劇與政治結下不解之緣，其間的千絲萬縷的牽絆總是理也理不清。既然無法分開，像波艾爾所採取的正面迎戰的方式，或許也不失為一種爭取自由和解決權益問題之路。至於要把戲劇或劇場捲入或變成政治的活動，所謂「或許劇場本身不是革命，但是無庸置疑地，它是一種革命的排演。」（同上，p.155）是否又太超過，可能只代表另一個極端，不會解決問題，而有治絲益棼之虞。

四、質疑與修正

　　在所有的藝術或美學理論中，模仿理論可能是最古老流傳最廣的一種。而柏拉圖可能是最早提出以它作為詩、音樂、舞蹈、繪畫、

雕塑等藝術共同模式和性質的哲學家，探討既深刻又複雜，牽涉到知識、意志與情感，亦即是真、善、美等三個哲學中最根本的問題。雖然他十分重視模仿的影響力，但是有高估其負面之嫌，就因其所持的消極的態度和否定模仿和藝術的價值，從而建樹不多。同時也唯有站在他的對立面，反駁或修正其架構，才有可能積極正面地為藝術爭取一席之地，自由揮灑的空間，建立獨立自主的藝術理論和美學，正如其弟子亞里斯多德之所為。

　　因此，以下也是從對其質疑、批評與修正的觀點出發。「模仿」是一個關係用語，意味著兩項事物及其之間具有某種相似性。雖然後來的模仿理論，往往只涉及兩個範疇，集中在模仿與可模仿的對象上，但是柏拉圖卻是討論三個範疇的運作特質。第一個範疇為永恆不變的理念世界，它是抽象的、絕對的、完全的；第二個是對理念的世界模仿，所模仿製作的事物，必然是不完全的反映，即是感官所能把握的自然、現象、或人為的世界；第三個範疇，則是模仿第二個，所反映的事物就像鏡中或水中的影子或意象，就更是不完全了。既然從根本的性質上斷定詩人或藝術家的模仿或製作的價值，還不及工匠所作之物件，又因對其模仿的對象不具真正的知識，所傳達的只是表面的，粗淺的認知，或者說是普通常識。所以不能用它作為探討真理的方法和途徑，離真理有三層之隔。固然，有如艾布拉姆斯對其所作的讚美，認為「柏拉圖從諸如鏡像的性質中，繼續推演出好幾個有關藝術的性質與價值的確實結論。在其著作中他反覆述及反映器，鏡子，水的類比，或是其他我們稱之為影子的那些事物的不完全影像。他運用這些釐清了宇宙中萬物間的相互關係諸如：自然的或人為的事物，與其原型，或理念；模仿的事物，包括這些在藝術中的事物，與其在感官世界中的模子。」

（Abrams，1958，p.30）甚且柏氏此一鏡像比喻的模仿說，從羅馬到文藝復興時期的詩人、劇作家、畫家到理論批評家都有信奉者，當然也或多或少有些修正和不同意涵的描述。[14]

　　不過，相對地來說，由於柏拉圖把理念、物質、藝術三個不同的世界混在一起論述，也使問題更為複雜，要想要釐清就更為困難。再者，人類主要是用理性的思考能力來追求真理； 培養和鍛鍊其意志力以行善；憑直覺和情感表現美或模擬藝術。固然，真善美的目標有時可能合一或同時圓滿達成，但也有可能是衝突的，無法並存的。

　　此外，像柏拉圖、亞里斯多德之流的大哲學家在探究真理時，通常是用一種普遍形式的邏輯規則，從一個前提推演到下一個同等的共相，將一個屬劃分為種，再將屬種細分至不能再分為止，依其假設，前提得到可信靠的結論，作為其主張。然而，他們在實踐其論證的過程中，對於實存世界的理解上，少有全憑理性的運作，不訴求於感性的輔助。正如羅賓遜所云：「這樣的人很稀少，或許他還沒有降生於世。 」（Robinson，1953，p.75）其實，柏拉圖的對話錄在形式上就像是用散文寫成的戲劇，假託的人物，模仿其性格和口吻來辯證對答，不時穿插神話，故事，寓言，意象，暗喻等等。即令在論述有關模仿的問題也不例外。換言之，柏拉圖在達成其探究求取真正的知識時，是以感性作為輔助的方法或次要方法。羅賓遜在解釋柏拉圖對於理性與感性間的關係的觀點時，做了以下的說法：「他把這兩類天賦作為可分開地使用的能力；它們並不必然地要互補。不過，這也不意味著單獨由某一種能力就可獲得完整的知識，由於感性本身只能達成意見；但是每一種能力可以企及某種認知的目標，並且帶來相當大的滿足。它不意味著理性本身能經常發揮作用；因為柏拉圖能夠掌握其理性運作的時機，使其獲得豐碩的

成果，然而大多數的人都沒有這樣的本事。」（同上）雖然如此，他以為柏拉圖的對話錄中已建立起一種兩者擇其一的認知模式，出自感性和情緒的部份與來自理性的辯證一樣多。在此兩者擇其一的方法中，有時用理則學為工具，有時候靠模仿的技巧（包括類比、舉例、神話、比喻、意象等）。

　　從前面我所引述的柏拉圖對話錄中，可以看出他非常善用模仿的技巧，作為他論證過程中的輔助或次要的方法。尤其是類比本是歸納法的一種形式，當它不直接從個別的案例推演到普遍，而是隱含著普遍或共相，因此，是以此作為說明或例證來引導我們作出有效的直覺判斷和認知。換言之，柏氏所用的豐富意象和例證都適用一般的類比定義，並以這些直覺的方式來發現真理。他示範給我們看在認識事理時有能力使用不同的方法和途徑，其中之一就是直覺，並且是通過意象和例證作知性的刺激來培養。正如羅賓遜所說：「因為例證扮演了一個堅強的認知角色，幫助我們進入同等的情況中得以了悟。」（213）接著他描述了此種技巧的運作：「要求學習者注意某些他已經知道的事物，老師的理由是希望他對某些事物的瞭解更多。當然，示範也是為了要求我們注意某些我們已經知道的事物（前提）；然後才有溫故而知新，反之則無。例如，在《理想國》中推陳出新的意象，是把兩個命題並列引發知識的火花，從舊的跳躍到新的境界，即令不是因為舊的而引發新知，而是因為『相同外貌和性質』居於兩者之間，亦即是，在語言中，因為他們是同一共相的同等的案例。所以說，現在，我們能夠以這樣的例子的性質，用它教會我們自己以及他人。在我們自己的心目中能把我們自己置入那一個我們有所領悟的情況中，沿著類似的情況得以了解對我們依然晦暗不明的部份，並增進我們在那種方法中的知識。」（213-214）

亦即是說循著辯證的過程，模仿的設計扮演了一個有效的認知角色，因為柏拉圖認識到我們能夠在不同的方法中明白事理，模仿係屬直覺把握真實的重要方法的一種工具。儘管柏拉圖在形式上對模仿作了不少的負面的批評，但實際上他是接受並喜歡用模仿技巧的。

　　不過，柏拉圖的模仿的角色雖作為一種認知的工具，但畢竟在辯證的過程中只是次要的角色，輔助的地位。因此，讓艾利阿斯（Elias）建立一套頗具說服力的主張，對柏拉圖詩的辯解提出兩種有意義的說明，一種他稱之為「柔」（weak），另一種曰為「剛」（strong）。先看其柔的說法：「在確定的其他方法中，詩之柔的辯解是夠熟悉的。它整個要求是在枯燥乏味的和艱難困苦的真理探究上，就像藥丸需要敷以糖漿，免得因為缺乏足夠的精力，知性，興趣而難以獲得。隨著跨坐在詩與科學領域的有趣故事，使得真理有精確表達的能力，並讓他們進入這些難以企及要仔細證明的嚴苛境界。猶有甚者，情感力量的元素雖是附加的，當然適用於詩，但是也不應該跟科學完全脫鉤。」（1984，P.226）而艾利阿斯有關「詩之強的辯解」完全是另外一件事，所涉及的是模仿形式的能力問題，包括隱喻、意象、與神話等對於建立更為深遠，嚴格的公理都有莫大的助益。他說：「它的成功，正如任何公理的成功，不是因為它是真實的，而是因為它的解釋能力，其成果是依照經驗與直覺以及尚未經歷者預作準備中所發揮的影響。……因為不是出自最初命題的假設地位的問題，而是以不同的方式來掌握它，正如我們從其他哲學家的論證中所發現情形一樣。在每一種體系中的原始命題必須維持深信不疑；他們可以肯定為無上命令，或者是一種烏雲蔽日式掩藏其地位；他們能作為支架或適當的啟發，如果某種真相能夠揭露的更清楚，就可以自願放棄一定程度或另外一部份的質疑。

柏拉圖在其神話中搖旗吶喊，是由於週遭有諸多的質疑和不確定的表達，所以不是用來表達他自己對他們的不信任，反而是在另類的肯定方式中帶來對他們肯定的可能性。」（1984，220，233）照其說法柏拉圖真可謂用心良苦，同時我也認為把柏氏的主張講得太過玄妙和枯燥無趣。不過，高登（Golden）倒是對他的論述相當推崇：「艾利阿斯主張把柏拉圖的模仿觀點類比現代科學的潛能理論的虛構性，可以持續運作，直覺的基本設定有能力解釋經驗真實的性質。艾利阿斯正確地提出神話故事為柏拉圖所扮演的模子角色與現代科學中所做的模型是相同的。他們提供了直覺的第一原則必定要靠經驗真實來驗證的。這個階段對神話和模仿其他形式在遇到有效地解釋經驗資料的辯證的考驗時，我們能夠接受他們作為第一原則的一種合法來源。原子結構的運作模式，就像人類心靈結構的運作模式一樣，源自相同的認知渴望得到最清晰的了解，控制到最有效的程度，且以經驗資料為主體。」（1992，p.49）此外，史密斯（Janet Smith）也曾證明有關詩的剛柔辯解柏氏模仿，神話如何成為最動人的層面之一。她並提出由這些神話所構成重要認知貢獻的表列：[15]

1. 他們雖採遊戲的方式卻是哲學的重要部份；
2. 他們作為一種相關目的，為考驗而作的假設或提供領悟的機會；
3. 他們有助於保持對話的非教條以及鼓勵探究對話中更深遠的議題；
4. 他們作為柏拉圖轉移注意力從「形成世界」到「超越世界」，包括世界的形式與來世之說在內的哲學目標；
5. 他們易於牽引對話中的許多憂慮和意象為一個整體；
6. 他們對辯證主張提供且有說服力的補充。

　　史密斯指出在辯證進行的過程中劃分為一個和許多個，錯誤的
假設的反駁一樣是像哲學談話中廣義的「枯燥乏味」，而神話本來
就是說故事，能夠從嚴謹的辯證的張力中獲得放鬆，恢復討論的活
力。所以神話成為一種嚴肅方式的意念遊戲，就像直覺或意見可以
成為辯證所需的假設來源去履行其功能。其次，神話可作為更嚴苛
困難的辯證說明之前，對此嶄新的和挑戰性意念的效力的趣味遊
戲。再其次，正如史密斯所示，神話也是為贏得終極真理所採取的
辯證策略中的一種有力的修辭工具。神話故事和意象的曖昧性在維
持知性探究的動力，和防止教條，或毫無保留地接受一種意念時，
確實是有用的。為了進一步檢驗並超越現況繼續經由辯證作立即地
測試時，神話能夠打開各種解釋的可能性。最後，神話容許我們表
達真實時，可以設定在歷史的任何一點，超越因為經驗分析限制
了我們的能力。任何心理分析的技巧，基礎的或進階的，都要求
我們具有某些人類心靈性質的概念。然而柏拉圖的終極真實的世
界，意念世界，也剛好是超越任何我們因為經驗觀察所限的能力，
唯有通過神話才能企及。所以神話是柏拉圖對話錄中的豐富的裝
飾元素，再三扮演了多樣的主題浮現於討論中的大大小小的議
題。[16]

　　羅賓遜，艾利阿斯和史密斯等三人全都主張模仿的各種形式具
有潛在認知價值，能夠作為哲學上的追求真理目標的工具。然而在
模仿與哲學之間還有另外一層關係，我們必須要探究。那就是柏拉
圖在《理想國》中嚴厲地譴責詩人或藝術家的模仿或創作激起強烈
的情感和非理性，會動搖個人的心志與顛覆國本，應如何辯解回應
或修正柏氏的理論觀點。

　　那斯班（Martha Nussbaum）教授指出柏拉圖的思想演變如下：

　　「在《理想國》中，蘇格拉底在詩與哲學之間作了一種嚴格的區分。他攻擊詩是因為其道德上曖昧不明的內容和煽情的文體，滋養了人類心靈的非理性部分。否定詩人對真理闡釋的要求，其人認知能力欠缺與哲學家的智慧形成對比。於《會飲篇》中，我們見到一種主張通過故事和使用意象來談論真理的文體。這種文體（連接了悲劇和喜劇兩類詩）是性愛迷狂之人所為，對真理的主張不被自艾爾拜西德以來的哲學家認可。于《斐德羅篇》中，最高的人類生活被描繪成獻身於某一種哲學或期盼繆司光臨的活動。詩受迷狂所引發可視為神的恩賜和一種有價值的教育；至其清醒時所創作者則被批評品質不佳和缺少啟發性。現在蘇格拉底的哲學文體融合了詩的主張，蘇格拉底在詩的語言中表現其最深刻的了悟，為一種與詩相類似的形式。」（1986，p.201）她檢視了柏拉圖思想的遞變，由《理想國》中對詩之模擬的極端貶抑和排斥到《斐德羅篇》推崇和肯定詩之價值，認為柏拉圖領悟到用理性和非理性的方式都可能達到對真理或絕對真實的洞查和明見。非理性的部份，在積極正面的迷狂中，能夠提供不同形式的洞查與明見，不同於理性思維中的衡量、計算、統計方式，但是他們的效力也不遑多讓。（同上，p.204）

　　　事實上，在柏拉圖對話錄中，關於詩人的寫作需要靠靈感，最早見於《申辯篇》，甚至可能是蘇格拉底的觀點。[17]他說：「我確定使他們能夠寫詩的不是智慧，而是某種天才或靈感，就好像你在占卜家和先知身上看到的情況，他們發佈的各種精妙的啟示，但卻不知道它們到底是什麼意思。在我看來，詩人顯然處在大致相同的狀況中，同時我也觀察到，他們是詩人這一個事實，使他們認為自己對其他所有行當都有完善的理解，而實際上他們對於這些行當是無知的。」（頁 8）易言之，他主張詩人的寫作需要靠靈感，就像占

卜或預言一樣，他們不過是個居間的媒介罷了。其次，詩人對其模擬的對象，自認有相當程度的知識，其實是不甚了了。此一觀點延伸到《伊安》篇，又與《斐德羅篇》一脈相承。同時，認為詩人對其模仿的行當是無知的。這樣的話語或許也是《理想國》中嘲諷詩人或畫家的萌芽或端倪吧！

　　伊安本是個職業的吟唱詩人，最擅長講唱荷馬的兩部敘事詩——《伊利亞德》和《奧德賽》，而且也頗受肯定歡迎，但他自己卻無法解釋箇中緣故。柏氏藉蘇格拉底之口說：「你這副長於解說荷馬的本領並不是一種技藝，而是一種靈感，正如我先前說過的。有一種神力在驅策你，像優里匹蒂斯所說的磁石。……而詩神就像塊磁石，她首先給人靈感，得到靈感的人又把它傳給別人，再讓他連接上其他人，於是連成一條鎖鍊。舉凡高明的詩人，無論是敘事詩或抒情詩，都不是憑技藝作成優美的詩篇，而是因為他們得到靈感，有神力憑附著。……詩是一種輕飄飄長著羽翼的神明的東西，如果詩人得不到靈感，不失去平常的理智而陷入迷狂，就沒有能力創造，就不能作詩或代神說話。詩人對於他們所寫的題材，說出那些優美的詩句，就像你說荷馬的詩篇，並不是靠技藝的規矩，而是神的差遣。因為詩人製作都不是憑技藝而是神力，他們各隨所長，專做某一類詩，長於某一種題材就不適合其他的題材。假如詩人可憑技藝的規矩去製作，就不會有這種情形，當他遇到任何題目都一樣能作。神對於詩人像對占卜家和預言家一樣，奪去他們平常的理智，用他們作代言人，正因為要使觀眾知道，詩人並非藉自己的力量在不知不覺中說出那些珍貴的辭句，而是由神憑附著向人神說話。卡爾豈第人廷尼庫斯是一個明顯的例證，他平生只寫了一首著名的謝神歌，那是人人都會唱的，此

外就不曾寫過什麼值得記憶的作品。……神好像要用這個實例告訴我們，這類優美的詩歌本質上不是人的而是神的，不是人的製作而是神的詔語；詩人只是神的代言人，由神憑附著。即令是最平庸的詩人也能唱出最美的詩歌神不是有意藉此教誨這個道理嗎？」（37-38）

　　簡而言之，他把詩人的作詩與占卜家預言家一樣，都只是人神之間的橋梁，是繆司女神與觀聽眾間的中介（mediator）。是故，詩人所作的詩或傳達的訊息和意義，根本不是他自己的而是神的旨意和話語。舉凡詩人寫作都需要得自靈感，詩神附體，進入迷狂狀態，失去理智就像酒神的女信從一樣，做出他們平常神智清醒時沒有能力做的事或創造的詩句。再者，柏氏將其傳達的現象比作磁石的吸引力，其源頭當然是繆司，經過詩人、吟唱、表演者，連上所有可能接觸的觀聽眾。因此，他斷言詩人不能憑藉技藝的規矩來作詩，否則就可以寫任何題材類型的詩，就這一點來說尚不如木匠等其他藝人。總括起來，柏拉圖於此一方面肯定繆司所傳達的神聖訊息與價值，是一種超越理智和經驗層次的事物，另一方面則否定詩人的創造。

　　如果揆諸所有的詩人或劇作家的創作，恐怕除了有此信仰者外，頂多承認靈感的確有些捉摸不定，有靈感時寫得又快又好，然而像荷馬的敘事詩或戲劇幾乎不可能完全靠靈感來寫作，否則一輩子大概能像柏拉圖所說的只能寫一首謝神歌而已。亦或者說最初的動念可能得自靈感，接下來的創作過程可能不但處於情感亢奮波濤洶湧的狀態，有非理性部份，也有理性的控制和不斷思考修訂的部份，大概我們閱讀一些作家的日記或筆記，就可知端倪了。絕非全憑靈感，或即興創作而已。

　　實際上《斐德羅篇》的主題是討論修辭術與辯證術的關係。不過，從表面看，前半部探究的愛情，後半部爭辯修辭術的內涵，其中間有一段論述迷狂和靈魂的問題，則與本章題旨有關，成為引證和探討的焦點。第一、他延續了《伊安篇》中的靈感論與迷狂狀態性質的分析，提出「迷狂有兩種：一種是由於人的疾病，另一種為神靈的憑附，因而使我們越出常軌。而神靈的憑附又可分成四種：預言的、教儀的、詩歌的、愛情的，每一種都由神來主宰，預言由阿波羅、教儀是戴昂尼索斯，詩歌為繆司姐妹，愛情則屬愛芙羅黛和愛若思。」（205）其中第三種迷狂是由詩神憑附而來的。「祂依附在一個溫柔純潔的心靈，引發它至神飛色舞的境界，流露於各種詩歌，讚頌古代英雄的豐功偉業，垂訓後世。若是沒有這種詩神的帶來的迷狂，無論誰去敲詩歌的大門，都永遠站在詩歌的門外，儘管他妄想單憑自己的詩藝就能成為一個詩人。然而他在神智清明時所寫的詩若與迷狂中的作品相比就黯淡無光了。……事實上，上蒼要賜福給人最大的幸福，才賜給他迷狂。」（170）為了要證明其說的真確性，需要進一步研究靈魂的本質，無論它是神是人的，想要知道其真相，應先考察靈魂的情況和功能。「凡是靈魂都是不朽的──因為凡是永遠自動都是不朽的。只有自動才能永動不止，乃是一切被動的本源和初始。如果自動就是靈魂，它必然不是創生的，不可毀滅的。因此靈魂才是不朽的。」（170-171）然而，柏拉圖很清楚這麼重大難解的迷團，絕不是三言兩語就能講明白的，所以就打了一個比喻：「我們姑且把靈魂比作一種協合的動力，一對飛馬和一個駕馭者。神所使用的都是好的，而我們人類駕馭的可能是一匹良馬，一匹劣馬，駕駛起來可不是件容易的事。我們這裡不禁要問所謂『可朽』和『不朽』如何區分？……如果靈魂是完善的，羽

毛豐滿，它就能飛行上界，主宰宇宙。如果它失去羽翼，就向下墜落到堅硬的東西上面才停止，並安居在那裡，再附上一個塵世的肉體，由於靈魂看上去還能自動，這靈魂和肉體的混合就叫做『動物』，再冠上『可朽』的形容詞。至於『不朽者』，卻不是人類理智所能窺測，我們不曾見過神，無法對神有一個圓滿的概念，只能設想祂是一個不朽的動物，兼具靈魂與肉體，而且兩者又始終緊密地結合在一起。

　　至於靈魂為何會失去羽翼？靈魂本是身體中最接近神靈的，其羽翼的本性能帶著沉重的身體向上高飛，可以昇到神的境界。所以神靈就是美、智、善以及一切類似的品質。靈魂是要靠這些品質來培養發展，碰上了醜、惡和其類似的品質，就會損毀。諸天神馭車飛行，倘徉遨遊於天界，各司其職，凡有能力又意願追隨者，諸神也不會嫉妒排斥。……只是御車人訓練不夠，馬有頑劣，就會拖曳倒地，令其靈魂感到極端痛苦。而不朽者到達絕頂時，還要進到天外，站在天背上，隨天運行，觀照天外一切永恆景象。……這天外境界存在的真正實體，它無色無形，不可捉摸，只有理智——靈魂的舵手，真知的權衡——才能觀照它。在運行的期間，它很明顯地，如其本然地，見到正義，美德，和真知，不像它們在人世間所顯現的，而是絕對正義，絕對的真知。……凡是能努力追隨而且接近於神的人，也可以御車昂首天外，隨著天運行，可是常受馬的拖累，難得見到事物的本體，也有些靈魂時升時降，駕馭不住劣馬，只能窺見事物本體的局部。此外一些靈魂對於上界雖然有心卻是無力，可望不可及，只能困頓於擾攘的下界，爭先恐後，時而相互踐踏衝撞，鬧得汗流夾背，由於御車人鹵莽破壞，造成許多靈魂因此受傷，羽翼損毀了。費盡心力卻見不到真理，這批靈魂就此引身遠退，於

是他們的營養就只有妄言妄聽了。」（172-174）為何人們要力求見到真理或事物的本體呢？

　　柏氏以為一個靈魂有沒有見到事物的本體或見到的次數的多寡則關乎他的未來命運的安排與變化。接著他提出一套與此有關的靈魂投胎轉世之說，既有人獸之別，又有等級之分。如果見到真理最多的人，這個人注定成為一個愛智者，愛美者，或者是詩神或愛神的信徒，這是第一流的。第二流的種子成為守法的君主，戰士或發號施令者。第三流投胎為一個政治家，或至少是一個經濟家或財政專家。第四流托生為一個體育家或醫生。第五流投胎為預言家或宗教儀典的祭司。第六流最適宜於做詩人或其他模仿的藝術家。第七流做一個農人或工人。第八流為一個詭辯家或煽或煽惑群眾者。第九流則為一個專制君主。由於柏氏根本沒有說明其評定等級的標準，顯得相當主觀和武斷，可能不易贏得當代或後世的認同。尤其是八、九兩個等級，極可能是出自柏氏有感而發的獨特見解吧！而他的靈魂萬年說，千年一選擇，都十分有趣，但也是不能驗證的無稽之談。[18]

　　總括起來，柏拉圖對靈魂的解釋，所作的比喻和衍生的故事，根本是文學筆法，流露了濃厚的詩意。與中國的莊子在《齊物論》，《秋水篇》中，利用很精采的寓言故事來表達其哲學的思維非常相似，亦或者像現代的存在主義的哲學家沙特，卡繆都曾以小說和戲劇作為表達其哲學的一種方式，有不少人針對此一情形稱他們是哲學的作家，意指其具雙重性格，而柏氏可謂開此先河。顯然在柏拉圖的認知上，以為靈魂是個不能不碰觸的終極性的議題，它也牽涉到宗教的信仰的部份，不可能用哲學家一貫的理性態度來處理，依據純粹邏輯的思考和論理法則，來證明其真假對錯，又不能訴之於

經驗來檢證，因而採取這種非理性的認知的方式，亦即是詩人或藝術家的表現模式。他一方面說只有不朽的神靈能駕好飛車，擁有良馬，得以遨遊天上，見到絕對的正義和真知；而人類無論如何都是血肉之軀，會朽壞的，理智無法時時刻刻都駕馭好他的情欲和意志，平平穩穩地御車，跟著諸神運行，上昇到天背上，觀照永恆的景像，見到事物的本體和真理。僥倖能見到者都有福報，投生的好壞與見到的次數多寡成正比。第一流的是愛智，愛美，詩神和愛神的頂禮者，顯然對應於迷狂之人，神靈憑附者；其次即令是一般的詩人或模仿的藝術家也在九流的中間，又比『伊安篇』中的評價為高，更不是《理想國》中的詆諆與排斥可比擬的。或許佛丹尼爾斯（W. J. Verdenius）的說法頗有參考價值，他說：「此處否定了詩人的目標只是表現在自然連續中日常生活的事實。如果這就是其藝術的唯一目標，模仿就永遠不會失敗。它做不到的，就是一種象徵，也指向某些不能直接地觀察和描寫的事物，以及一種更為普遍的真實層面。顯然詩人的工作是通過人類生活為媒介表現這些普遍的價值。在模擬人物與動作的同時企圖激起一種對終極原則的理念。這些假設遠離其自然思維的領域和他需要靈感的幫助。不幸地，在帶領他進入恍惚出神的狀態與繆司接觸時，卻又阻止他完全了解她的意圖。他唯一能註記在其印象中，或者是轉化的言辭，模擬那種呈現於其自己心中的意象。所以，他的表現就不夠清楚：他們留下試驗性的暗示，普遍與特殊，抽象與具體，本質與偶發全都混合起來，以其作為一個整體有很多明顯的不一致的地方。」（1949，P12-13）

　　以上對柏拉圖模仿理論的再檢討和修正，都偏重企圖證明模仿如何可以作為探究關於真實性質的真知。而柏氏雖對模仿在道德上的負面影響著墨甚多，再三要將荷馬等詩人逐出理想國之外，

但也為詩人留下一席之地：所謂「頌揚神明和讚美好人的詩歌。」
（133）；和能「證明它不僅能引起快感，而且對國家和人生都有
效用。」（134）在《法律篇》中強調「我們整個政治制度就建立得
相當戲劇化，是一種高尚完美生活的戲劇化，我們認為這是所有悲
劇中最真的一種。」（817b2-5）這一個比喻真正的意涵，並不容易
把握。倒是蘇格拉底在雅典受到的迫害，從審判，囚禁，到處死的
整個過程，記載於《申辯》,《克里托》,與《斐多》三篇的內容，
是個真實上演的悲劇三部曲。其所模擬的悲劇動作，人物性格，對
話中的懸疑與緊張，充滿了戲劇性，其中的思想或悲劇理念更是許
多悲劇無法比擬的。

　　首先，蘇格拉底被控的罪名是「他犯了腐蝕青年人的心靈，相
信他自己發明的神靈，而不相信國家認知可的諸神的罪。」（卷 1，
頁 10）然而原告美勒托等人根本提不任何具體的證據，正如蘇格
拉底的反駁「他們對我進行虛假的指控，」（頁 4）沒講一句真話。
他真正遭受攻擊的原因，是由於他得罪了太多人，形成一種情勢或
氣氛，勢必除之而後快。說起他樹敵眾多的源頭，竟然是蘇格拉底
想要證明戴菲神諭所云：「蘇格拉底是最聰明的人」，不過根據他自
己的解讀神諭的真諦為：『你們中間最聰明的是像蘇拉底一樣，有
智慧明白自己實際上是毫無價值的人』（頁 9）於是他就到處去訪
察所謂「聰明的人」，盤問他們，追根究底把對方問到瞠目結舌，
啞口無言為止。這等於事實證明了自己的淺薄無知，和愚蠢至極。
應該要虛心受教，求取真知才是。

　　另外，還要加上一群悠閒安逸的富家子弟主動追隨著蘇格拉底，
喜歡看他盤問那些所謂「聰明的人」；並且以其為榜樣再去盤問別人。
結果他們發現許多自以為知道某些事的人，其實知道極少或一無所

知。而那些「聰明的人」個個被惹火，惱羞成怒，但都不對那年青人發火，全沖著蘇格拉底而來。所以，他們抱怨說：「有個傳播瘟疫的大忙人叫做蘇格拉底，他把錯誤的觀念灌輸給年青人。」（頁9）

其次，蘇格拉底看得很清楚情勢對他十分不利，很可能會處死他，除非他屈服，放棄探討真理，停止從事哲學的活動，不再與人詰問辯證，否則就會被判罪處決。然而他決定拒絕這樣的妥協，因為這跟他的哲學理念，以及性格不合，是故他說：「我寧可服從神而不是你們，只要我還有生命和能力，我將永不停止實踐哲學，對你們進行規勸，向我遇到的每一個人闡明真理。……我向你們保證，這是神的命令，我相信在這座城市裡，沒有比我對神的事奉做出更大的善行了。因為我把自己所有的時間都花在試探和勸導上，不論老少，使你們首要的關注的不是你們的身體或職業，而是你們靈魂的最高幸福。我每到一處便告訴人們，財富不會帶來美德，但是美德會帶來財富和其他各種幸福，既有個人的幸福，又有國家的幸福。」（頁 16-17）接著蘇格拉底把他的使命感，比喻成「神特意把我指派到這座城市，雅典就好像一匹優良的種馬，由於身形巨大動作遲緩，需要一些虻子來刺激牠，使牠活躍起來。在我看來，神把我指派給這座城市，就是讓我發揮一隻虻子的作用，整天飛來飛去，到處叮人，喚醒、勸導、指責你們中的每一個人。」（頁 19-20）

猶有進者，蘇格拉底認為一個真正擁有傑出的智慧、勇敢、或其他美德的人，在面對審判時，「必須把事實告訴法官，並提供充足的證據使他們信服。」（頁 22）而不是向法官求情，不是帶著妻子兒女和眾多的親友前來，痛哭流涕，苦苦哀求赦免。雖然他的兒子均未成年，兩個還很小，但他不想這樣做，既不是剛愎自用，也不是藐視審判者。主要因為「法官坐在那裡不是把公正當作恩惠來

分發，他們發誓不能按個人的好惡來斷案，依法做出公正的判決。因此，不能養成發假誓的惡習，否則雙方都有罪。……如果我這樣做既不名譽，又不道德，與我的宗教義務也不相符。尤其是在美勒托控告我不敬神的時候，你們一定不能期望我這麼做。先生們，我比我的原告擁有更虔誠的信仰，我要把它留給你們和神來判斷。」（同上，頁22）

　　如果要用罰款來代替死刑，蘇格拉底問究竟要繳多少？罰款的數量必須要恰當。要交多少罰款，或受什麼樣的苦，應當看其所作所為而定。而蘇格拉底說：「我試圖逐個勸說不要把實際的利益看得高於精神和道德的良好狀態，或者更廣義地說，把國家或其他任何事物的實際利益看得高於保持它們的良好狀態。我這樣的行事方式該受什麼樣的回報呢？一個窮人成為公眾的恩人，把時間花在對你們進行的道德訓誡上，怎樣對待他才是恰當的？只能由國家出錢奉養他，此外沒有更恰當的辦法。」（頁23）當然，他說得好像有些天真可笑，跟現實的落差太大，與那些誣告者的期望完全相反，因此更加突顯了其荒謬性，流露出無比的嘲弄。

　　由於蘇格拉底確信自己沒有傷害任何人，所以他想不出要用什麼方法來傷害自己？或者應該受到什麼懲罰？因此，他說：「我不知道被處死是好事還是壞事？你們指望我選擇一種我非常明白是惡的事情來代替被處死嗎？監禁？我為什麼要在監獄中度日，受制於那些定期任命的獄卒？罰款加監禁，直到交清罰款？這對我來說結果是一樣的，因為我沒有錢繳罰金。或者我提議放逐？……如果在我這把年紀離開這個國家，而每到一個城市都受到驅逐，以此度過餘生，這樣的生活好極了！我非常明白，無論我去那裡，都會像在這裡一樣有青年聽我講話，如果我想把他們趕走，那麼他們會讓

他們的兄長來把我趕走；如果我不趕他們，那麼他們的父親和其地親戚會為了這些青年自願前來而驅逐我。

也許有人會說，沒錯，蘇格拉底，你離開我們以後，不要再管閒事，安安靜靜地過你的日子。

如果我說這樣做違背了神的旨意，我不可一日不談論善和其他各種主題，你們聽到我和其他人談論和考察這些事情，這確實是一個人能做的最好的事，不經受這種考察的生活是沒有價值。」（頁24-25）既然，蘇格拉底自認沒有傷害任何人，原告也提不出證據和事實來指控他犯下任何的罪行。他自信奉了神的旨意，實踐其哲學生活，進行道德的勸誡和行善。不幸的是他非但沒有得獎勵或奉養，反而要受到懲罰，甚至是被判處死刑。而他也想不出要用什麼恰當的方式來懲罰一個像他這樣的無罪之人？於是他以十分悲壯的語調說：「法官先生，你們必須充滿自信地看待死亡，並確立這樣一種堅定的信念：任何事情都不能傷害一個好人，無論是生前還是死後，諸神不會對他的命運無動於衷。……我們離開這裡的時候到了。我去死，你們去活，但是沒有人知道誰的前程更為幸福，只有神知道。」（頁28）

《克里托篇》可稱之為蘇格拉底悲劇的二部曲，由於審判偉大的哲人的前一天，往提洛的朝聖船才掛上花環出發。按照習俗，在大船尚未返回之前不得處決人犯。因此，蘇格拉底被囚禁於獄中等待行刑的命令。克里托以及其他一些蘇氏的好友，於此期間，籌募了一筆錢，希望能夠盡一切努力營救其逃出雅典，遠走異國避難。然而蘇格拉底按照一貫方法，堅持要通過其理性的思維辯證做出判斷，決定此一行為是否合乎正義？是光榮的還是可恥的？是善是

惡？首先，他指出「人無論受到什麼樣的挑釁都不可對任何人作惡或傷害別人。」（頁 41）一個公民不能因為不公正，或錯誤的判決而拒絕接受，在沒有說服國家讓他離開這個國家的情況下就逃走，那就是為惡，以牙還牙，通過報復來保護自己，這些前提都不可能推演出正確的結論。如果他逃走，就等於公開宣佈法律的判決沒有效力，可以由私人來取消或摧毀，那麼就會顛覆城邦的法治和秩序。

　　此外，蘇格拉底在辯證中，甚至是以指控責怪自己的方式，提出下列幾個不能逃走出亡的理由：

　　第一、雅典是其父母之邦，生於斯，長於斯，法律之前一律平等，沒有人有權反對其國家和她的法律。所以說蘇格拉底：「你這麼聰明，竟然會忘記你的國家比你的父母和祖先更加珍貴，更加可敬，更加神聖，在諸神和全體理性中擁有更大的榮耀嗎？你難道不明白，應當比對父親的怨恨更快消除嗎？如果你不能說服你的國家對你的任何懲罰，無論是鞭撻，還是監禁，都一定要服從，才是正確的。不管是在戰場或是在任何地方，必須做你的城邦命令你做的事，否則你就得按普遍的正義去說服他們，但是對父母使用暴力是一種罪惡，反對你的國家那就更是一樁大罪。」（頁 43）

　　第二、按照政府公開宣佈的原則，任何雅典人，只要到達成年，能夠認識國家的政體和法律，如果不滿，可以帶著財產離去，自由選擇任何地方居住，包括殖民地或移民在內。（頁 44）然而蘇格拉底過去沒有做此選擇，現在不能因為遭到死刑的判決，而要逃離這個國家。

　　第三、在審判的時候蘇格拉底放棄選擇交付罰金，寧死也不願被放逐，而「現在不打算遵守先前的諾言，不尊重法律，正在摧毀法律，行為就像個下賤的奴才，儘管有約在先，說要做國家的成員，承諾做一個守法的公民，現在卻要逃跑？」（頁 45）

　　第四、如果「做了這種背離信仰，玷汙良心的事會給朋友什麼好處。顯然，放逐、剝奪公民權、沒收財產的危險都會延伸朋友的頭上。」（頁45）雖然克里托等友人願意承這一切，但是蘇格拉底不肯連累他們。

　　第五、「如果去了鄰國，比如底比斯或麥加拉兩個政治修明的國家，就會成為政府的敵人，所有的愛國者都會用懷疑的眼光看著你，把你當作法律和政令的摧毀者。隨後，你的行為證明審判你的法官的看法和判決是正確的，破壞法律的人完全有可能對年輕人和蠢人產生毀滅性的影響。」（同上）凡此種種理由，使得蘇格拉底不能接受克里托建議和安排到其他國家去安享天年。這跟亞里斯多德離開，不讓雅典人有再一次迫害聖賢的機會，是完全不同的人生抉擇。

　　《斐多篇》中記載了蘇格拉底死前的最後一刻的光景，在動作上可謂三部曲的尾聲，但是其著作年代可能並不如此接近。[19]根據的斐多的描述「蘇格拉底當時的行為和語言都顯得相當快樂，他高尚地面對死亡，視死如歸。我禁不住想，甚至當他去另外一個世界時都有神指引道路，如果人可以去那裡的話，那麼他到那裡後一切會很好，所以我一點都不感到難過。然而，當我想起畢竟我的朋友再過一會兒，就要死去，立刻產生一種極為複雜的情感，快樂與痛苦奇異地交織在一起。」（頁52）而蘇格拉底的另外一位友人克貝聽說他在獄中，採用《伊索寓言》和致《阿波羅序曲》的風格創作抒情詩，蘇氏之前不曾寫過類似的東西，不禁好奇追問其原因？蘇格拉底說：「我創作詩歌並不是為了與人爭勝，我知道這不是件容易的事。我這樣做是為了發現某些夢的意義，藉此來潔淨我的良心，我總是得到告誡要實施這種技藝。在我生命的歷程中，經常做相同

的夢，說相同的事，『蘇格拉底，實施和培養這些技藝吧！』……
我的意思是這些夢，就像運動場上的觀眾在鼓勵運動員，敦促我繼
續做我已經在做的事，……因為我正在實踐的哲學是各技藝中最偉
大的。然而從我受審，到這位神的節日使我被處死的時間向後推
延，讓我感到那個夢要我實施寫詩這種通俗的技藝，我必須要服從
加以練習。我想在離開人世之前，服從那個夢，通過寫詩來潔淨我
的良心，這樣可能比較安全了。我開始寫下一些詩句來榮耀那位
神，那個節日屬於他的。頌歌寫完之後，反覆思量，我想一個詩人
要配得上這個頭銜，必須寫想像性的主題，而不是描述性的主題，
而我並不擅長虛構故事。所以就利用手頭能找到的和熟悉的《伊索
寓言》，信手將其中第一個故事改寫成詩歌。」（頁 54-55）蘇格拉
底這首詩並未留傳下來，不過從這段話確實告訴我們不少訊息：第
一、他想寫詩抒發其情懷，已是其多年以來的夢想，只是實踐其哲
學更為重要，而他已擁有這套最偉大的技藝，以致無暇他顧。第二、
他認為詩能淨化其良心，希望在臨死之前，能夠做好它。顯然也帶
有些儀式性質。第三、蘇氏認為作詩有很高的技巧性的要求，非一
蹴可及。詩以想像為主，超越現實，不以現存世界的對象作描述，
亦非一般哲學所能表達者。

　　再者，蘇格拉底不愧是偉大的哲學家，臨刑之前，還要把握這
最後的時光，與其至交好友探討哲學的問題。他說：「對一個行將
離世的人來說，沒有比談論來生，想像來生是什麼樣子更適合的事
情了。」（頁 55）誠然，依此情境，黃昏一到，死亡就會光臨，自
然與其對話形成一個非常複雜的語意和情緒網絡。

　　首先，他認為人類不應該主張自殺，就像因犯不能釋放自己，
也不能自行逃跑是一種高級的教義。「諸神是我們的看護，我們人

類是他們的財產。」（頁 56）因此，人類沒有得到神的允許，根本無權自殺。

其次，「死亡只不過是靈魂從身體解脫出來，對嗎？死亡無非就是肉體本身與靈魂脫離之後所處的分離狀態，和靈魂從身體中解脫出來以後所處的分離狀態，對嗎，除此之外，死亡還能是別的什麼嗎？」（頁 59）據此而論，生命是由靈魂和肉體合成，死亡為分離狀態，進而主張當肉體毀滅、腐爛、消失之後，靈魂可以繼續存在，同時也就承認有死後有另外一個世界。再往前推，靈魂要在出生前就存在才合理。所以達成一種生命的論證，「一切有生命的東西都是從死的東西中產生，結合起來，那麼，如果靈魂在出生前就存在，當它開始趨向生命並且被生出來，它必定是由死的東西或死的狀態中出生的，如果靈魂肯定會再生，死後就肯定存在。」（頁 77）

再其次，生與死，肉體與靈魂，是對立也是互涵，有時分離又有結合的時候，會中斷但又延續，死亡後亦可再生。甚至正如蘇格拉底所作的更複雜的聯結：「靈魂與神聖的、不朽的、理智的、統一的、不可分解的、永遠保持自身一致的、單一的事物最相似，而身體與凡人的、會朽壞的、不統一的、無理智的、可分解的、從來都不可能保持自身一致的事物最相似。」（頁 80）

最後，當人死後，靈魂脫離肉體，以另一種形式去到另一個地方等待來生時，其亡靈會因為今生的情況的好壞、善惡，影響其投胎與來生。如果是惡靈，可能被迫在某個地方漫遊，對其以往的惡行施加懲罰，並按其前世養成的某一類相同性質或性格，轉世投胎為某一種動物。例如：前世養成貪吃、自私、酗酒習慣的人，可會投胎成驢子之類；那些養成一種不負責任，無法無天，使用暴力的人，會變成狼、鷹、鳶之類的動物。（頁 82）反之，過著社會生活，

受紀律約束的動物，如蜜蜂、螞蟻之類，再次投胎可能成為體面的公民。（頁 83）整個過程按其想像和推理成下列的情形：「當新的亡靈在它們各自守護神的引導下抵達那裡時，首先要交付審判，無論其生前是否過著一種善良和虔誠的生活。那些被判定要過一種中性生活的亡靈被送往阿刻戎，在那裡登上船，送到那個湖並在那裡居住。它們要歷經滌罪的過程，可能因為它們生前曾犯下的罪過而受懲罰，或者因為它們良好的行為得到獎勵，每個亡靈都會得到應得的一份。那些曾犯下大罪的亡靈被判為不可救藥者，例如盜竊聖物、謀殺、以及其他類似重罪，它們命中注定要被擲下塔塔洛斯深淵，再也不能重現。相對地，那些被判定為過著極為虔誠生活的亡靈會被釋放，不必再被監禁在大地的區域，被送往上方的純潔的居所，它們已經通過哲學充分地滌罪，此後就過著一種無肉體的生活，他們住所也更為美好。」（頁 119）蘇格拉底對自己的說法做了如下的總結與評價：「當然了，有理性的人一定不能堅持說我所描述的情景完全是事實。但是我描述或其他類似的描述真的解釋了我們的靈魂及其將來的居所。因為我們有清楚的證據表明靈魂是不朽的，我想這既是合理的意向，又是一種值得冒險的信仰，因為這種冒險是高尚的。我們應當使用這種解釋來激勵我們自己的信心。」（頁 120）至少這些的故事或信仰，讓蘇格拉底這樣一輩子都在勸人行善，從未有意傷害過任何人，到頭來受到不公正的審判，面對死刑處決時，能夠勇敢、莊嚴、平靜地喝下毒藥，安祥地離開人世。猶有進者，這種神話故事，想像的設計所代表的終極真實的世界，有其特殊的魅力與功能。誠如史密斯（Janet Smith）所云：「神話的形式與內容會激起和迫使人們去做更深入的探究；有必要去沈思神話意象的意義以

及企圖把神話所虛構的細節和蘇格拉底透過神話所提示的真理分開。實際上，神話具有重述先前所建立的真理和暗示新的可能性的加倍的求知力量。它是神話的意象或象徵所賦予的影響力；它是一種象徵的性質會有不止一種意義或感覺。象徵中的一個意思可以作為捕捉一種真理；另外一個感覺意義則能展開新的境界。」（p.28-29）

此外，對一個真正的哲學家來說，他不能迴避這個終極性的問題，死亡究竟是什麼意思？死後有什麼？如果有那是一個什麼樣的世界？會有來生或復活嗎？凡此種種問題都不可能有確定的答案，不是理性所能解決或證明的，若要從經驗上找證據更是緣木求魚，或適得其反。如果放棄探討不但有負哲學家的知識良心和職責，同時也是一種怯懦的表現。如何去找到一個既合乎理智的要求，又能帶來情感上的滿足，得以消除對死亡的恐懼，這樣優秀、可靠的理論說法，十分不易，甚至是件不可能的任務。此間以蘇格拉底現身說法，表現了一齣超越死亡的悲劇，實屬難得一見，換成其他任何哲學家也不可能比他做得比他更好。

第二節　亞里斯多德之承襲與建樹

亞里斯多德雖然在柏拉圖門下授業十年，並在學園中教學研究十年，可是正如諺語所云：「吾愛吾師，卻更愛真理。」亞氏自有獨創的見解與貢獻，能成為二千來公認的宗師，絕非倖致。就像他在模擬的理論和概念上，受到乃師的影響，的確是件很自然的事，前一章已指出者就不再重述。另外，如高登（Golden）所言：「亞

里斯多德採取了柏拉圖的豐富地暗示性，模擬的暗喻的處理，並將
其轉換成學習，推理，特殊的普遍化運作時的一種合乎邏輯的學
說。」（1992，p.62）然而亞氏也依照其治學的一貫方法，分門別
類單獨地探討某一類事物的問題，找出構成它們的基本元素及其不
變的性質，進而建立某一種科學或知識學門。因此，他只聚焦於模
擬藝術與詩本身及其相關的類別的性質之分析和評價。若與柏拉圖
的模仿論相比，問題就變得狹窄和單純，同時也不再從政治、道德、
形上學的角度來衡量，讓詩或藝術有其獨立自主的空間或領域。

　　現在開始分別討論亞里斯多德的模擬概念如次：

　　**一、首先他以模擬作為劃分的基準，把人類用其技藝所製作的
事物或其技藝的本身，分成模擬與非模擬的藝術；**同時也將其他採
用詩體但又不具模擬性質的文章或書籍排除在外，如安培戴克勒斯
（Empeddocles ca. 493-433B.C.）所寫之物理學或哲學著作；或者
是用散文寫的仿劇（mime）應包括在內；亦或者是混合各種格律
之篇章，均屬模擬的藝術。而此種劃分方式與古希臘傳統的藝術概
念和態度，以文體（韻文或散文）、格律（音步數或長短格）的區
分方式全然不同。

　　依據模擬的媒介、對象、樣式可劃分成不同模擬的種屬。在模
擬的媒介中通過色彩與形狀呈現者為繪畫；只用節奏但可模擬性
格、情緒與動作者為舞蹈；運用有節奏和旋律的聲音媒介表現者如
豎琴、豎笛樂；單獨使用語言模擬者有散文與韻文之分：在韻文中
又有各種不同的格律與體例的差異；綜合節奏、歌曲、格律者：有
混合使用三種的是悲劇與喜劇；分別運用的則是酒神頌與日神頌。

　　其次，「既然模擬的對象為動作中的人，這些人必定是較高或
較低的類型，再現的人物一定比現實人生的我們來得好或來得壞或

者差不多。」（52）因此，在繪畫、舞蹈、詩中都可依據模擬對象的高低或好壞作分類。由於《詩學》本身所界定的內容如亞氏開宗明義之言，（1447a-5）故不宜涉及其他的模擬藝術，關於音樂雖列入悲劇六要素，但也未進一步討論，一則說「歌曲一詞的意思人盡者知無需多贅。」（75）再則曰「歌曲在裝飾中實居首位。」三則認為音樂只是戲劇演出的輔助因素，雖與場面一樣都能產生最生動的快感。（217）不過，它們也都超出劇詩要討論的範圍之外，係屬其他知識領域。舞蹈的情況也一樣，只有在必要時才提及，如在論述悲劇與羊人劇的關係時，有「為了悲劇的莊嚴的樣式，不用早期羊人劇形式的怪誕語法。然後是短長格取代長短格四音步，它根源於悲劇詩還用羊人劇的體例時，且與舞蹈的關係比較密切。」（64）同時可知在亞氏的劃分中，舞蹈可能僅與戲劇演出時的歌舞隊有一定程度的關係。倒是繪畫在詩學中七次提及它，[20] 可能因為繪畫所模擬的對象比戲劇所表現者更為凸出、清晰、或者更容易把握與理解，所以亞氏在其詩學中常以繪畫為例證來說明戲劇或敘事詩的人物性格表現特質。

再其次，假如模擬的媒介和對象相同，但是採取的模擬樣式不同時，就是不同的種屬。按《詩學》第三章中說：「詩人用敘事來模擬——他可以假託一個人來敘述，如荷馬所採取的方式，或者用他自己的口吻訴說，而且保持不變——或者他也可以呈現所有人物在我們面前活起來動起來。」（56）正如前一章節所述，亞里斯多德於此所列的三種模擬的樣式，與柏拉圖所謂：「凡是詩和故事可以分成三種：第一種是從頭到尾都用模仿，像你所提到的悲劇與喜劇；第二種是只有詩人在說話，包括詩人表達自己情感的抒情詩，酒神頌均為此種詩的最佳範例。第三種是模仿和單純敘述參雜在一

起，敘事詩等都是如此。」（394c-4）雖只有遣詞用字略微不同，但在評價上則是南轅北轍。柏拉圖反對模仿兼敘述形式，認為單純的敘述就好；而亞里斯多德在《詩學》的第二十四章中稱讚荷馬「是唯一擁有特殊優點的人，他能正確無誤地分辨出他自己應該扮演的角色。詩人要盡可能少說自己，因為不是這樣使他成為一個模擬者。其他詩人則讓他自己出現在通篇的場景裡，並且很少模擬，偶而出現罷了。荷馬在幾句開場白之後，就立即引進一個男人或者一個女人，亦或者是其他人物，甚至他們不會欠缺性格上的特質，亦即是每一個人物都有其性格。」（195-196）事實證明亞氏是對的，因為只有一般地講故事或兒童的故事書才採用單純地敘述方式，在其他的敘事體中，就主流的小說而言，絕大多數都可說是荷馬的繼承者。

二、由人類模擬的天性產生了詩，並由此天性決定了詩的發展

人類的模擬的本能從兒童時期就開始培植，而人類之所以優於其他動物就是因為這項本能超越其他生物。尤其是語言也出自模擬，按照柏拉圖《克拉底魯篇》的說法：「我們會模仿事物的性質；雙手高舉表示輕鬆和向上；雙手下垂表示沉重和向下；如果表示駿馬或其他動物的奔馳，我們就會用身體盡可能模仿牠們的姿勢。……而名稱就是對聲音所要模仿的那個對象的模仿。如果有人能用字母和音節表達事物的本質，他會不表達事物的性質嗎？當然會。……就好比會繪畫，畫家只用紫色給某個事物著色，或者用其他顏色，或者有時幾種顏色混用，這就是給事物著色的方法，按照畫的東西所需要的顏色來著色。同樣，我們也要用字母來表達，按

照對象的需要，用一個字母或幾個字母構成所謂音節，再用音節構成名詞和動詞，最後再通過名詞與動詞的組合構成龐大、漂亮、完整的語言。」（423a- 425a2）[21] 當人類擁有語言就能累積經驗，形成知識並能夠傳達他人，構成智慧的網絡。

其次，「自模擬的作品中能得到快感亦屬人之天性。」（1448b8-9）正因為此一特質才會讓人樂此不疲，對模擬者和觀賞者都有相同的效果，是故人類的藝術能夠持續性不斷的存在與發展，實肇因於此。自模擬活動中獲得快感或喜悅，這一點「真相可以由經驗來顯示：那怕這個對象本身看起來令人痛苦的，例如屍體和最低等的動物，但看到他們在藝術作品中作最真實的呈現時，我們還是會喜悅。而這種解釋是奠基在更進一步的事實中來證明：不只是哲學家對其他人也一樣，即令能力再差，學到知識都能帶來極大的快感；看畫喜悅的理由其中之一是求知──掌握事物的意義，例如認出如此這樣描繪所以是某某；如果有一個是以前沒有見過的，其快感就不是畫中對它的一種模仿，而是對於它技巧或色彩亦或者是某種類似的原因」（1548b9-20）類似的說法又見於其修辭學：「既然求知和好奇是愉快的事，像模擬類的事物諸如繪畫、雕刻、詩以及很有技巧地模擬出來的每樣東西，即令所呈現的對象在現實中不討人喜歡，也都必然使人愉快。因為帶給我們愉快的不在對象物本身，而是在我們認出『這是那個東西』所造成推論的過程，因為學到某些東西所以轉變。」（*Rhetoric* 1371 b 4-10）

從以上所論看來，關鍵在亞里斯多德肯定模擬是一種學習求知活動，而求知欲望的滿足，就會產生快感和歡愉。即使在過程中有痛苦，也能超越轉化為喜悅。而求知正如其《形上學》的第一句名言：「人有求知的天性。」（all man by nature desire to know）舉凡

人之天性本能總是會不斷地尋求滿足此一欲望,實現在生活的各個層面,甚至是以不同的形態或方式在不同的領域中活動。求知的欲望也不例外,以不同的形態和途徑,去達到目的滿足其欲望。而人類最初的知識就是經由模擬中學到的(1478b7),換言之,模擬的本能促使人去學習認識事物是最自然不過的,因為它往往是藉助感官通路,直接從經驗中去把握具體,單一事物或情境所得到的意象,或憑想像攫取而來的直覺的知識。當然,在此直覺的知識基礎上,可以進一步靠著理性的推理能力,得到共相和概念的知識。不過,直覺的知識可以保持在此層次中,亦即是停滯不前。

除了模擬為我們的天性之外,節奏和旋律感亦屬之,而詩的格律顯然為節奏的一種,由於這兩種天賦經歷了一連串的嘗試與改善,逐漸發揮其努力成效,即興創造了詩。(1448b20-24)

然後「依照詩人個人的性情特質,詩分成兩個方向發展:心性較嚴肅者模擬高貴的動作與人物,他們做了對神的歌頌和對名人的讚美。比較瑣屑的一類模擬卑微人物的動作,最初完成諷刺詩。」(1448b25-28)從而較早的詩人區分為英雄詩或諷刺詩的作者。進而亞里斯多德推崇荷馬是嚴肅風格中最傑出的詩人,因為他把單純地敘述和戲劇的形式結合起來,成就其偉大的敘事詩──《伊利亞德》和《奧德賽》,並孕育悲劇;同樣的荷馬的諷刺詩《馬爾吉特斯》[22]也開啟了喜劇之路。(1448b28-1449a9)

再者,亞氏循著他的自然發展的理念推論和證明希臘的悲劇與喜劇的歷史軌跡。首先斷言兩類型「最初僅是即興創作:一個根源於酒神頌的作者,另一個來自陽物歌,至今還在我們好多個城市中使用。悲劇緩慢演進而來,每一個新的元素顯示其自身轉變發展的方內。在經過許多次轉變,建立了它的自然的形式,然後才打住。」

（64）接著亞氏舉出希臘悲劇各種元素的引進，改善與發展的情形來證實其理論的真實性。由於其目的不在敘述戲劇的發展史，所以不願再敘述各種細節，而有下列擱置的用語：「還有插話或段數的增加了，其他附屬裝飾品的傳統說法，就當作已經描述過了；因為再要討論其細節，無疑地，將是很大的負擔。」（64）雖然他在第五章中也想列舉喜劇再度印證其理論，但是「因為最初沒有嚴肅地對待它，以致喜劇沒有歷史。不久之前，執政官才分配一位詩人有一個喜劇的合唱團；表演者仍為自願的。當喜劇詩人都特別出名，大家都耳熟能詳時，喜劇就喜取得明確的形態。至於誰提供面具或序場或者增加了演員人數——這些和其他的細節依然成謎。」（70）

三、模擬一個完整、統一又具一定規模的動作為原則

亞氏在第四章論述詩的起源中肯定模擬是人類最初最基本的求知途徑，能滿足天生的求知欲，因此帶來極大的快感。於第六章界定悲劇的基本性質使它有別於喜劇、敘事詩等其他種屬的詩，並推演出構成悲劇的六個基本要素，同時也對各要素予以定義，解說了彼此之間的關聯性，在第一章中已有論述，請覆按。

事實上，亞氏的模擬理論與柏拉圖最大的不同，就在於他積極肯定的態度，認為模擬活動的本身有其獨立自主的領域，和其正當性，從而模擬的藝術有它的正面價值，無需由其他的知識像倫理學或形上學或政治學等角度或基準來判斷。

其悲劇定義中的第一個子句所界定的意涵，不只是適用於悲劇，而且約略修正後即可擴大通用在整個模擬藝術的領域，亦即是今天所謂之純藝術的範圍。

　　首先按其將悲劇限定模擬「一個動作」，因為一個人的一生可能經歷過無窮的事件，遭遇到許多個動作（包括他主動積極的作為和被動消極的反應），範圍之廣，內容之雜，絕非任何藝術品的所能容納，更不是戲劇所能表現者，也不是觀眾所能承受欣賞者。

　　接著他再把「一個動作」加以限制，要求這個動作應該具有「完整性」，即所謂「完整是有開始，中間、與結束。開始是它本身必然地無須跟隨任何事，但某些事自然地隨後產生或到來。相反地，結束就是它本身自然地跟隨於某些其他事，係出於必然性或是一種規律，卻無事跟隨著它。中間是跟隨著某些事正如某些其他事跟隨著它。從而一個好的情節建構，必定既不偶然地開始也不偶然地結來束，會與這些原則一致。」（84）

　　是故，詩人在創作時，對於題材的選擇應該把握此一原則，不要企圖涵蓋一個人從生到死全部的事件；也不是作摘要式的處理；或選取最不可缺少的段落，而只是選出一個從頭到尾完整的動作來呈現。不論其所選擇的模擬的媒介、對象、樣式如何，原則不變。同時，唯有完整的動作才可能讓觀眾得到完整無缺或整個一體的美感經驗與快感。當然，據此可以分析檢視一部作品是否具有一個完整的動作，其情節事件之間的相互關係，部份與部份，部份與整體，以及作品中的其他元素，諸如性格、思想、措辭、歌唱與場面是否構成一定的關聯、秩序、不可或缺的一部份。

　　進而亞氏確立了與完整密切相關的概念──統一，按其解釋為：「正如其他模擬的藝術，模擬是單一的，模擬的對象只有一個，所以情節的處理也存於一個動作的模擬，必定模擬一個動作並且為一個整體，部份的結構結合成如此樣態，如果他們的任何一部份遭到替換或移除，整體將會脫節和混亂。因為一件事的

有無，不會造成明顯的不同，就不是整個有機體的一部份。」(89)
惟亞氏於此所提出的完整與統一的概念，似脫胎於柏拉圖的說
法：「每篇文章的結構應該像一個有生命的東西，有它特有的那
種身體，有頭尾，有中段，有四肢，部份和部份，部份和全體，
都要各得其所，完全調和。」(Phaedrus268d) 但是無論如何，
完整與統一的概念，在藝術的創作與批評上都是非常重要的規
範或原則，至少在西方傳統的文藝思潮中一直奉為牢不可破的
圭臬。

　　再其次，亞氏對一個完整與統一的動作，還要強調其必須具有
一定的規模，因為有些動作雖是完整的但可能在規模上不足。而「美
要建立在規模和秩序上，一個非常小的微生物不會是美麗的；因為
它看起來是模糊的，在一種幾乎無法感覺到的瞬間看了這個對象。
再者，一個非常龐大的對象不會是美麗的，因為眼睛不能立即窺其
全貌，觀看者失去了完整與統一感。」(85) 換言之，亞里斯多德
固然是個理性論者，堅持美的對象必須要有秩序，可理解的，不能
是混亂的；同時它能否帶來美感，還要建立在經驗的基礎上，舉凡
人類的感官和記憶不能掌握者，都不會是美麗的。例如空間藝術中
太小的作品，比方像米粒般的大小的雕塑，無論其雕工如何精細，
都不可能產生真正的美感經驗；又比如我國的萬里長城，由於不能
一眼望盡其規模，就不可能察覺其是否具有完整與統一，以致不易
立即判斷其美醜。同理，對於時間藝術的長度亦有其限度，大致是
一般人的記憶為準。如果太長，超出記憶的可能性，根本無從掌握
和判斷其是否完整與統一者，亦當排除在外。於是亞里斯多德根據
此原則界定悲劇和敘事詩的長度，大約在五、六千行左右，也就是
一個希臘的悲劇組，能坐下來一次看完者為宜。

四、從特殊到普遍，詩比歷史更哲學更真

　　亞里斯多德自詩與歷史的差異比較中，論證詩的價值。首先指出兩者的不同，「並非一寫散文，一用韻文。希羅多德的作品即令寫成韻文，仍然是歷史類，用格律也不能增加什麼。真正的區別是一個敘述已經發生的事，而另一個則說可能發生的事。」（94）換言之，文體的差別只是個形式和技術性的要求，而非本質上的問題。歷史所記載或敘述的事件，固然是真實發生過的人事是非，但畢竟只是某一特定時空下的產物，不太可能真的會歷史重演，更何況其中往往包含著意外或偶然的因素所造成的結果。而詩中所發生的事件或事件的安排，雖然尚未發生，但有可能發生在任何時空之中。

　　因此，亞氏主張：「詩比歷史更哲學更高層次，因為詩傾向於表現普遍，歷史則為特殊。所謂普遍，意指某一類型的人按照概然或必然律，在某一場合中會如何說或如何做；詩裡雖賦予人物姓名目標卻在這種普遍性。特殊是例如——艾西拜德斯做了什麼或遭受什麼。」（94-95）亦即說表面看敘事詩或戲劇就跟現實人生一樣，人物有其特定的姓名，在某一個時空環境裡過活，說些話做些事。然而亞氏以為詩人並非再現或複製人生而已，不以模仿真實的人生為目的或不以此為滿足。猶有進者，某一類型的人物在某一場合會如何說如何做，是依照邏輯上的必然或概然律進行的，有它的代表性，甚至是代表所有這種情況者。是故，從看到一個完整統一的動作中，可以理解其所代表的普遍性，不只是察覺到動作情節發生的原因，而且能領悟到共通的原因所傳達的真理。例如我們看索福克里斯的《伊底帕斯》，不只是見到伊底帕斯逃脫不了其早已注定的殺父娶母的命運，榮華富貴有如鏡花水月，甚至是福乃禍所依，禍為福所寄；同時也目

睹伊底帕斯雖是無知所犯的過失，但是他挖去雙目放逐自己，勇敢地活著承受一切的苦難和屈辱。進而由此動作和情節中可以領悟到人類固然有其無法抗的殘酷命運，卻依然有面對的勇氣和忍受的智慧。

　　這當然不同於歷史所記載的只是過去發生在某一個時空中所發生的特殊事件，尤其是亞里斯多德所指的編年體例式的歷史處理方式：「歷史的編寫必然呈現不是單一的動作，而是把所有發生在那一個時期的一個人或許多人的事件編寫在一起卻甚少關聯。正如同薩拉米斯的海戰，和西西里島與迦太基人的作戰，發生於相同的時間，但沒有導向任何一個結果，所以在事件的序列中，有時一件跟著另外一件，卻沒有隨之產生單一結果。」（186）

　　至於詩人在寫作時，其所選擇的題材（subject matter）無論是神話傳說或純屬個人虛構，處理的原則並無不同，因為「詩人或製作者應該是情節的製作者猶過於用韻文，他是一個詩人因其模擬的緣故並且模擬動作。」（95）亦即說亞氏再度強調文體改變，用散文或韻文都不會影響其本質。模擬為詩的本質，動作才是其靈魂不可或缺的部份。同理，如果詩人有機會處理一樁歷又題材，也不會改變一位真正的詩人，「因為真實發生的某些事，沒有理由不應該符合概然律和可能性，就憑藉著處理他們的性質，無礙於他是一位詩人或製作人。」不過，亞里斯多德在此並未改變其對歷史的論點，以為其能符合概然律或可能性，將必然律排除在外，是有意加以區隔的。

五、模擬的自由與限制

　　既然詩之模擬與歷史並不相同，那麼詩所模擬的對象就不一定要符合現實生活的種種風貌。故有所謂「模擬的對象可以是下列三

者之一：依照事物原來或現在的樣子；事物被說成或被想成的樣子；或者是事物應該是什麼樣子。」（204）從上述三種可能性來看，按照現實來寫只是詩人的選項之一。舉凡以講究寫實風格的文藝都可以說以此為標的。第二種情形適用於神話傳說或任何人類想像出來的事物，當然包括不可能出現在現實人生中的事物。進而亞氏主張，與其選擇現實人生中偶然或意外所發生的事件，還不如模擬合乎概然或必然因果關係，卻不可能在現實生活中發生的事，尤其是當它們可以滿足藝術本身的需求，呈現更高的事物或理想的類型，所以超越了現實。此即是兩害權其輕之名言：「寧可選擇可能之不可能也不要用不可能之可能」（208）的真諦。

　　至於事物應該有的樣子，更是亞氏所推崇的，不但索福克里斯是這樣創作的典型的範例，並且也用繪畫來強調「悲劇是對一個超出一般水平之上的人物的模擬，要以一個好的人像畫家為榜樣。當他們再現其本人的特殊相貌時，除了畫得逼真外還要更美些。故詩人也一樣，表現一個人怠惰或易怒的或其他性格的缺點時，應該在保留這個類型之外還可以讓他更高貴些。」（129）其實還不止如此，所謂「應該有的樣子」，按照亞氏《形上學》的說法在生成當中，有些因自然生成；有些因人工生成；有些因自發生成。惟不論那一種生成的原因其原理原則並無不同，製作者或藝術家用自然的材料作為建構的媒介，形式則是得以概括描述事物的性質，而每一個事物的生成什麼，就是因為它的材料接受一個形式，才賦予它目的和意義。（1013a 25-1013b6）總括起來，一個事物的形成有材料因、形式因、目的因和動力因。（*Physics*, 198a24-26）而詩或藝術的模擬或製作者不是與現實人生或自然中的對象畫上等號就是真實，謂之有價值。甚至人生所沒有的對象，不會發生的事件或情節，所謂

「應該有的樣子」依據也不是事物原來或現在的樣子，是按照自然生成的規律和原理。

六、悲劇與喜劇的模擬

　　亞氏詩學十四章中主張：「我們必定要知道悲劇不需要每一種快感，只要它獨特的。詩人應該提供的快感，是經由模擬而來的哀憐與恐懼，很顯然這種性質必定要利用事件來達成。」（120）從上述的引證來看，顯然在其心目中每一種模擬類型所追求和提供者是單一獨特的快感，而不是全面性的，甚或是混雜的。每一種類所產生的情緒反應，主要是由其情節的性質來決定和達成。其他像性格、思想、措辭、音樂、場面等元素只能是次要的，居於輔助的地位，不可喧賓奪主，不能純粹依靠它。

　　或許，如高登所說：「要了解亞里斯多德的美學關鍵就在於毫不含糊的強調基本的知性歡樂與藝術表現的目的——由藝術品的模擬結構能激起人類在學習與推理中的喜悅。悲劇與喜劇它們所呈現的題材不能賦予我們快感而是因為它們的模擬性質，提供給我們學習與推論的知性的快感。」（Golden，1992，p.64-65）然而悲劇與喜劇兩類型除了擁有共同的戲劇要素外，各有其特殊性，由於在情節、性格、思想、措辭等各方面有不同的處理方式，會激起不同的情緒反應，帶來不同的快感，更需要進一步探討。

　　不過，難題也來了，雖然現存亞氏《詩學》對悲劇做了很清楚的論述，但喜劇的部份只留下一鱗半爪，泰半闕如。儘管一般學者專家們從種種跡象和證據判斷《詩學》確有第二部，但都無法改變散失的缺憾。面對此疑難時，大致有兩條釐清或重建的途徑：一個

是相信這個十世紀殘缺的手稿《喜劇論綱》（*Coislinian Tractate*），
有亞里斯多德喜劇理論的倖存部份，尤其是其定義，因為它極有可
能抄自公元前一世紀的作品，在時間上比較接近，故該文獻的作者
看過亞氏《詩學》第二部，自是合理的推斷。同時就內容來說，其
基本觀念和形式顯然脫胎於亞氏《詩學》，甚至是刻意模仿的。然而
有許多嚴肅的學者並不同意其承傳或中介地位。像拜沃特（Bywater）
就高度質疑其價值，他說：「宣稱喜劇論綱所保存的喜劇定義，確實
具有一定程度的亞里斯多德風貌；不過，任何人只要稍作檢視就能
了解那也只是一種改寫，或者如柏耐斯所稱之為現存詩學著名悲劇
定義的一種曲解……它很清楚既不是論綱的編纂也不是那個較早的
作者，真的從比他還早的亞里斯多德的喜劇定義借過來的……」[23]。

　　另外一條解決疑難的途徑是回到亞里斯多德的著作，尤其是《詩
學》本身，萊興在論證淨化時說：「依我看來，就是在我們看到的殘
存的《詩學》裡，不論殘存多少，仍能發現關於這個問題的一切論
述。」（Lessing, 78 p.397）比起淨化現在的《詩學》中關於喜劇的論
述要多很多了。再加上《修辭學》，《尼科馬可倫理學》等確切為亞
氏著作的部份，或可勾勒出一個粗略的輪廓，或大致的方向。

　　首先在技術上要把悲劇與喜劇作為並列的對立組來看待，亦或
者是將亞氏對悲劇的論述作為已說出的部份，而喜劇是其未說出或
未留傳下來性質相反的部份。

　　悲劇與喜劇和敘事詩、酒神頌、豎琴樂等均為模擬的模式；悲劇
與喜劇混合運用節奏，音調和格律作為媒介；喜劇企圖表現的人比較
壞，而悲劇要比現實人生來好，亦即是模擬的對象在倫理的品格上不
同；從模擬較高的性格類型上看悲劇與敘事詩相同，但就模擬的樣式
上說一為表演一為敘述形式；而悲劇則與喜劇採取相同的模擬樣式。

　　從喜劇的字源偏僻的鄉村（komai）一詞推斷，可能是因為他們不見容於都市，被迫從一村流浪到一下村做演出。（57）「多里斯人宣稱他們發明了悲劇與喜劇。主張喜劇是由麥加拉人向前推進的，不只是由希臘人所獨創，他們斷言在其民主制度下才能促成，但是西西里的麥加拉人也有參與，因為詩人愛匹嘉瑪斯就屬於那個地區。」（56-57）其他關於喜劇與悲劇的起源與發展的部份，前已言之，不宜再贅。在亞氏現存《詩學》中，對喜劇的論述最多的部份，要數第五章，尤其是第一段「喜劇是對一個較低的類型人物的一種模擬——但無論如何，不全然是壞的意思，可笑的對象僅只是醜的細分的一類。它包含有某種缺點或者是那種沒有痛苦和破壞性的醜。舉一個明顯的例子，喜劇的面具是醜和扭曲，但不蘊含著痛苦。」（70）從以上的引述，可推演出不少重要的觀念：

（一）再度強調喜劇所模擬的對象不如我們一般人，與悲劇和敘事詩相反，固然主要是以倫理品格作區格。與第四章：「比較瑣屑的一類則模擬卑微人物的動作。」（63）相呼應。

（二）不全是壞的意思。或可對照亞氏在論悲劇人物時，排除十足的壞蛋或者邪惡與墮落行為者，恐怕這一類也不適合作為喜劇的人物性格。

（三）可笑的對象屬於醜中的一類或非美的基準，這也與現代美學將滑稽和悲壯都畫歸非美的範疇一致。

（四）它不完美，有缺點瑕疵，無論是生理、心理或道德品行上都一樣，不能是令人痛苦的，可怕的，或者是具破壞性的醜惡為限。

　　關於悲劇的定義的英譯和詮釋最大的差別與爭議，在第一個子句和最後一個子句，究竟要將 "catharsis" 解釋成淨化（purgation），

淨滌（purification），或釐清（clarification）那一種語意，已於第二章悲劇的淨化中詳加論述，請覆按。

　　而今第一句的爭議是除了高登譯成「悲劇是對一個高貴和完整有規模的動作的模擬，」"Tragedy is, then, a mimes of a noble and complete action, having magnitude，"以外，其他像布氏（Butcher）：「悲劇是對一個嚴肅，完整具一定規模的動作的模擬；」"Tragedy, then, is an imitation of an action that is serious, complete, and of a certain magnitude；"修氏（Hutton）：「悲劇是對一個嚴肅，完整，且具規模的動作的模擬；」"Thus, Tragedy is an imitation of an action that is serious, complete, and possessing magnitude；"等人都將悲劇的動作性質譯為嚴肅。按高登的解釋：「亞里斯多德定義的第一個子句是以動作的特殊性質作為悲劇模擬的主體，現有兩個差很大的詮釋。大部份的翻譯者和批評家是把這個希臘字當作「嚴肅」解，並認定亞里斯多德以此來對比悲劇與喜劇，而此類他又立即優先在第六章的悲劇定義中呈現加以討論。當亞里斯多在建立悲劇與喜劇之間具有顯著對立時，他並不是以悲劇的嚴肅性和喜劇的不嚴肅性作為界定的基礎，他在詩學中從未做此區隔。在他比較悲劇與喜劇時是以極端相反的人物與動作類別作為每一種模擬的對象。」（1992，p.66）接著他又引用《詩學》三處為證：

（一）1448 a 1- 4 亞氏說：「他們模擬創作所呈現的人物動作，必然是高貴或卑賤的（由於性格往往是單獨依據人物的善與惡來區分）……」

（二）1448 b 24 - 38：「依照模擬的藝術家的性格，詩分成兩個方向發展。心性較莊重者模擬高貴的人和高貴的動作，正如他們做了對神的歌頌和對名人的讚美。比較瑣屑的一類則模擬

卑微的人物的動作，最初完成諷刺詩。……正如，荷馬是所
有高貴動作的詩人中最傑出的，因為只有他把戲劇的形式結
合了卓越的模擬，而他也是第一個設計喜劇主線，並用戲劇
化的滑稽可笑取代個人的諷刺的寫作。」

（三）1449 a 32-33 亞氏告訴我們：「喜劇是對一個較卑賤的類型人
物的一種模擬。」

　　因此，高登認為亞里斯多德對於悲劇與喜劇的基本差異在兩類
戲劇表現相反的人物性格與動作，而不是宣稱一種為嚴肅的，另一
種是不嚴肅的情況。所以高登斷然表示：「悲劇定義的第一個句子，
應該譯作高貴的動作是為了反映強調亞里斯多德以悲劇的高貴或
善良性格與動作來區隔喜劇的卑賤或不良的性格與動作。既然悲劇
與喜劇的模擬的對象是極端相反的，我們對他們的藝術表現所產生
的情緒反應也將是完全不同。」（1992，p.67）

　　確實就邏輯上的前後一致性，不會有扞格不通之處來說，將亞
氏悲劇定義的第一個子句中的動作性質解釋或譯成高貴的要比嚴
肅的要好，至於亞氏從未以嚴肅與不嚴肅來區隔，恐怕還有翻譯或
解釋的問題。

　　其次，由於悲劇所推論出來的六要素——情節、性格、思想、
措辭、曲調與場面，以及彼此之關係和重要性的排列秩序，都適用
喜劇，亦即是它們共同性質。由於「性格和思想是動作產生的兩個
自然的原因，而動作又決定了所有的成敗。然後，情節是動作的模
擬。」（75）是故，無論是悲劇還是喜劇所依循的基本原則是相同
的。像他們都模擬一個完整、統一、具有一定長度或規模；都會在
動作的發展或進行的過程中，激起觀眾的學習和推論，帶來知性的
快感；同時在處理的技術上明晰，和說服力。

　　由於亞氏將情節列為所有元素之首，一部戲劇的靈魂，對它分析和討論也最多。在論及悲劇情節時反覆強調其發展應遵守概然或必然律，一個好的情節的建構，絕對不偶然地開始也不是偶然地結束。或者不論是那一種情節，「應該來自情節內在結構的延續性，所依據的將是先前動作的概然或必然的結果。任何設定的事件是發生在前在後為因為果情況全然不同。」（100）

　　不過，亞氏也曾提及：「關於喜劇這一點就很清楚，因為喜劇詩人，他們經由概然的事件來建構情節，然後再賦予他們任何的名字，他們並不按照先前的諷刺詩人是針對特定個人而寫。」（1451 b 20- 24）[24] 同時，前已言及他也主張如果處理一樁歷史題材，亦即是真實發生的某些事，「沒有理由不符合概然律和可能性。」（1451b 45-46）

　　其次，在所有的動作或情節中，拼湊是最壞的。所謂「拼湊」，是指插話或段落中與接續的另一個沒有概然的或必然的關聯。（1451 b 48-51）比較起來，單純情節又不如複雜情節。正如亞氏自己的斷言：「一個完美的悲劇應該安排成複雜的情節而不是單純。」（112）如前所界定：「一個動作是整個和連續的，當劇中人物的命運沒有發生情境的逆轉者，稱之為單純。一個複雜的動作會伴隨著逆轉，或發現，或兩種都有所造成的一種改變。」（100）

　　又按「情境的逆轉是隨著動作傳向相反的方向的一種改變，並且常按照我們所謂的概然與必然的規律進行。故於《伊底帕斯》中，信差來寬慰伊底帕斯和免除他對母親的疑懼，但隨著揭開他是誰，為他製造了相反的效果。」（102）如以亞里斯多芬尼斯的《雲》為例，史瑞西阿得斯（Strepsiades）送其子菲迪匹德斯（Pheidippides）

到蘇格拉底的《思想所》（Phrontisterion）是為了要學會一套詭辯術幫他賴債不還，不料其子學成歸來，還沒有上法庭去辯護，就先狠打他一頓，並且用其學到的邏輯，振振有詞地贏得為什麼史瑞西阿得斯該打，甚至是兒子打父親有理。

　　「發現，正如字面所示，是從無知到知的一種改變，隨著詩人安排的幸與不幸的命運，在劇中人物之間產生了愛或者恨。最好的發現形式是與情境的逆轉同時發生，正如伊底帕斯劇中的情形。」（102）同樣地，在《雲》劇中從情境逆轉中，史瑞西阿得斯發現蘇格拉底和開瑞豐所代表的智者（sophist）是如何可怕地顛覆了傳統的價值，於是他憤怒地率眾去拆掉並要燒光這座專教騙術的思想所。當逆轉與發現結合時，都會引發驚奇，帶給觀眾強大的心理刺激，同時他們若能依循因果關係就會增強，悲劇的動作與事件所激發的哀憐與恐懼的情緒效果也隨之變大，具有強大的衝擊力。因此，觀眾在此模擬的關鍵時所能學習體驗到的人生哲理或智慧也最多。

　　亞氏在界定悲劇的長度時，間接地指出悲劇的動作或情節的轉變會出現兩種模式：「適當的規模是在事件序列所構成的有限範圍裡，容納按照概然或必然律，從不幸轉到幸福或者是由幸福轉到不幸的一種改變。」總之，悲劇英雄的命運一定要經歷一次不幸的階段，因為沒有不幸的遭遇，亦即是說沒有「受苦的場景——破壞和痛苦的動作，諸如舞台上的死亡，身體之折磨、受傷及其他類似者。」（103）恐怕就稱不上是悲劇了。

　　不過，他也在論述悲劇的特定效果時，表示好的悲劇情節的建構其「命運的轉變不應從壞變好，而是相反，由好變壞。」（113）誠然，一般也都比較認同悲劇是由幸福轉到不幸的模式，而不是相反。甚至可能是因為亞氏的時代，並無悲喜劇或傳奇劇的類型的概

念或名稱的緣故吧！[25] 關於喜劇在經歷了逆轉與發現之後的結局如何呢？高登主要從人物立論，他說：「逆轉包括悲劇的英雄與喜劇的壞蛋從幸福轉到不幸的一次改變，並且也是喜劇中的善良的人物從不幸轉到幸福的改變。」（1992，p.74）進而他引用《詩學》第十三章的說法：「有人把這種次等的悲劇列為首選。像《奧德賽》，它有雙重線索，也各有一組獲得好與壞兩種相反的結局。它之所以被視為最佳，實出於旁觀者的弱點；因為詩人落入為投觀眾所好而寫的誘惑。無論如何，這種快感不是真正悲劇的快感的源頭，寧可說它是喜劇的。」（114）高登甚且斷言：「這樣的雙重結局，包括一組因為不同的性格獲得不同而且相反的命運的逆轉，為古今許多最佳喜劇的風貌。」（1992，p.75）然而從以上所引用的亞氏整段話來看，他是認為這種雙重結局不是最佳的悲劇，比較接近喜劇，但不就是喜劇的結局的意思。甚至重點在批判如柏拉圖等人所主張的詩中的正義，認為不應由倫理道德的力量來衡量詩或悲劇的價值。是故，我以為喜劇的動作與情節可能是由不幸轉到幸福，在符合概然律的情況下，常經由逆轉或發現而達到一個圓滿的結局（happy ending）。雖然無法證實是否為詩學第二部的喜劇概念，但我所提出者要比高登來得寬廣，適用性會比較高一些。

接下來我們有必要討論悲劇與喜劇模擬的構成必要條件及其特殊性格：

亞氏在論述在建構悲劇情節中應該避免什麼？用什麼方式才會產生悲劇的特定效果？他說：「首先命運的改變必定不是呈現一個善良的人從幸福轉到不幸的景象，因為它激起的既不是哀憐，也不是恐懼，它只是令人震驚。再者，不宜讓一個壞人從不幸到幸福，因為它絲毫不能轉化成悲劇的精神，它不具一點悲劇的性質；它既

不能滿足道德感，也不會喚起哀憐與恐懼。再其次，不應該是十足的
壞蛋之毀滅展示而已。」（112-113）當亞氏排除道德上的兩個極端類
型的人物，判定他們都不適合作為悲劇的主人公之後，提出「有一類
介於兩個極端之間的人物。」（113）其人並無顯著的善良與公正，但
也無邪惡與敗德之行為，亦即是與我們一般人相類似，不過，亞氏也
再補充道：「正如我們描述過的，或者此人應該是善大於惡才好。」
（113）而此悲劇的主人公的不幸，或者「之所有此結果不是因其邪
惡，而是由於某種重大的錯誤或過失。」（同上）其中的關鍵在「過
失」（hamartia）一詞的翻譯或解釋，克蘭（Crane）特別指出：「亞里
斯多德在《詩學》1453a-10 中寫到悲劇中的主人公遭逢苦難是因為他
犯下的一次過失（hamartia）所致。至少有五百年，把過失作為一種
道德上的過失（error）來理解，並且逐漸結晶化為性格的悲劇缺陷。
這種解釋不能與亞里斯多德在其他地方談論有關過失的見解取得一
致（Lucas 1968：299-307），因為很清楚地他在使用這個語彙時是指
判斷中的錯誤或失敗，沒有任何道德上的意涵。希臘用語中的過失之
所以當成道德上的過失解是因為一直到二十世紀初的大多數學者
所期望的經典能強化基督徒的倫理學，而這種解讀沒有遭到嚴格的
檢驗。這一個字的解釋卻作為一種複雜的希臘悲劇解讀的基礎。索
福克里斯的《伊底帕斯》成了一部平淡無奇毫不含糊的道德劇因為
其中有個驕傲又鹵莽的伊底帕斯，由於他被驕傲的致命缺點所蒙
蔽，使他在面對命運的考驗時付出昂貴的代價。」顯然，這一個錯
誤的解讀的關鍵，不完全是出自語言本身的差異所造成的隔閡，恐
怕主要的問題是由基督教的文化意識形態所做出主觀意願的解釋。
　　進而我們依據布萊莫（J. M. Bremer）以統計學的方法從荷馬到
亞里斯多德的著作中，搜尋了有關過失字群（hamart-family of words）

使用的精確意涵與證據。他發現這個字群有三個基本意義：不中
（miss）表示未達目的，被剝奪的意思；犯錯（err），意指可能在錯
誤的印象下造成一種誤解或做錯；觸犯（offend），意義為犯法，兇
狠地行為。當他從紀元前五世紀的劇作家，演講者和歷史學家正規
使用這個字群的三百多個實例中加以分析研究。結果發現表達失去
某個目標的有 63 次；造成一種知性錯誤的意思有 157 次；有觸犯道
德法則意義的也出現了 117 次。再經過進一步比對分析在失去目標
的例證中，常常都是荷馬在描述戰爭場景中失去標的之意，故與此間
所謂「過失」並無關聯可以淘汰不計。而戲劇中使用此字群的意涵
均指向知性的過錯和由此類錯誤所導致的行為上的過失。[26]事實上，
唯有將悲劇的主人公所犯的重大錯誤或過失，解釋成知性上的失算
或判斷錯誤，而不是在倫理道德上做出錯誤的行為，甚或是邪惡的
行動造成過失，才不致動搖劇中人物的倫理道德地位——中間類與我
們相似而且此人要善大於惡——否則就不符合亞氏所建立的原則，形
成矛盾扞格不通了。換成一個簡單通俗的說法，如果某人在某個情
境下，由於聰明才智的不足或欠缺充的知識，所以做出錯誤的判斷
或造成過失，我們不會因此稱其為邪惡的行為或者是壞人；反之，
某人所做所為是道德上的邪惡之事，如傷害親友的行徑，理當影響
我們對他的品格上的判斷，既然他已做出邪惡的事，就不能稱其好人。

　　最後要討論的是悲劇定義中的哀憐與恐懼的問題：

　　首先看亞氏在《詩學》中對哀憐與恐懼產生的解釋：「因為哀
憐是由於不應得的不幸所引起；恐懼是由於一個像我們自己一樣的
人遭遇不幸。」（113）前面已經講得很清楚了，他的不幸不是由邪
惡與墮落的行為所造成，而是因為他犯了某種知性上的錯誤或過
失。既然他所犯的過失不是道德上的缺失或邪惡，就不應該承受這

麼大的傷害或懲罰，亦即是其人之所做所為與其所得到的結果不相當，不成比例，等於受到了不公平的對待，會讓觀眾替他委曲，因此對他同情、憐憫、或感哀憐。亦有一些近乎「天地不仁，以萬物芻狗。」的情懷。同時恐懼是因為我們眼見一個像自己一樣的人遭受到不應得的不幸而起。

又按亞氏《修辭學》對於悲劇中所引起的這些情緒，做了更多更清楚的解釋和說明：

首先看他在第二卷第八章中討論有關「什麼樣的事情能引起憐憫，什麼樣的人會使人憐憫，以及什麼樣的心情使人產生憐憫之情。憐憫的定義為一種落在不應當受害的人身上的毀滅性傷害或引起的痛苦，想來也會很快落到自己身上或親友身上的禍害所引起的痛苦情緒。而一個可能產生憐憫之情的人，必然認為自己或親友會遭受到某種禍害，如定義中提起的這種禍害或與此相似的或相同的禍害。除非認為這世界上還有好人，才能發生憐憫之情，如果認為沒有好人，那就會認為人人都該受難了。一般說來，人們想起了這樣的禍害自己或親友都曾遭受過，預料還有可能遭受，在這樣的心情下才能發生憐憫之情。

至於能引起憐憫的事情，可以從定義中看得很清楚。一切令人感到苦惱和痛苦又具毀滅性的事情、一切致命的事情、一切出偶然的重大不幸，都能引起憐憫之情。使人感到痛苦又具毀滅性的事情，有各種形式。諸如：死亡、肉體上的傷害或折磨、衰老、疾病與饑餓等。出於偶然的不幸……也能引起憐憫之情。

人們所憐憫的人是他們所熟悉的人，但還要同他們的關係並不太密切。太密切了，他們就會覺得這種人的禍害將成為他自己的了。由於種緣故，據說阿瑪西斯看見他的兒子被帶去處死，他沒有哭，可是

看見他的朋友行乞，他卻哭了，因為後一種情形引起憐憫，前一種情形會引起恐懼；恐懼和憐憫不同，它會把憐憫趕走，往往使人發生相反的情緒。再者，當可怕的事情逼近的時候，人們也發生憐憫之情。人們也憐憫在年齡、性格、道德品質、地位、門第各方面與他們相似的人，因為這一切使人們感覺到他們的不幸也會落在自己身上。

　　因此，可以作出結論：一切我們害怕會落在自己身上的禍害，如果落到別人身上，就能引起憐憫之情。既然苦難在逼近的時候能引起憐憫之情，那麼，借姿勢、腔調、衣服以及朗讀方式來加強效果的人，一般說來，必然更能引起憐憫之情，因為他們使禍害靠近身邊，呈現在我們眼前，好像即將發生或剛才發生似的。同樣地，剛才發生或馬上就要發生的禍害，更能引起憐憫之情。」（羅念生，全集卷 1，頁 231-233）固然，此處所講的是現實生活的層次，與悲劇的模擬有些差距，但其基本的原則和性質是相同的，可供參考比對之處甚多。

　　其次，在第二卷第五章也論述了恐懼之情：「其定義是一種由於想像有足以導致毀滅或痛苦的、迫在眉睫的禍害而引起的痛苦和不安的情緒。……凡是好像具有毀滅或危害我們，以致引起巨大痛苦的強大力量的事物，必然是可怕的。因此這種事物的信號也是可怕的，因為可怕的事物似乎就在眼前了；可怕事物的逼近，就是危險。……一般說來，一切正在或即將發生在別人身上而引起憐憫的事，都是可怕的。」（同上，頁 221-222）

　　讓我們再回到《詩學》亞氏指出：「哀憐與恐懼可以由場面喚起；也可以從內在結構產生，那是比較好的方式，並象徵著一位優秀的詩人。」（120）至於他為作此判斷下一章會詳加討論，暫且不贅。

接著看亞氏如何論斷帶給我們強烈的哀憐與恐懼的條件是什麼？他以為「動作能產生這種效果，必定發生在角色之間是朋友或者是敵人亦或是不相干的人。如果是一個仇敵殺死其仇敵，不論是行動或意圖，都不會激起哀憐之情，除了是受苦本身之外，別無其他。與不相干的人之間亦復如此。但是當悲劇的事件發生在他們之間，他是另外一個人的親人或親密的人──例如手足相殘、或意圖殺害一個兄弟、子弑其父、母害其子、或子弑其母、或其他這類關係人之做為，這些情況才是詩人所要尋找者。」（121）或許希臘的悲劇詩人最早寫作時是遇到什麼題材就寫什麼，後來發現少數幾個家族的歷史或傳說最適合於悲劇所需要的條件或者不如說是它們最能產生強烈的哀憐與恐懼效果。

其中的原因或許不難解釋，假如將人際間的親疏關係與愛恨的情感要求相結合；愈親密愛的要求愈多，反之愈疏遠要求愈少；一旦做出傷害對方的行為時，也因其親疏關係的反差而變大，愈親者傷害愈大，痛苦愈大憤恨就愈深，反之亦然。

再者，亞里斯多德依據行動者對當事人有沒有做出傷害，和行動者是否知道自己與當事人之間的關係，並推論並列出四種情況。亦即是行動者是做了或沒做，他是有意還是無意的情況下所為。這不但關係到悲劇的效果與人物的倫理品質，並且涉及好壞與價值高低的判斷。按亞氏的判斷在所有的情況中，對於要採取行動的對象是清楚知道，然後沒有行動是最壞的。再來比較好的是明知故犯。更好的方式是在無知的情況下犯了罪惡，事後才發現。最後一種情況是最好的，在發現對方的真實身份與自己的關係後，停止行兇。而我不能同意的排比次第，因為是否構成悲劇，可不可能激起哀憐與恐懼的情效果，關鍵在劇中的主人公是否因為知性的判斷錯誤或

過失，造成無法挽回的重大傷害結果，倫理品質還在其次。是故，我以為第三種情況在無知的狀態下鑄成大錯，事後才發現是最好的。像《伊底帕斯》為最佳的範例。其次是明知故犯，如《米迪亞》，《持酒奠祭者》等劇。再其次才是亞氏所主張的最好的，如《在陶力斯的伊菲貞妮亞》。最壞的仍是明知而未做的情況，亞氏也幾乎舉不出例證，可見其算不上是悲劇。

　　反觀與之對比的喜劇，其所模擬的對象比較鄙陋，再現的人物不如我們一般常人，或者說是比較壞，但又全然是壞的意思，而是醜中可笑的一種。按亞氏的界定：「可笑包含有某種缺點或是那種沒有痛苦和破壞性的醜。」（70）儘管亞里斯多德現存的《詩學》中沒有留下進一步的分析與論證，但是在其《尼科馬可倫理學》裡在分析善與惡時，卻提供了不少相關論述，可用來補充《詩學》的不足。首先，從其基本原理說起：「美德應以適中為目標，因為倫理上的美德關係到激情與動作，有表現過度、不及與適中的問題。例如：一個人應該感到恐懼、自信憤怒、憐憫、以及一般的快樂與痛苦的情緒，但是否表現太多或太少，兩者都不好；而是要在時間、地點、事物、人物、動機、方式上對他們的感覺都正確無誤，才是最好的，適中就是美德的特徵。」（Nicomachean Ethics 1106b 8-23）由於亞里斯多主張在一般的情況下，美德要合乎中庸之道，過與不及都不好。舉凡有偏差就是有缺點，甚至具此性格的行事者有可能為惡。而他也在《尼科馬可倫理學》中例舉了好多個對立組加以申論，因非本書題旨，故無一一引述的必要，現僅舉略數例，以概其餘。在 1115 a 6-7 中告訴我們勇敢（courage）是介於畏懼（fear）與鹵莽（reckless audacity）之中間；慷慨（generosity）介於奢侈（prodigality）與吝嗇（miserliness）之間；恢宏（magnificence）能夠聯想到的負面是鄙

陋（meanness），過度則又粗俗（tawdriness or vulgarity）；溫和（gentleness）的人格特質是待人友善，與之對立則是阿諛奉承者（flatterer）或是憤世嫉俗之人（misanthrope）。如果是將上述的美德歸給悲劇的主人，所謂較我們一般人為善；相對的那些負面偏向壞的倫理品質，不如我們常人者，都可成為喜劇的人物性格。於是按照《尼科馬可倫理學》所討論的道德上的缺失或不善，都可描繪成喜劇的角色，或原型人物的櫥窗：懦夫（cowards），自吹自擂者（braggart soldiers），好色之徒（lechers），愛慕虛容（the vain），小心眼（curmudgeons），吝嗇鬼（misers），偽君子（hypocrites）等等。[27]

　　此外，我們一直是把悲劇與喜劇視為對立組，並且依據亞氏對悲劇論證的結果作逆向思考，進而可以推演出喜劇模擬的基本性質。是故，依據《詩學》第十五章中所提出的悲劇人物性格應遵守的四個目標：（一）善良（二）適當（三）逼真（四）一致。那麼喜劇的人物性格可能是（一）不善一如先前所述，請覆按不贅。（二）不適當，例如女人有英武氣概，或者狂放不羈的才女就不合適。（128）像亞里斯多芬尼斯的《利西翠姐》即此類型的代表，詳見拙文之剖析。[28]（三）誇大失真，喜劇在模擬的人物時，往往為了突顯其性格中的某一種特質，刻意以其極端或最大的程度來呈現，以致該人物性格中的其他的性質都隱而不彰。（四）矛盾，喜劇人物在性格設定中可以有矛盾對立的特質，所以在其言行舉止中呈現出前後不一致，變成了笑柄。例如莎士比亞的《馴悍記》中的凱賽琳娜開始的兇悍如虎結尾時又完全服從丈夫，前後判若兩人，同時這種強烈對比的逆轉，則為其高潮之所在。

　　關於喜劇的基本情緒反應與淨地化問題，高登說：「亞里斯多德已經告訴我們對於在悲劇中可憐與可懼的事件的反應，不同於我

們對現實人生中的類似事件的反應，它們是有差別的。這是因為悲劇為一種經驗的模擬，並供給我們學習和推理的知性快感。關於我們對喜劇模擬的反應同樣也是真的。我們感到義憤填膺無非是由於這種義憤將會併入一切模擬形式所生之知性快感。猶有進者，這些喜劇的動作在接近痛苦的情緒門檻時，由於笑劇的介入造成了清瀉作用，使它不可能再持續一種痛苦的反應。所以當亞里斯多德陳述喜劇的模擬時，認為是在一種沒有痛苦和不具破壞性的方式中呈現低下的人物性格與動作，可以說完全正確（*Poetics*，1449 a 34-37）。而我們自己也可以清楚地證實，我們對喜劇的模擬的情況有義憤的情緒反應，當其與一種侮蔑知性判斷相結合時，將會使這些喜劇事件本身得以從真正的痛苦中豁免。」（Golden，1992 p. 93）從而高登主張喜劇的雙重情節，好人與壞人各自獲得應有之報償，完成了秩序與正義的復元，如果你願意亦可稱之為「詩之正義」，並且這也說明了在喜劇模擬所展現的動作中，以亞里斯多德式的義憤為核心角色。（同上，94）「義憤」一詞，按《修辭學》的解釋：「義憤的情感是和憐憫截然相反，因為看見別人得到不應當得到的好運而感到苦惱，在某種意義上，是和看見別人得到不應該得到的厄運而感到的苦惱相反，並且由於我們具有同樣的性格而引起的。這兩種情感都表現出善良的性格，因為我們應當對於得到不應得到厄運的人表示安慰與憐憫，對於得到不應當得到好運的人表示義憤，這是由於不應當得到而得到是一件不公平的事，所以我們也認為天神具有義憤的情感。」（羅念生全集　卷1　頁234）以這種義憤來比對希臘的舊喜劇，高登等人均以亞里斯多芬的《雲》為典型的範例，認為劇中的蘇格拉底所代表的智者享有不應該得到的快樂幸福，他們在喜劇的情節中進行是一種「欺世盜名」（success without merit）[29]，令人感到義憤填胸，史瑞西阿德斯（Strepsiades）原本他全然相信蘇格拉底學園的教誨和訓練，直到他被學成歸來的兒子責打而逆轉，讓他發現以往放棄了傳統信仰，竟然想靠詭辯的技術去賴債不還，的確是錯了。在悔恨的同時也對蘇格拉底學園的智者極為憤慨，才爆發要去拆掉燒毀那個會顛覆人類品德的大本營。亞里斯多芬不但指引了史瑞西阿德斯也讓觀眾進入智者的世界觀，領悟到其中所固有的邪惡。

因此，高登結論道：「技巧地發展的喜劇情節，都特別適合這種雙重結尾，兩者在知性上和情緒上都能讓我們滿意，正如我們感受到與義憤相關的劇中腐壞性質的勢力得到遏止，惡劣的影響終歸無效因而令人高興，善良的人物在此情況中精神上得到救贖並且在道德上史瑞西阿德斯再生——自惡劣的影響中解脫。所以深奧地嚴肅的喜劇，正如深奧地嚴肅的悲劇在達到知性的淨化程度是一樣的多。」（Golden，1992，p.97）

然而先前我已對高登的主張提出質疑，主要的原因是亞氏認為「好的情節應該形成單一的結局，勝過維持雙重的結果。」（113）進而批判有的情節有雙重線索，好人與壞人各獲應得的報償是第二等的悲劇。認為這樣的安排是為了投觀眾之所好，滿足觀眾心理上的弱點罷了。其所帶來的快感與其說是悲劇的，還不如說更接近喜劇一些，但這並不就等於說它是喜劇的結局，甚或是最好的模式。

其次，亞氏主張模擬的藝術是個自我充足的世界，有其獨立自主揮灑的空間，可以從自身來評斷其價值，根本不需要藉助倫理道德的標準去判斷，看不出有任何理由要違反其一貫的主張，喜劇的模擬目的是達成倫理秩序和正義的恢復或重建。

　　再其次，雖然亞里斯多德的《詩學》方法主要是其三段論式，演繹多於歸納，但是也常引用希臘各種詩篇為例，證明其在經驗或事實上為真。是故，在希臘喜劇中，即令以現存的亞里斯多芬的作品為例，究竟有多少是雙重結果的情節，好人與壞人各自獲得他們應當得到的結果，滿足了觀眾善良天性，義憤得以抒發，甚或是達到一種淨化？！通常希臘的舊喜劇在劇中人物面對某一個困境或想要解決某一個難題時，異想天開地提出一個妙點子（a happy idea），經過雙方爭辯後，竟然將此妙點子付諸實現，其所展開的荒謬和可笑的行動，帶給觀眾喜悅和笑聲為主要的風貌之一。另外一方面由於劇中人物所處的境遇或要解決的難題本身是重大和艱難的，甚至根本無解。諸如戰爭與和平：《阿卡奈人》、《和平》、《利翠絲塔》等反戰三部曲；法律與審判：《黃蜂》；宗教信仰：《鳥》；文藝：《蛙》；財富的分配：《財神》等等。基本上其動作和情節從不幸開始，妙點子的實踐過程為中間，可能經過逆轉與發現解決了難題和困境，在歡慶中結束。與大部份悲劇相反或平行，在適當的規模和有限的範圍內，事件依照概然與可能性經歷一次從不幸到幸福的轉變。它們常維持單一的結果而非雙重。既然《雲》劇確實具有雙重結果，所以它代表喜劇中的一種模式，也是可以成立的。正如先前所提及的悲劇亦有從不幸轉到幸福或者是由幸福轉到不幸的兩種模式。(85)

　　總括地說來，喜劇是模擬一個鄙陋的、完整的和一定規模的動作；在語言中使用各種裝飾加以修飾，分別見於劇本不同的部份；由人物表演而非敘述形式；通過荒謬和可笑的事件，使這些情緒得到適當淨化。

　　關於喜劇的淨化應見亞氏《詩學》第二部，只可惜沒有傳留下來。儘管在《喜劇論綱》中的定義有「通過喜悅和笑聲產生這類情

緒的淨化。笑乃喜劇之母。」（221）但其作者亦未進一步說明淨化的意涵，依然成謎，有爭議卻無解。更何況《喜劇論綱》的說法不等於《詩學》的論述。不過，像姜可（Janko）就相信：「雖然我們對於喜劇淨化什麼情緒少有證據，但是按照亞里斯多德的理論確實顯示喜劇會有一種淨化某種情緒的效果。」（1984 p.143）究竟是什麼樣的情緒效果，他的論述主要建立在上述之《喜劇論綱》中的喜悅與笑，甚至他的《亞里斯多德喜劇論：重建詩學的第二部》也是以論綱為基礎。而盧卡斯（Lacus）提出兩種不同的論述：第一種是認為「喜劇所帶來的情緒淨化，可以跟哀憐與恐懼相呼應，將會是諷刺與過分；正如對不穩定的人來說悲劇能夠幫助他在面對艱困的時刻裡保持鎮定，而喜劇則有助於他在榮華富貴時得以維持他的尊嚴和免遭人輕視。」（1986, pp.287-288）然而還有一種更可能的說法：如果從某些喜劇來思考，特別是雅典的舊喜劇，可能是由於文明人的生活中有諸多限制與束縛，轉而尋求想像的延宕；是故喜劇的世界要比現實生活多數人有更多的性放縱。細究起來許多社會都有在某種場合或節慶中，容許特別放鬆的機會，相當於一種道德的假期（a holiday of morality），例如羅馬人的狂歡節（Roman Saturnalia）和中世紀的愚人節（Feast of Fools）。「無疑地，他們對於社會賴以維持的內在和外在的控制所形成張力的緩和；他們是以在這些特別場合所作的部份破壞，代替真實生活中的無法無天。由這種衝動的淨化所引導的對習俗的挑戰和權威的輕蔑，所形成的正面意義與現代的意念頗為接近。」（同上，p.288）顯然這種解除或緩和社會控制或倫理道德的束縛，能夠賦予本能衝動和慾望上的滿足，進而平衡心理衝突的觀點，與佛洛伊德後期的本我（id）、自我（ego）與超我（superego）之間的矛盾，互動與防衛機能頗為相近。

　　固然這些理論觀點的解釋可能都無法令人滿意，彌補不了失去
《詩學》第二部的遺憾，因此各種說法也會推陳出新，層出不窮。
由於不是本書所欲探討的題旨，更非本章所能容納，在此僅提出一
個粗略的回應，詳盡的論述，只有留待日後再論。既然喜劇所模擬
的是一鄙陋、完整、具有一定規模的動作；其人物性格不如我們一
般常人，而且是醜中可笑者；不論其命運是從不幸轉到幸福或相反
的一種改變，都因其動作或情節使得這些情緒得到適當的淨化。可
能從直接引發的笑聲中帶來無傷的快感，進而自特殊具體的事件裡
學習領悟到普遍的真理產生知性的歡樂。

注 解

1. 見紀元前八世紀希臘詩人赫希俄德的《神譜》154-181 烏冉努斯為天神與地神蓋亞結合，生下十八個孩子，克羅諾斯是其中之一。而天神厭惡子女，生下之後就投到陰間囚禁。克羅諾斯為了報復，把天父推翻後，閹割了他。歷史又重演了，克羅諾斯聽信預言，說他將來會同他父親一樣被他的某一個孩子打倒。於是他把跟妻子瑞亞所生的孩子，一一吞掉。而後瑞亞在生下宙斯後，巧妙地藏起來，用布裹了一塊石頭，讓克羅諾斯吞下。當宙斯推翻父親後，將其囚禁於塔耳塔羅斯。

2. 見荷馬敘事詩《伊利亞德》卷一。

3. 參見《伊利亞德》卷二十四。

4. 見荷馬敘事詩《奧德賽》卷十七。

5. 此劇現已失傳。

6. 例如我國《少年不良行為及虞犯預防辦法》第十六條第四款規定：主管文化、新聞、出版之機關應協調大眾傳播媒體加強預防少年犯罪之宣導，對足以戕害少年身心健康之傳播並依法嚴加處分。

7. 按《阿彌陀經》中對於死亡世界的描述，真可謂極盡華麗之能事，現節錄部份內容以窺其堂奧：「極樂國土七重欄楯、七重羅網、七重行樹，皆是四寶，周匝圍繞，是故彼國名曰極樂。又，舍利弗！極樂國土有七寶池，八功德水充滿其中，池底純以金沙布地；四邊階道，金、銀、琉璃、頗梨合成；上有樓閣，亦以金、銀、琉璃、頗梨、赤珠、馬瑙而嚴飾之；池中蓮花大如車輪，青色青光、黃色黃光、赤色赤光、白色白光，微妙香潔。舍利弗，極樂國土成就如是功德莊嚴。又，舍利弗！彼佛國土常作天樂，黃金為地，晝夜六時曼陀羅華。其國眾生常以清旦，各以衣盛眾妙華，供養他方十萬億佛，即以食時，還到本國，飯食經行。舍利弗！極樂國土成就如是功德莊嚴。復次，舍利弗！彼國常有種種奇妙雜色之鳥：白鶴、孔雀、鸚鵡、舍利、迦陵頻伽、共命之鳥，晝夜六時出和雅音，其音演暢五根、五力、七菩提分、八聖道分如是等法。」死後的世界果真莊嚴美麗如斯，自然能消除一些人類對死亡的恐懼感。這或許也是家屬親友於送行時禱唸此經的緣故。

8. 文天祥之〈正氣歌〉；林覺民的〈與妻訣別書〉多得不可勝數。

9. 《伊利亞德》卷九　希臘人戰敗，由於阿奇里斯和亞格曼農為爭女俘之事吵翻了臉，坐視不救；至卷十九　阿奇里斯得到禮物，和亞格曼農講和，才肯出戰。

10. 文藝復興時期的新古典的理想（Neoclassical ideal）本就以恢復希臘羅馬之文藝為其理想的目標，在理論的部份主要是由義大利的批評家 Julius Caesar Scaliger（1484-1558），Lodovico Castelvetro（1505-1571）和 Minturno（？-1574）等人所建立的。他們的主張雖有些分岐，但大致是相同的，約可簡化成一個基本前提——逼真或外表的真實，以及三個繼起的目標——真實性、道德性、和普遍性。

11. 柏拉圖以為教育是終生的事，但所學的課程的內容應該與其年齡和人格的成長發展相配合，作出適當的規劃和安排。大致說來十七八歲以前只學音樂和文學；由十七八歲到二十幾歲應重體育與身體的鍛鍊；由二十幾歲到三十歲學習各種科學，重理智的發展，同時要接受軍事訓練；由三十至三十五歲研究一般哲學，辯證法；三十五歲開始從政，經驗也還是教育。詳見其《法篇》的教育程序，而今的《理想國》所討論的偏重於未來戰士的幼年教育。

12. 參見朱光潛所譯之柏臘圖文藝對話集，《理想國》題解部份，頁 135

13. 柏拉圖為了貶低荷馬詩作的價值，甚至還嘲諷他連其弟子教得不好，像克瑞俄斐羅也是他的女婿，苛待年老的荷馬，並於其死後剽竊發表。如此的批評是否有失公允與厚道？依其推論柏拉圖《理想國》何嘗實現，他自己也未成為君王建立豐功偉業。詩與現實，正如理論與實務本就是不同的層次，所以吾人對於柏氏之《理想國》不因其實踐與否，而貶其價值，減其尊敬。

14. 艾布拉姆斯的《鏡與燈》本就是從此比喻切入的藝術理論與批評名著，又聚焦在浪漫主義的批評傳統，旁徵博引，論之甚詳，且與本書的題旨不同，實無庸多贅，有興趣的讀者可參看。

15. Janet E. Smith, "Plato's Use of Myth in the Education of Philosophic Man" Phoenix 40 (1986) 20-34

16. Cf. Golden, L. *Aristotle on Tragic and Comic Mimesis*, Atlanta, Georgia, (1992) 50-53

17. 雖然在柏拉圖的對話錄中，有很多都是假託其師蘇格拉底之口說出他的觀點和概念，但是《申辯篇》有些不同，它比較接近蘇格拉底公開

答辯書的性質，甚至有歷史的文獻價值。一般研究者也都認為它比較能代表蘇格拉底自己的發言，甚至《克里托篇》和《斐多篇》庶幾近之。

18. 這段神話似屬柏氏個人主觀想像出來的，固然在具體的邏輯思維上是前後一致，並無破綻。不過，不像幾大宗教那樣廣泛流傳，擁有眾多信徒。可與《斐多篇》對照比併閱讀，瞭解柏氏對肉體與靈魂、死亡與再生的基本看法。

19. 雖然就時間上來說，應距克里托等人要營救蘇格拉底出亡失敗後不久，但一般對柏拉圖對話的分期時，多半是將《申辯篇》和《克里托篇》歸為早期的對話，而《斐多篇》列入中期。

20. 48a 5f., 48b 10-19, 50a 39-b 3, 54b 9-11, 60b 8 f., 61b 8., 61b 12f. See also S. Halliwell, *Aristotle's Poetics*, The University of North Carolina Press, 1986, p.124

21. 這與中國文字學所主張的文字建構方式中的象形、會意、形聲三種相若，亦即是說文字符號與指涉的意義之間有相似性，而非武斷的約定而已。同時也可以說是開現代語言學研究的先河。

22. 根據現代研判的結果認為《馬爾吉特斯》（Margites）非但不是荷馬所寫，甚至是公元前六世紀的作品。以嘲擬一個糊塗的主角的敘事詩，例如說「他知道很多事，卻跟真相差很多」。按殘存的詩行看是短長格（iambic）與六音步體詩的混合。如其呈現言之，並非真正的諷刺詩，但相當接近一般喜劇的滑稽趣味。

23. I. Bywater, *Aristotle on the Art of Poetry* (New York, 1980 [repr., originally published 1909]) xxi-xxii

24. 亞里斯多芬和舊喜劇的其他詩人，雖然運用自克萊特斯（Crates）時代的情節事件或題材，然而人物名字是作者自己起的，不過仍有持續對個人攻詰的諷刺詩，像克里昂（Cleon），蘇格拉底（Socrates）等人；不過，在亞里斯多德的時代為中喜劇盛行時期（Middle Comedy）他們已是依據概然律建構其情節人物的名字主要為自創或用類型化的。亦可參見《殘篇》，191

25. 在我們今天看來像優里匹蒂斯的《在陶立斯的伊菲貞尼亞》和《海倫》等劇已開啟悲喜劇或傳奇劇的先河，不過公元前五世紀時則當作悲劇看待，而且能參加悲劇競賽的作品，顯然跟後世的認知有落差。

26. J. M. Bremer, Hamartia: Tragic Error in the Poetics of Aristotle and Greek Tragedy(Amsterdam, 1968).

27. Cf. L. Golden, Aristotle on Tragic and Comic Mimes, (Atlanta, Georgia Scholar Press 1992, p.91

28. 劉效鵬，自希臘、儀式與佛洛伊德之觀點論《利絲翠塔》中的性愛消滅戰爭中的喜劇性，輯入《亞里斯多芬尼斯學術研討會論文集》2007，臺灣藝術大學出版

29. E. M. Cope, The Rhetoric of Aristotle [rev. by J.E Sandys] 3 vols. (Cambridge, 1877; repr. 1988) p108

第四章　劇場中的戲劇

　　郝利威爾（Stephen Halliwell）說：「柏拉圖與亞里斯多德的戲劇觀點呈現出相當詭譎對比的層次，前者雖抱持敵視態度卻包括對公眾演出的強烈重視感，而亞里斯多德，誠然是劇詩的第一個重要的理論家，但似乎容許把劇作的藝術和它在劇場中的呈現作清楚的分割。」（1976，p.337）這樣的看法是皮相之見？或是真實的情形？亞氏厚此薄彼的原因何在？

　　首先看亞里斯多德在《詩學》第六章中將 opsis（spectacle）——場面與情節、性格、思想、措辭和歌曲並列為悲劇六要素，理由是「既然悲劇的模擬蘊含著由人來表演，它必然使得場面設備成為悲劇的一部份。」[1] 因此，不論是基於實際的情況——希臘悲劇的詩人為了競賽而編寫劇本，必需要能在劇場中實踐才可以；還是亞氏為了區分劇詩（dramatic）、敘事詩（epic）、抒情詩（lyric）等不同的類別，或者是其他任何緣故。總之，亞氏的戲劇概念是劇場中的戲劇（drama in the theatre），卻不包括書齋劇（closet drama）在內。

　　不過，在第六章結尾討論場面的一段話，引起不少爭議和有待釐清之處，甚且翻譯亦有話題。茲引下列四個不同的英譯本做為探討的起點：

　　一、「實質上，場面有其自身的一種情緒的魅力，但是，在有的元素中，它最少藝術性，與詩的藝術關聯性最小。我們可以確定，悲劇的力量即令脫離呈現和演員依然能夠感受得到。此外，場面效果的製造依賴舞台技師的藝術要比詩人來得多。」（The Spectacle has, indeed, an emotional attraction of its own, but, of all the parts, it is the least artist, and connected least with the art of poetry。For the power of Tragedy, we may be sure, is felt even apart from representation and actors。Besides, the production of spectacular effects depends more on the art of the stage machinist than on that of the poet。" --*S.H.Butcher* p.64）

二、「形象，雖具魅力，卻是所有元素中最少藝術性的，並且與詩的藝術關係最小。悲劇的效果即令不經由比賽和演員依然非常可能產生；此外，形象的裝扮與其說是詩人的事，毋寧為服裝師的工作。」（The Spectacle, though an attraction, is the least artistic of all the parts, and has least to do with the art of poetry。The tragic effect is quite possible without a public performance and actors; and besides,the getting-up of the Spectacle is more a matter for the costumier than the poet。" --*Bywater* pp.232-33）

三、「確實，形象能吸引我們的注意力但是最少藝術性並且在詩的藝術中最不重要。悲劇的魅力即令不透過戲劇的演出和演員仍然能感受得到。進而，形象的實踐，服裝設計師的藝術要比詩人來得更有效。」（"and spectacle,to be sure, attracts our attention but is the least artistic and least essential part of the art of poetry。For the power of tragedy is felt even without a dramatic performance and actors。Furthermore, for the realization of spectacle,the art of the costume designer is more effective than that of the poet。" --*L. Golden* p.14）

四、「戲景，本身雖具魅力，但在所有成分中最少技藝性與詩的藝術關係最淺。即令沒有比賽和演員悲劇還是能發揮其功效，此

外，在戲景的實踐中，依賴道具人員的藝術要比詩人的藝術來得多。」（"while Spectacle, though fascinating in itself, is of all the parts the least technical in the sense of being least germane to the art of poetry。For tragedy fulfills its function even without a public performance and actors, and, besides, in the realization of the spectacular effects the art of the property man counts for more than the art of the poets。" --*J. Hutton* p.52）

　　雖然他們都不約而同地把「*opsis*」譯成「*spectacle*」然而它們指涉的事物或意涵，並不相同。布氏所謂「場面效果的製造依賴舞台技師的藝術要比詩人來得多」；拜氏「形象的裝扮與其說是詩人的事，毋寧為服裝師的工作」，高氏和拜氏幾乎相同；修氏「在戲景效果的實踐中，依賴道具人員的藝術要比詩人的藝術來得多。」與布氏比較相近。至於中譯本也出現相同的分岐，但與拜氏相近者較多。[2]因此，約可分成兩類：布氏和修氏傾向於劇場設備、佈景、道具等視覺元素的設計；而拜氏與高氏則偏向演員的服裝、面具、身體外形的設計層面，甚或是擴大包含了合唱團的部份。

　　衡諸希臘戲劇的演出不但是演員，連合唱團都需要使用服裝和面具來扮演劇中人物，而且還要一個演員分飾多個腳色，的確是觀眾在劇場中所能看到的主要視覺元素；同樣的劇場除了景屋（skene）之外，也有三面體（periaktoi）的換景裝置、神從天降的機器、和推出屍體的台車等設備，並依照劇情的需要安排道具和陳設。[3]是故，單以本章來看，無從判斷那一種譯文較為正確合適。甚或是指在劇場演出中所有能見到的視覺元素。[4]

　　若要釐清此一掛礙疑慮，從其他相關的章節來研判或許能看出一些端倪，不失為解決問題的方式：

一、「哀憐與恐懼可由場面喚起；也可以從這部戲的內在結構產生，那是比較好的方式，並象徵著一位優秀的詩人。因為情節應該如此建構，即令不藉助眼睛，只因聽說這個故事就恐怖的發抖，且對發生的事溶入了同情。我們應該會從聽到《伊底帕斯》的故事得到這種印象。然而僅從場面產生這種效果，是一種較少藝術性的方法，並且是靠外來的輔助。他們利用場面的方式創造的不是一種恐怖感而是只有怪異，就悲劇的目的而言都是外行；我們必定要知道悲劇不需要每一種快感，只要它獨特的。」(14，120) 亞氏於此亦未對場面（spectacle）一詞指涉的意義，做出進一步的解釋。他僅僅強調場面所能激起的哀憐與恐懼效果不是戲劇本身所引起的，因為要靠演出，所以是外來的，甚至是不確定的，只能算是個輔助因素。

不過，郝利威爾認為「直接從悲劇的六元素中去找參考的答案時，其中四個絲毫無助於解決問題（50a 10,13,59b 10,62a 16）。其他兩個比較傾向於將此語彙解釋成以演員的扮相為主，因為第一（ch.6, 50b 16-20）它特別地提到演員和面具的製作者，第二（ch.14, 53b1-10）因為它是關於哀憐與恐懼的效果靠視覺的部份達成，按照我們對希臘戲劇的了解，很難想像有超過舞台扮相本身更令人關注的事物：例如，我們可以從《伊底帕斯》的最後場景來體會，當自殘雙目的國王再度上場時，其身體苦痛的場景，能帶來更多情緒效果。」（Halliwell,1986, p338）因此，他強調 opsis 主要是指演員的服裝面具外形而言。然而，第一他的論據主要建立「opsis」一詞的翻譯上，與拜氏、高氏相近似，若依布氏和修氏的文義解就失去了依憑。第二當我們仔細審視十四章的前後文時，將會發現亞氏所舉之《伊底帕斯》是指整個故事情節而言，非指最後的受苦受

難的場景，也不是單獨考量人物自殘的痛苦形象，所產生的哀憐與
恐懼效果。

　　二、亞氏將悲劇分成四類：「複雜的，完全地建立在情境的逆
轉和發現；受難的悲劇，例證有艾傑克斯和伊克西恩；性格的悲劇，
諸如《弗西亞的婦女們》和《派流司》。第四種是場面，例如《夫
爾西德斯》，《普羅米修斯》，以及所有置於地獄場景的戲劇。」
（Bywater，p.247）即令布氏所主張的第四類是單純的悲劇，並且
排除純粹用場面的元素，但其例證依舊是凸顯此一成分的戲劇。同
時又按《普羅米修斯》等劇的內容分析，其場面（spectacle）依賴
舞台技師之處猶過於服裝人員。換言之，不以服裝、面具、外形的
設計為主，甚或係指所有的視覺元素製造出來的效果。

　　三、亞氏在編劇應注意的三點事項時說：「在建構情節和想出
適當的言辭中，詩人應儘可能將其場景放在眼前。在此方法中，會
非常生動地看見每件事，就好像他是動作的一個觀察者，他將發現
什麼是其中應保持者，以及最討厭的矛盾。」（144）雖然，此間所
用之詞為場景（scene）而非場面，所指涉的意涵也不盡相同。前
者為動作情節發生地點的設定，進而可能包括場面的調度（*mise en
scene*）的部份。如果再加上第二點注意事項——編劇應設想姿態
表情，就接近今天的舞台指示（stage direction）所有的涵義。而後
者則偏重於劇場中的硬體可見的部份。不過，兩者的意涵確有重
疊，相當類似，也是不容否定的。

　　其次，亞氏在比較悲劇與敘事詩間的差異時，幾乎用相同的
理由認為悲劇能夠避免一些荒謬不合理的場景的安排。他說：「驚
奇是以不合理為其主要效果，在敘事詩中有更大的發揮的機會，
因為這個人的表演是看不到的。因此，追逐赫克特一節如果放在

舞台上演將是可笑的——希臘人都站在一旁沒有參加追逐,而阿基里斯也揮退他們。但是在敘事詩中,這種荒謬性可以含糊過去。」（196）

綜觀以上所引述的相關的章節看來,我比較認同布氏的翻譯,將 opsis－spectacle 解釋成場面的設備（spectacular equipment）,而場面效果的製造主要依賴舞台技師的藝術去完成。當然,也不排除由演員和合唱團的服裝面具所形成的舞台扮相,作為整個場面的一部份。換言之,「場面」一詞廣義的說法應指「劇場所見之整個視覺成分。」

接下來討論亞氏為何說:「場面,實質上,有其自身所散發的情緒魅力,但在所有的成分中,它是最少藝術性的,與詩的藝術關聯最小。」這裡有兩個問題有待探討和釐清。第一亞氏為何貶低其價值?第二是與詩學的關係不多?

首先,我們要再度強調雖然亞氏的知識與研究範圍至廣,在人類歷史上,鮮有出其右者;但另外一方面又十分重視分類,將某個主題歸屬某種知識領域和研究範圍,絕不含混不清:如《詩學》第十九章所云:「關於思想,我們可以採用修辭學裡已說過的部份,因為對這個主題的探究,嚴格說來,屬於修辭學的範圍」（126）;又比方說:「關於措辭,是對語調模式表現的一種探究。然而這種知識領域屬於演說術和那種科學的專精者。」（127）;甚至是對某一個問題的探討,在此科學中只談到一某個層次就打住,就像淨化（katharsis）在其政治學第九卷最後一章討論音樂的教育目的,將音樂分成三種,第二種是為了淨化的目的,還特別強調:「我現在採用的是淨化的一般意含,並會在詩學中作更清楚地說明。」（134b36）雖未留傳下來,惟一般咸信應該在詩學第二卷中有所解釋。因

此，在他的認知或分類上戲劇屬於詩學範圍，劇場或演出則是另外一個領域，甚且當時尚未有專門研究劇場和表演的科學。

其次，亞氏將詩、音樂、舞蹈、繪畫等歸類成模擬的藝術，而戲劇則屬詩之一種。其模擬的媒介是節奏（rhythm）、語言（language）、和旋律（melody）（1447a22）[5]。即令場面列為悲劇的六要素，但他是從戲劇要由表演者在劇場中實踐的角度立論，所以在寫作時就要設想到此層面，否則其目的就有可能無法達成。然而「場面」一詞，如前所述，不論是作狹義或廣義的解釋，都是視覺可見的成分，由服裝人員或其他各種技師來完成，都不用以上所提之媒介。是故，應與《詩學》脫鉤，或者說是甚少關聯。

此外，就這一點來說，還要再加上一樁有關亞里斯多德時代劇場演出的變化，原本在公元前五世紀希臘的悲劇家，是直接負責處理自己作品的整個藝術層次，扮演導師的角色，比起現代劇場的導演所負擔的工作與職責有過而無不及。然而到了公元前四世紀亞氏所處的時代，這個傳統慣例已逐漸瓦解，出現了三個值得注意的現象：

第一、老戲重演，該作品的悲劇詩人可能早已身故，勢必產生分離現象；第二、獨立製作人業已樹立，他的工作性質與詩人的功能有了明顯的區隔；第三、在此文化中，戲劇文本朝著比較有利的發展方向，不再局限於演出才寫作。（Halliwell, p.342-343）事實上，任何人對於一件事物的思維和態度，或多或少都會受到他所處的時空環境的影響，從而這段劇場史的演變也可能反映在亞氏詩學中，毋寧是合理的推斷。

大致說來，亞氏在《詩學》中基本的觀點始終是一貫的，雙面的，特別是由「場面」的論述中可見一斑。他認為戲劇與劇場分屬

兩不同的領域，不是從戲劇在劇場演出來判斷詩藝的高低，兩者的關係可以鬆綁，也可勾串在一起。因此，他提出場面是悲劇的六要素，但又指稱它與詩藝關聯性最小；雖然強調說「悲劇的力量，即令脫離呈現和演員也可以感覺得到。」（50b 19-20）；「情節應該如此建構，即令不藉助眼睛，只因聽說這個故事就恐怖的發抖，且對發生的事溶入了同情。我們應該會從聽到《伊底帕斯》的故事得到這種印象」（53b 3-8）。以及「悲劇就像敘事詩，甚至不藉助動作表演也能產生效果；僅憑閱讀就流露出它的力量。」（62a11-13）但也不能說亞氏贊成書齋劇，只要朗讀劇本像誦詩就好。相反地，他除了認為「場面」是悲劇的要素，本身即具散發情緒的魅力外，在與敘事詩比較時，特別指出：「悲劇是優秀的，因為它用了所有敘事詩的元素——甚至可用敘事詩的格律——並有音樂與場面作為重要輔助；這些都能產生最生動的快感。進而閱讀中，所有的生動的印象在呈現時也一樣」（62a 13-19）換言之，音樂與歌唱增進戲劇在聽覺方面的魅力，而場面更是散發了敘事詩所沒有的視覺能量，正因為這兩個優點的加乘效果，使得悲劇超越了敘事詩，具有更高的藝術價值。

　　同時，亞氏將場面定為輔助因素，或者是劇詩藝術外的輔助（53b 8）。它不能喧賓奪主，不應該濫用，也不能單獨靠它達到悲劇的效果，所以他說：「利用場面的方式創造的不是一種恐怖感而是怪異，就悲劇的目的而言都是外行」（53b 9）。甚至也可能因為這個原因布氏（Butcher）在悲劇分類的翻譯時特別註明：「第四種是單純的（此處我們排除純粹用場面的元素），以《夫爾西德斯》，《普羅米修斯》為例，和置於地獄的場景。」（67）換言之，場面雖是悲劇六元素之一，但是只強調它的特色不能形成一類悲劇。

　　然而，亞氏也不厭其煩地再三強調劇場的因素的考量會避免犯錯或驗證其為正確無誤者。換言之，演出或劇場實踐的結果成為戲劇文本價值判斷的基準之一，只是可能出於亞氏拘謹的態度和品味不願說得更明白一些而已。其相關的章節如次：

一、「詩人應盡可能其場景放在眼前。這個規則的失誤將會暴露出像卡西那斯為人所詬病的缺點，安菲阿羅斯在神廟回來的路途。這種缺失在沒人在場觀察的情況下容易忽略，但在舞台上，這個疏忽會讓觀眾惱怒，戲也因此失敗。」（114）

二、「追逐赫克特一節如果放在舞台上演將是可笑的，——希臘人都站在一旁沒有參加追逐，而阿基里斯也揮退他們。但是在敘事詩中，這種荒謬性可以含糊過去。」（196）

三、「如果他描述為不可能的，他是犯了一種錯誤；但是可以為這種錯誤辯解，如果這個藝術的目的隨即達成，那就是說，如果這種效果或者詩篇中的任何部份因此表現得更有力。如追逐赫克特即為案例之一。」（205）

四、「證據是詩人要把特洛伊陷落的整個故事戲劇化，取代了像優里匹蒂斯僅選擇一部份，或者有人採用尼娥北的故事，而不是像艾斯奇勒斯用她的故事的一部份，將會全然失敗或者是在舞台上遭遇挫折。甚至是像眾所週知的阿格松，他的失敗就出自這個缺點。」（151）

五、「一個好情節的建構應該是形成單一的結局，勝過維持雙重的結果。命運的轉變不應從壞變好，而是相反，由好轉壞。舞台的實踐可以證實我們的觀點。其次，一部悲劇要做到完美應按此藝術的法則來建構。因此，指責優里匹蒂斯的那些人是錯

的，因為他正是照此原則處理其劇作，許多戲的結局是不圓滿的。正如我們說過的，它是正確的結束方式。最好的證據是在舞台上和戲劇的競賽裡。如果製作的好，這樣的劇本都是最有悲劇效果的；雖然優里匹蒂斯在其主題的一般性控管容或有失，卻是令人感到最富悲劇性的詩人。」（113-114）

顯然，亞里斯多德對演出或劇場的態度是雙面的，一方面將其與編劇的技巧分開研究討論，認為隸屬不同的知識領域和範圍；另外一方面又認為兩者有時具有緊密地關聯性，必須要考量的因素，甚至以舞台的實踐或戲劇的競賽為最後成敗的診斷標準。

最後一個問題為「場面」在悲劇六元素中，是否「最少藝術性」（50b17-18）？不論是指舞台技師，服裝面具製作人員，或者所有視覺元素的製作者，他們所貢獻的成份比較少藝術性？

雖然今天英文中的「art」一辭，出自拉丁文「ars」，而「ars」又從希臘文演變而來，但究其實在古希臘人的觀念中，無論是一般人的常識性用語，或者是哲學家的概念對「藝術」一詞所指涉的對象、分類、認知、評價，都不同於現代人。[6]

首先要指出的是亞里斯多德之前，詩與樂不屬藝術的類別與範圍。它的創造，得自靈感，拜繆司女神所賜，即令是非常理性的亞氏在論述詩人的創作時，仍然蒙上一層神秘的色彩：「詩蘊含著需要一種特殊稟賦者或者有一種瘋癲傾向的人」（145）而柏拉圖在《斐德羅》篇中指出迷狂（manic）之人是得到上蒼恩賜的一份禮物。詩人與預言家各為其一，繆司憑附於一顆溫柔、貞潔的靈魂，激勵他上升神色飛舞的境界，尤其流露在各種抒情詩中，讚頌古人的豐功偉業，垂訓後世。若是沒有繆司的迷狂，任誰想去敲開詩歌的大

門，要成為一位好詩人都是不可能的。[7]詩人與預言的先知和哲學家比肩，像荷馬早被人奉若神明（a demi-god），亞氏於《詩學》中對其才能也是推崇備致，視為典範的。

詩歌雖然表達感情，但依據個別具體的事物顯示普遍的真理，所帶來的論理知識比歷史更哲學更高層次（*Poetics*，1451b 5-8）。亞里斯多芬尼（Aristophanes ca. 448-380 B.C.）在《群蛙》（*Frogs* 405B.C.）中稱讚詩人：「憑著他的機智和賢明的忠告，使得一般的市民日新又新，止於至善。」而他的評價並非孤立，一般人也都認為詩人應負有道德和訓誨的使命。

反過來說，柏拉圖認為詩人既能激起各情感，蠱惑人心，動搖意志，卻又不作導向正面向善的力量，是故，主張要把這樣的詩人逐出理想國：「要是有人靠他那一點小聰明，能夠扮什麼像什麼，能模仿一切事物，這樣的人如果帶著他希望表演的詩歌光臨我們的城邦，以為我們會為之傾倒，把他當作什麼神奇的、了不起的人物來崇拜，那麼我們會對他說，我們的城邦沒有這種人，法律也不允許這樣的人在我們中間出現，我們會在他頭上塗香油，纏羊毛，把他送到其他城邦去。至於我們，為了我們自己的靈魂之善，要任用較為嚴肅和正派的詩人或講故事的人，當我們開始教育戰士的時候，他們會模仿好人的措辭，按照我們規定的類型講故事。」（卷三，頁398）換言之，柏拉圖站在治理整個國家的角度，為詩人定位，他必須善盡其角色的任務，有違其職責與功能時，才要驅逐出境，而非全面排斥或迫害。

其次，「藝術」在古希臘一般人的觀念中，泛指運用技巧所製作的事物。不只是繪畫、雕刻、建築符合這個界說，舉凡紡織、縫補、木工、製鞋、外科手術等都一體適用。擁有這些技巧的

人都是某種藝術師傅，他們所從事的活動和工作性質屬於相同領域。

　　固然在泛神信仰的古希臘人的心目中，每一種技藝最早都出自神明之手，現在也還由祂們掌管，但是凡人的藝術師傅卻憑藉著祖先所傳留下來的法則或規範製作其產品。其知識和技能，不是靠簡單的經驗或本能的反應就可做到，會與不會有明顯的區隔，甚至也非外行人所能為，自然贏得尊重與豔羨。

　　當其時藝術所處的複雜現象，或許正如塔他基維滋（Tatarkiewicz）的分辨：「就其為人的作品而言，它與自然相反；就其為一種實踐的活動而言，它與知覺相反；就其為一種生產的活動而言，它與實踐相反；就其必需具備的目的與技巧而言，它與偶然性相反；就其包含的普遍性法則而言，它又與簡單的經驗相反」（p.106）。

　　再其次，如前所論，亞里斯多德在詩學中主張依據模擬的模式作全新的分類：不以文體或格律形式區分，而是按照它的內容，用散文或韻文或混合各種體例均無不可；並且與音樂、舞蹈、繪畫等都納入模擬的藝術領域；排除了非模擬的技藝所生產者；論述和講解的詩之技巧，建立有如其他藝術的規範或法則。

　　因此，顯然場面所涉及的視覺成分——服裝、面具、舞台佈景、道具、機械效果等，都不屬於亞氏所界定的模擬藝術的範圍。它們的製作恰是古希臘傳統中的那些藝術師傅的手藝（craft）或技巧，甚至還要蠻耗相當的體力才能完成者。[8] 從而稱其為「最少藝術性」，帶有貶低的意味，無疑地是符合亞氏論述邏輯的一貫性。

　　此外，在詩學中，提到有關劇場的部份還有兩點需要進一步釐清：一是在論述詩的起源與發展過程時涉及戲劇史的部份；二是討論戲劇的長度問題。

　　亞氏描述悲劇起源於酒神頌的作者，而後每一個新元素的出現都顯示了自身轉變發展的方向。諸如：「艾斯奇勒斯是第一個引進第二個演員的作家；他降低了合唱團的重要性，且使得對話成為主導部份。索福克里斯提昇了演員的人數為三人，增添了景繪。」(65) 固然，這些發展已是研究希臘戲劇史的重要文獻，但亞氏《詩學》的目的不在異時性的探討，而是共時性的理論建構，從而他特別強調悲劇「在經過許多次轉變，建立了它的自然形式，然後就此打住」（同上）。甚至當他面對欠缺喜劇的史料時，他也根據相同的理由來推論其發展過程。故有「誰提供了面具或序場或者增加了演員人數」；「當喜劇詩人都非常出名，大家也耳熟能詳時，喜劇就算取得了明確的型態」(70) 換言之，亞氏認為事物會依據其自然天性的生長發展，一旦其目的已達，其形式就不再演變。

　　再者，關於悲劇的長度問題，嚴格說來可分為三個不同的層次：

　　第一個層次是指詩人在設計動作和結構情節時，應讓劇中人物至少經歷一次不幸的遭遇，有過受苦的階段，否則不能激起悲劇的情緒效果，達成其目的（51a12-16）。這是個本質和原則問題，屬於編劇和劇本的部份。

　　第二個層次係指戲劇動作進行過程中所設定的時間。希臘的敘事詩的動作沒有時間的限制，悲劇最初也容許這種自由，今日現存之公元前五世紀的作品，絕大部份都是「儘可能限定於一個太陽日裡完成，容或稍為超過這個限制。」(71)

　　第三個層次乃是閱讀或演出的長度，可以用物理的方式來計數，有其客觀性。亞氏所持的觀點是「在長度的限制裡，與戲劇競賽和感受演出的關係，就不是藝術的理論部份了。為了讓一百部悲劇一起參賽，其規則是對演出長度用水鐘來節制——有如昔日傳言

中的做法。」（85）誠然，它涉及政治或社會制度中的設計與管理的層面，甚或是與人類生活步調，有關工作與閒暇的時間分配問題。

注解

1. 此處的中譯依據布氏的英譯，與其他的版本有所不同，而且它的翻譯都牽涉到第六章末尾語意相符的問題。茲羅列四種英譯於下以參考：

    (1)「今視悲劇的模擬蘊含著由人來表演，首先，它必然使得場面設備成為悲劇的一部份。」 "Now as tragic imitation implies persons acting, it necessarily follows, in the first place, that Spectacular equipment will be a part of Tragedy." -S.H.Butcher

    (2)「當人們表演故事，使得場面（或演員的舞台扮相）必定是整體的一部份；」 "As they act the stories, it follows that in the places the Spectacle（or stage-appearance of the actors）must be some part of the whole;" --I .Bywater

    (3)「並且因為〔在戲劇中〕是由人表演故事來完成模擬，首先，使得場面的安排將會與曲調和措辭成為悲劇的一部份，就有其必然性；」 "And since〔in drama〕 agents accomplish the imitation by acting the story out, it follows, first of all, that arrangement of spectacle should be, of necessity, some part of tragedy as would be melody and diction;"--L. Golden

    (4)「因為在戲劇的模式中是由人本身來完成模擬，首先，它必然使得場面安排將會是悲劇的一部份，」 "Since the imitation is carried out in the dramatic mode by the personages themselves, it necessarily follows, first, that the arrangement of Spectacle will be a part of tragedy," --J. Hutton

2. 茲羅列七個通行的中譯本，並在其關鍵字下劃線，以供參照比對：

    (1) 形象固然能吸引人，卻最缺乏藝術性，跟詩的藝術關係最淺；因為悲劇藝術的效力即使不依靠比賽或演員，也能產生；況且形象的裝扮多依靠服裝面具製造者的藝術，而不大依靠詩人的藝術。——羅念生

    (2) 戲景雖能吸引人，卻最少藝術性，和詩藝的關係也最疏。一部悲劇，即使不通過演出和演員的表演，也不會失去它的潛力。此外，決定戲景的效果方面，服裝面具師的藝術比詩人的藝術起著更為重要的作用。——陳中梅

(3) 扮相雖然也能動人，但缺乏<u>藝術性</u>，與詩干係不大。悲劇的<u>效果</u>
不依賴<u>演員的表演</u>，再者要想取得<u>扮相上的效果</u>，<u>道具和服裝創</u>
<u>製者的技藝比詩人的技藝</u>更具有權威性。──崔延強

(4) <u>場面</u>雖具誘惑力，為最缺<u>藝術成分</u>之要素，與詩的藝術的關係最
小。悲劇的<u>效果</u>不通過<u>演出與演員</u>亦可能獲得；而且，<u>舞台場面</u>
<u>之表現與其說是詩人之事</u>，毋寧說是<u>服裝師的工作</u>。──姚一葦

(5) 至於<u>形貌</u>固然能夠動人心弦，不過它的<u>藝術性</u>最低，與<u>詩人藝術</u>
的關聯亦最為疏遠，因為悲劇的<u>效果並不須假助於競賽及演員</u>；
而製造<u>視覺效果</u>，主要是<u>服裝道具人員</u>而不是<u>詩人的藝術</u>。──
胡耀恆

(6) 事實上，悲劇存在的<u>效力</u>，既不是靠<u>比賽</u>，也不是<u>演員</u>；再者，
它的<u>效力</u>是靠完成<u>創造觀看演出景物</u>，與<u>畫景製作的藝術比創作</u>
<u>者的藝術</u>，更具決定性。──王士儀

(7) <u>場面</u>，實質是有其自身所散發的情緒的魅力，但在所有的成分中，
它是最少<u>藝術性</u>，與詩的藝術的關聯性最小。說真的，悲劇的<u>力</u>
<u>量</u>，即令脫離呈現和演員也可以感受到。此外，<u>場面效果的製造</u>
<u>依賴舞台技師的藝術要比詩人</u>來得多。──劉效鵬

3. Cf. Oscar Brockett. *The History of Theatre.* 7th ed. (Boston : Allyn and Bacon, 1995), p 33-34

4. 這種廣義的解釋，比較周延，也解決了兩種翻譯或指涉不同事務間的
扞格，因此，有不少的專家贊同這種主張。

5. 前兩個翻譯諸家相同，但最後一個則不一致，譯成旋律（melody）有
布氏、修氏、希氏等；翻成和聲（harmony）如拜氏、高氏等人。這兩
個辭彙本都是音樂上的用語，其意不同，旋律是橫向的變化過程，和
聲則是與旋律之縱向關係。究竟那一個妥適，不易判斷，但就音樂的
構成上說旋律更為不可或缺的條件，從而推斷其較為妥切。

6. 詳見劉文潭譯，塔他基維茲（W. Tatarkiewicz）西洋六大美學理念史（台
北：丹青，1980），第二章第一節和第三章第一至第三節。

7. 參見王曉朝譯，《柏拉圖全集》，卷二，（台北：左岸，2003，頁 150-151

8. 孟子有「勞心者治人，勞力者治於人」（離婁篇）不平等的階級觀念。
古希臘亦復如此，再加很多耗費體力的事都交付給奴隸去做，而奴隸
不只是社會地位低下，就連品性也被視為不如希臘公民，故亞氏有「奴

隸是毫無價值的」的說法（詩學，128）。進而由勞力者或奴隸所完成
的事物，也不會有很高的評價。因此，有如塔他基維茲所云：「對於希
臘人而言，詩歌與音樂總是密切相關，至於詩歌和視覺藝術，不僅處
於不同的現象範疇，而且更處於不同的層次。比起視覺藝術來，詩歌
處於無限高的層次。實際上，一般的希臘人都崇拜詩人，但長久以來，
他們總認雕刻師和石匠的社會地位，並沒有差別，都是靠勞力維生。」
（同註六，見該書頁 116）

參考書目

一、外文部份

Abram，M. H. *The Mirror and the Lamp*. New York: W. W. Norton & Company, Inc. 1958.

Aristotle, *The Nicomachean Ethics*. Trans. J. A. K. Thomson, Penguin Books, 2004.

--, *The Poetics*. Trans. M. Heath, Penguin Books, 1996.

--, *The Politics*. Trans. T. A. Singlair, Penguin Books, 2004.

--, *Treatise on Rhetoric*. Trans. T. Buckley, Prometheus Books,1995.

Barnes, Jonathan. (ed.) *The Complete Works of Aristotle*. Princeton University Press, 1995.

Boal, August. *Theater of the Oppressed*. Trans. Chares A. & Maria-Leal Mebride, New York: Urizen Books Inc. 1979.

--, *The Rainbow of Desire*. Trans. Adrain Jackson, London: Routledge, 1995.

Bremer, J. M. *Hamartia Tragic Error in the Poetics of Aristotle and Greek Tragedy*. Amsterdam, 1968.

Brockett, Oscar G. *History of the Theatre*. Boston: Allyn and Bacon, 1995.

Butcher, S. H. (1894) *Aristotle's Theory of Poetry and Fine Art*. New York: Dover Publication, Inc. 1951.

Bywater, Ingram. *Aristotle on the of Poetry*. London and New York: Oxford University Press, 1909.

Carlson, Marvin. *Theory of Theatre*. London: Cornell University Press, 1993.

Chadwick, John, and W. N. Mann. trans. and eds. *The Medical Works of Hippocrates*.Oxford: Blackwell Scientific Publications, 1950.

Clark Barrette H. (ed.), *European Theories of the Drama*. (1945) Revised by Henry Popkin New York: Crown, 1965.

Cooper, John M. (ed.) *The Complete Works of Plato*. Indianapoli/ Cambridge: Hackett Publishing Company, Inc. 1997.

Cooper, Lane. *Aristotle on the Art Poetry*. Ithaca and London: Cornell University Press, 1975.

Cope, E. M. *The Rhetoric of Aristotle* 〔 rev. by J. E. Sandys 〕 3 vols. Cambridge, 1877 (repr. 1988)

Corneille, Pierre. *First Discourse on the Uses and Elements of Dramatic Poetry*. In B. H. Clark ed., *European Theories of the Drama*, New York: Crown, 1965, pp.100-112.

Crane, G. *Composing Culture Current Anthropology 32,* 1911, pp.293-311.

Dawe, R. D. *Some Reflections on Ate and Hamartia*.Harvard Studies in Classical Philology 72, 1967, pp.89-123.

Dryden, John. *Preface to Troilus and Cressida*.In B. H. Clark ed. *European Theories of the Drama*, New York: Crown, 1965, pp.147-156.

Elisa, J. A. *Plato's Defence of Poetry*. London, 1984.

Else, G. F. *Aristotle: Poetics*. Ann Arbor, Michigan: University of Michigan Press, 1967.--, *Aristotle's Poetics: The Argument*. Cambridge, Mass.: Harvard University Press, 1957.

Fergusson, Francis. ed., *Aristotle's Poetics*.New York: Hill and Wang, 1961. Editor's introduction, together with S. H. Butcher's translation.

--, *The Idea of a Theatre*. New York: Doubleday, 1953.

Frazer, James, *The Golden Bough*, London, 1951.

Frye, Northrop. *Anatomy of Criticism*.New Jersey: Princeton University Press, 1971. Golden,

Golden, Leon. *Aristotle on Tragic and Comic Mimesis*. Atlanta Georgia: Scholars, 1992.

Halliwell, Stephen. *The Poetics of Aristotle*.Chapel Hill: North Carolina University Press, 1987.

Halliwell, S. *Aristotle's Poetics*. Chapel Hill, 1986〔cited as Aristotle〕

--, *The Poetics of Aristotle: Translation and Commentary*. Chapel Hill, 1987〔cited as Poetics〕

Henn, T. R. *Harvest Tragedy*. London: Methuen and Co. Ltd., 1966.

House, H., *Aristotle's Poetics*. London 1965.

Hubbard, M. E., translation of the *Poetics* in D. A. Russell & M. Winterbottom. (ed.) Ancient Literary Criticism (Oxford 1972).

Hutton, James *Aristotle's Poetics*. New York: W. W. Norton & Company, 1982.

Janko, Richard *Aristotle's Poetics*. Indianapolis: Hackett Publishing Company, 1987.

--, *Aristotle on Comedy*. Berkeley and Los Angles: University of California Press, 1984.

Keesey, D.,'*On Some Recent Interpretations of Catharsis*', CW72 (1979) pp.193-205

Kitto, H. D. F. *Greek Tragedy: A Literary Study*.New York: Barnes and Noble, 1961

Knox, Bernard. *Oedipus at Thebes*. New Haven and London: Yale University Press, 1998.

Leon and Hardison, O. B. Jr. Trans. And Com. *Aristotle's Poetic"s*. Englewood Cliffs N.J.: Prentice-Hall, 1968.

Lucas, D. W. *Aristotle Poetics*.Oxford: Oxford University Press, 1986.

--, *The Greek Tragic Poets*. London: Cohn and West Ltd, 1973.

Mandel, Oscar. *A Definition of Tragedy*. New York University Press, 1961.

Milton, John. Preface to *Samson Agonistes*. In B. H. Clark ed. European Theories of the Drama, New York: Crown, 1965, pp.156-57.

Minturno, *The Art of Poetry*.In B. H. Clark, ed. European Theories of the Drama, New York: Crown, 1965, pp.41-45.

Muller, Herbert. *The Spirit of Tragedy*.New York: Alfred A. Knope Inc. 1956.

Murray, Gilbert. *Hamlet and Orestes*, in Wilbur Scott ed. *Five Approaches of Literary Criticism*, New York: Macmillan Publishing Co., Inc. 1979, pp.253-281.

Nietzsche, Friedrich. *The Birth of Tragedy from the Spirit of Music*, trans. Francis Golffing, New York: Doubleday and Co., Inc.1956.

Nicoll, Allardyce. *Mask, Mimes, and Miracles*.New York: 1931.

Nussbaum, M. *Aristophanes and Socrates on Learning Practical Wisdom.* Yale Classical Studies 26, 1980, pp. 43-97.

--, *The F* ragility of Goodness, Cambridge, 1877.

Olson, Elder ed., Aristotle's *Poetics and English Literature: A Collection of Criticism Essay*.Chicago: University of Chicago Press,1965.

--, *Tragedy and Theory of Drama*. Detroit Wayne State Press, 1972.

Pickard-Cambridge, A. W. *Dithyramb, Tragedy, Comedy*. London: Oxford University Press, 1962.

Robinson, R. *Plato's Earlier Dialectic*. Oxford, 1953.

Santayana, George. *The Sense of Beauty*, Taipei: Caves Book Co. 1967.

Segal, Erich. ed. *Greek Tragedy*. New York: Harper and Row Publishers, 1983.

Smith, J. E. *Plato's Use of Math in the education of Philosophical Man*.Phoenix40 (1986), pp.20-34.

Verdenius, W. J. *Mimesis: Plato's Doctrine of Artistic Imitation and its Meaning to Us. Leiden, 1949.*

二、中文部份

王士儀，《亞里斯多德創學譯疏》，台北：聯經，2003 年

--，《議題與爭議》，台北：和信，1999 年

艾略特《艾略特文學評論選集》杜國清譯，台北：田園，1969 年

尼采，《悲劇的誕生》劉崎譯，台北：志文，1972 年

弗雷澤，《金枝》王培基譯，台北：桂冠，1991 年

克羅齊《美學原理》朱光潛譯，台北；正中，1960 年

亞里斯多德，《亞里斯多德全集》，苗力田主編，北京：中國人民大學，
　　1992 年

林國源，《古希臘劇場美學》，台北：書林，2000 年

施茂林主編，《實用六法全書》，台南：世一，2009 年

柏拉圖，《柏拉圖全集》王曉朝譯，台北：左岸， 2003 年

--，《文藝對話集》朱光潛譯，台北：蒲公英，1983 年

胡耀恆，亞里斯多德《詩學》，台北：中外文學，1987 年

姚一葦，亞里斯多德《詩學》箋註，台北：編譯舘，1966 年

--，《美的範疇論》，台北：開明，1978 年

--，《戲劇原理》，台北：書林，1992 年

洪啓嵩，《送行者之歌・阿彌陀經》，台北：全佛文化，2009 年

庫恩，古希臘的傳說和神話 秋楓等譯，北京：三聯，2007 年

陳中梅，《亞里斯多德詩學》，台北：商務，2001 年

萊辛，《漢堡劇評》，張黎譯，上海：上海譯文，1991 年

舒維普，《希臘羅馬神話與傳說》，齊霞飛譯，台北：志文，1986 年

達達基茲《，西洋六大美學理念史》劉文潭譯，台北：丹青，1980 年

福斯特，《醫學人類學》，陳華等譯，台北：桂冠，1992 年

劉效鵬，亞里斯多德，《詩學》譯註，台北：五南，2008 年

澤曼奧托，《希臘羅馬神話》周慧譯，上海：上海世紀，2006 年

羅素，《西方哲學史》，台北：五南，1984 年

羅念生　全集第一卷《詩學》，《修辭學》，上海：上海人民 2004 年

--，全集第二卷《悲劇》，上海：上海人民，2004 年

--，全集第三卷《悲劇》，上海：上海人民，2004 年

--，全集第五卷《伊利亞特》，上海：上海人民，2004 年

國家圖書館出版品預行編目

亞里斯多德詩學論述 / 劉效鵬著.-- 一版. --
　臺北市：秀威資訊科技, 2010.06
　　面；　公分. -- (美學藝術類；AH0035)
BOD 版
含參考書目
ISBN 978-986-221-437-4(平裝)

　1. 亞里斯多德(Aristotle, 384-322 B.C.)
2. 學術思想　3. 西洋文學

871.3　　　　　　　　　　　　99005079

 美學藝術類　AH0035

亞里斯多德詩學論述

作　　者 / 劉效鵬
發 行 人 / 宋政坤
執行編輯 / 林世玲
圖文排版 / 張慧雯
封面設計 / 蕭玉蘋
數位轉譯 / 徐真玉　沈裕閔
圖書銷售 / 林怡君
法律顧問 / 毛國樑　律師
出版發行 / 秀威資訊科技股份有限公司
　　　　　臺北市內湖區瑞光路 583 巷 25 號 1 樓
　　　　　電話：02-2657-9211　　　　傳真：02-2657-9106
　　　　　E-mail：service@showwe.com.tw

2010 年 6 月 BOD 一版
定價：260 元

·請尊重著作權·

讀 者 回 函 卡

感謝您購買本書，為提升服務品質，請填妥以下資料，將讀者回函卡直接寄回或傳真本公司，收到您的寶貴意見後，我們會收藏記錄及檢討，謝謝！
如您需要了解本公司最新出版書目、購書優惠或企劃活動，歡迎您上網查詢或下載相關資料：http:// www.showwe.com.tw

您購買的書名：_____

出生日期：_____年_____月_____日

學歷：□高中 (含) 以下　　□大專　　□研究所 (含) 以上

職業：□製造業　□金融業　□資訊業　□軍警　□傳播業　□自由業
　　　□服務業　□公務員　□教職　　□學生　□家管　　□其它_____

購書地點：□網路書店　□實體書店　□書展　□郵購　□贈閱　□其他

您從何得知本書的消息？

　□網路書店　□實體書店　□網路搜尋　□電子報　□書訊　□雜誌

　□傳播媒體　□親友推薦　□網站推薦　□部落格　□其他_____

您對本書的評價：（請填代號　1.非常滿意　2.滿意　3.尚可　4.再改進）

　封面設計____　版面編排____　內容____　文／譯筆____　價格____

讀完書後您覺得：

　□很有收穫　□有收穫　□收穫不多　□沒收穫

對我們的建議：_____

_____

_____

_____

11466
台北市內湖區瑞光路 76 巷 65 號 1 樓

秀威資訊科技股份有限公司　　　收

BOD 數位出版事業部

⋯⋯⋯⋯⋯⋯⋯⋯⋯⋯⋯⋯⋯⋯⋯⋯⋯⋯⋯⋯⋯⋯⋯⋯⋯⋯⋯⋯⋯⋯⋯⋯

（請沿線對折寄回，謝謝！）

姓　　名：＿＿＿＿＿＿＿＿＿　年齡：＿＿＿＿　性別：□女　□男

郵遞區號：□□□□□

地　　址：＿＿＿＿＿＿＿＿＿＿＿＿＿＿＿＿＿＿＿＿＿＿＿＿＿

聯絡電話：(日)＿＿＿＿＿＿＿＿＿＿＿　(夜)＿＿＿＿＿＿＿＿＿＿

E - m a i l：＿＿＿＿＿＿＿＿＿＿＿＿＿＿＿＿＿＿＿＿＿＿＿